CONTENTS

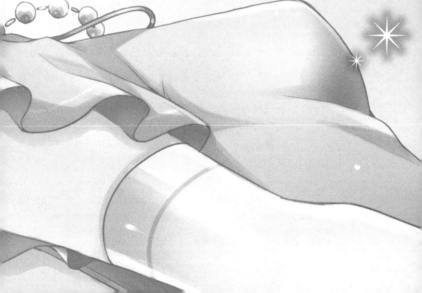

일러스트 아야쿠라 쥬 **장정·본문 디자인** 5GAS DESIGN STUDIO
교정 아이카와 카오리(도쿄출판서비스센터) **편집** 다카하라 히데키(주부의 벗)
한국어판 번역 이기진 **교정** 김일철 **마케팅** 이승우 **편집** 백진화 **주간** 박관형

[프롤로그] **여행길**

  남대륙에서 일반적인 식용 가축으로 기르는 '육룡'은 네 발로 걷는 초식룡이다. 알을 잘 낳고 성장도 빠르다. 이 부류의 용은 먹을 수 있는 부위가 많아서, '육룡'이라는 다소 볼품없는 이름으로 불리게 되었다.

  오늘날 남대륙의 식탁에 오르는 '육룡'은 대부분 가축으로 사육 및 생산하지만, 당연히 자연계에는 야생의 상태로 서식하는 '육룡'도 적지 않다.

  야생의 육룡과 가축화된 육룡은 간단히 구별할 수 있다. 이마에 솟은 두 개의 뿔이 그대로 있으면 야생, 뿔이 잘려 있으면 가축이다.

  뿔이 잘린 육룡은 물리적인 공격수단을 잃음으로써 공격성이 현저히 줄어들기 때문에 매우 기르기 쉽다. 그래서 가축 육룡은 알에서 태어나 어느 정도 성장하면 뿔을 자르게끔 되어 있다. 이는 야생의 육룡이 생각보다 공격적이고 위험한 존재임을 의미한다.

  야생의 육룡이 두 개의 뿔을 앞세워 맹렬히 부딪혀 오면, 사냥꾼이나 병사라 할지라도 허를 찔리기 쉽다.

  전투력을 갖추지 않은 일반인은 최대한 야생의 육룡과 맞닥뜨리지 않도록 해야 한다.

그러나 충분한 전투 능력을 지닌 집단이 오랜 시간에 걸쳐 이동하는 경우엔 사정이 전혀 달라진다. 그들은 눈에 불을 켜고 야생의 육룡을 찾는다.

설탕과 향신료의 최대 생산지인 카파 왕국은 북대륙과 비교하면 보존식 기술이 발달한 편이지만, 그래도 여행 기간이 길어지면 보존식만으로는 감당하기 어려운 법이다.

사람이 소금과 후추로 세게 간을 한 육포나 딱딱한 빵만 오래 먹다 보면, 제아무리 위험한 육룡이라도 '신선한 고기'로 보일 뿐이다.

지금 가질 변경백령으로 향하고 있는 젠지로 일행도 예외는 아니었다.

결국, 이들이 소금 도로를 나아가는 도중 운 나쁘게 밀림에서 고개를 내민 육룡 몇 마리가 혈안이 된 병사들의 맹렬한 공격에 희생되었다.

"부르으으으으!"
"있다!"
"놓치지 마!"
"그쪽으로 갔다, 잡아!"
도로 양옆의 밀림에서 여러 명의 병사가 한 마리의 육룡을 몰았다.

전문 사냥꾼이라면 덫으로 발을 묶은 뒤 멀리서 활을 쏘아 숨통을 끊었겠지만, 병사들은 여럿이서 원시적인 토끼몰이 방식으로 사냥했다.

"우오!?"

"꽤 큰데!"

"절대 놓치면 안 돼!"

창을 바투 쥔 병사들이 여러 방향에서 육룡을 도로 쪽으로 몰았다.

도로에는 은발의 소녀와 금발의 여전사가 기다리고 있었다.

은발의 소녀——프레야 공주는 긴장과 흥분을 감추지 못한 표정으로 자신의 키보다 두 배쯤 긴 창을 양손으로 겨누었다.

"옵니다, 공주님. 역시 제가 대신할까요?"

곁에 선 장신의 여전사——스카디는 주인을 지키고자 단창과 나무 방패를 들고 대각선 앞으로 나서며 말했다.

그러나 프레야 공주는 심복의 걱정에도 아랑곳없이 짧은 은색 머리카락을 흔들며 단호하게 고개를 저었다.

"아니. 이번엔 내게 맡겨 줘, 스카디. 용을 무찌를 기회는 좀처럼 없으니까."

그렇게 말하며 밀림 저편을 바라보는 프레야 공주의 두 눈에는 긴장감보다는 오히려 호전적인 흥분이 감돌았다.

"알겠습니다. 듣자 하니 육룡은 멧돼지와 성질이 비슷하다고 합니다. 절대로 정면에서 공격하지 말고 측면에서 창을 찌른다는 생각으로 하셔야 합니다."

"응, 알고 있어."

프레야 공주는 호위의 허가를 받고 긴장의 와중에도 감출 수 없는 기쁨의 미소를 지으며 밀림 쪽을 노려보았다.

"므어오오오오!"

잠시 후 그것은 밀림에서 도로 쪽으로 모습을 드러냈다.

야생의 육룡. 이마에 솟은 두 개의 뿔을 위풍당당하게 앞으로 내민 채 밀림의 빽빽한 수풀을 온몸으로 헤치며 도로 쪽으로 튀어나왔다.

"왔습니다, 공주님!"

"으, 응!"

야생의 육룡을 처음 본 프레야 공주는 긴장을 감출 수 없었다.

휘둥그레 뜬 눈동자에 핏발을 세우며 일직선으로 달려드는 그 모습은 과연 멧돼지를 닮았다. 겉모습은 과거 지구에 서식했던 '트리케라톱스'라는 공룡에 가까웠다. 단, 트리케라톱스와는 달리 콧등 위에 뿔이 없다.

멧돼지와 육룡의 가장 큰 차이점은 사이즈다.

지금 프레야 공주의 눈앞에 있는 육룡이 평균 사이즈라면, 육룡은 멧돼지보다 두 배, 세 배는 덩치가 큰 동물인 셈이다.

"크르으으으으!"

우렁차게 포효하며 달려드는 육룡의 박력에도 프레야 공주는 입가에 살짝 미소를 머금었다.

고국에서는 토끼나 여우, 순록 정도밖에 사냥이 허락되지 않았지만, 이곳에서는 비록 초식이긴 해도 육룡을 사냥하게 된 것이다.

짜릿하게 등골을 훑는 환희에 몸을 맡긴 채 돌격하고 싶은 충동을 애써 누르며 프레야 공주는 양손으로 긴 창을 거머쥐고 다가오는 육룡의 거대한 몸집을 노려보았다.

"므오오오!"

"지금!"

프레야 공주는 재빨리 사이드 스텝으로 돌진해 오는 육룡의 진로에서 살짝 비키며 몸을 던지듯이 긴 창을 육룡에게 찔러 넣었다.

"하앗!"

"무오옷!?"

전심전력을 다한 일격은 멋지게 육룡의 왼쪽 어깨를 꿰뚫었다.

그러나 체중이 가벼운 프레야 공주의 공격만으로는 육룡에게 상처를 입혔을지언정 돌진을 막을 수는 없었다.

"앗?"

심지어 사이드 스텝이 모자랐는지, 아니면 공격을 위해 너무 깊이 파고들었는지, 프레야 공주의 몸이 여전히 육룡의 돌진 경로에 걸쳐 있었다.

곁에 있던 여전사가 프레야 공주의 위기를 본인보다 빠르게 감지했다.

"공주님! 엎드렷!"

마치 주군에 대해 기르는 개에게 명령하듯 소리쳤지만, 일촉즉발의 상황이라 어쩔 수 없었다.

"응!"

프레야 공주도 순순히 몸을 숙여 납작 엎드렸다.

"하앗!"

다음 순간, 엎드린 공주의 몸 위를 여전사의 다리가 돌풍처럼 가로질렀다.

스카디는 여자치고는 거구에 속했지만 그래도 육룡에 비하면 4분의 1에도 못 미쳤다. 육룡의 돌진을 정면으로 저지하는 건 도저히 불가능한 일이다.

그러나 결정적인 순간에 몸의 회전과 중심이동으로 발끝에 온몸의 무게를 싣는 기술을 사용해 육룡이 돌진하는 방향을 살짝 바꿀 수는 있었다.

"키익!"

발차기의 모범이라 해도 좋을 만큼, 군더더기 없는 스카디의 오른발 돌려차기가 훌륭하게 육룡의 옆얼굴에 들어갔다.

스카디의 의도대로 육룡은 비틀거리며 돌진하던 방향에서 벗어나 엎드린 프레야 공주의 옆을 지나갔다.

프레야의 창과 스카디의 발차기에 연속으로 당한 육룡은 다리를 휘청거리다가 그대로 도로 위에 쓰러졌다. 도로 위에 쓰러진 채 눈을 희번덕거리며 경련하는 모습을 보아 아직 숨이 멎지는 않았지만 의식을 잃은 것은 분명했다.

"훌륭했습니다, 공주님. 자, 늦기 전에 마지막 숨통을 끊으십시오."

장신의 여전사는 엎드려 있던 주군에게 손을 내밀었다.

"고마워, 스카디. 하지만 이건 내가 아니라 그대가 잡은 사냥감

이 된 셈 같은데?"

스카디의 팔을 잡고 일어선 프레야 공주는 흙투성이가 된 뺨을 소매로 대충 닦아내고는 입술을 삐죽이며 불만을 토로했다.

확실히 스카디의 발차기가 결정타처럼 보였다.

그러나 프레야 공주의 불만에 답한 건 스카디가 아니라 육룡을 이곳까지 몰고 온 카파 왕국의 병사들이었다.

"아닙니다, 전하. 그렇지 않습니다. 전하의 창은 정확하게 육룡의 급소를 찔렀습니다. 저대로 놔둬도 곧 숨이 끊어질 겁니다. 빅토리아 님의 공격은 전하를 보호했을 뿐입니다."

그 말을 듣고 프레야 공주는 새삼스럽게 육룡 옆에 쭈그리고 앉아 자신이 찌른 부위를 살펴보았다.

"……과연, 확실히 그렇긴 하군요."

쓰러진 육룡을 보니 프레야 공주가 찌른 창은 충분히 깊이 박혀 있었다. 프레야 공주의 공격이 치명적이었다는 병사의 말이 단순한 아부는 아닌 모양이다.

"알겠어요. 그럼……."

프레야 공주는 순순히 스카디의 의견을 받아들이고 허리춤에서 애용하는 손자귀를 빼들었다.

"숨통을 끊으려면 어디를 찌르면 되죠? 부끄럽지만 나는 용 사냥이 처음이거든요."

"전하, 여기입니다. 여기 목 가죽의 틈새입니다. 전용 쇠 창을 쓰지 않아도 괜찮겠습니까?"

병사 중 하나가 걱정스럽다는 듯이 제안했다. 그 병사의 말마따나, 몸집이 크고 생명력이 강한 용의 숨통을 끊는 일은 상당히 어렵다.

그러나 프레야 공주는 빙긋 웃고는,

"걱정해 줘서 고마워요. 하지만 괜찮아요. 이런 건 자신 있으니까."

그렇게 말하며 자신 있게 애용하는 손자귀를 든 오른손을 들어 올려 보였다.

프레야 공주의 말도 허풍은 아니다. 스베아인 치고는 여자로서도 작은 편이라 혹독한 훈련을 받고도 종합 전투력 면에서 평균밖에 미치지 못하지만, 프레야 공주가 손자귀를 다루는 기술만큼은 타의 추종을 불허했다. 그리고 성격 또한 과감하다.

그래서 네 발, 두 발을 가리지 않고 '사냥감'의 숨통을 끊을 때 실패한 적이 없다. 그 실력이 남대륙에 와서 녹슬었을 리 없었다.

"여기 맞죠? 그럼, 하나, 둘!"

날카롭게 내리꽂은 프레야 공주의 손자귀가 병사가 가리킨 급소를 단번에 끊어냈다.

프레야 공주가 육룡 사냥에 땀을 흘리고 있을 무렵, 젠지로는 도로변에 정지한 용차 안에서 얌전히 사냥이 끝나길 기다렸다.

아직 어린 소녀인 프레야 공주가 용맹하게 사냥에 임하는데, 다 큰 남자 어른인 젠지로가 용차 안에 틀어박혀 있다니 한심한 얘기로 들릴 지도 모르겠지만, 현실적으로 호신능력이 없는 젠지로가 나서 봤자 도움이 되기는커녕 걸리적거릴 뿐이다.

공주님처럼 얌전히 보호받는 편이 젠지로가 보탤 수 있는 최선의 도움이다.

젠지로가 넓은 용차 안에서 짐짓 심기 불편하게 앉아 있자니, 이윽고 바깥에서 병사들의 환호성이 들려왔다.

"나탈리오?"

"예, 보아하니 무사히 사냥을 마친 모양입니다. 이제 밖으로 나오셔도 문제없습니다. 나오시겠습니까, 젠지로 님?"

마주 앉은 기사 나탈리오가 묻자 젠지로는 끄덕였다.

"그래. 호위와 시중을 부탁하네, 나탈리오, 이네스."

"예."

"알겠습니다."

젠지로의 말에 마주 앉았던 기사와 시녀가 동시에 자리에서 일어났다.

젠지로가 타고 있는 용차는 왕족에게만 허가된 주룡 여덟 마리가 이끄는 거대 용차다.

때문에, 성인 남자가 일어서도 머리를 부딪칠 염려가 없을 만큼 천장이 높다.

현대인의 관점에서 보면 자동차라기보다 열차 객실 정도의 크기다.

만약을 위해 나탈리오가 먼저 용차에서 내려 주위의 안전을 확인했다.

"문제없습니다, 젠지로 님."

"수고했다."

나탈리오의 보고를 듣고 젠지로도 용차에서 내렸다.

"으, 역시 눈이 좀 부시군."

대낮의 도로 위에 내려서자 갑작스러운 광량의 변화 때문에 눈이 아팠다. 젠지로는 눈꼬리에 눈물을 매달고 몇 번 깜빡였다.

젠지로가 햇빛에 익숙해지느라 지체하는 동안, 그때까지 용차 주변을 지키고 있던 병사들이 젠지로의 주위로 모여들어 호위를 강화했다.

서민 출신의 젠지로는 무장한 병사에게 전후좌우를 둘러싸인 지금의 상황이 불편하기 짝이 없었지만, 왕족이 된 지금으로서는 움직일 때마다 이 정도의 호위는 당연한 일이다.

호위 병사들을 지휘하는 사람은 기사 나탈리오다. 현재 젠지로 개인에게 충성을 맹세한 유일한 기사이다.

젠지로가 아무 말도 하지 않아도 나탈리오를 비롯한 호위 병사들은 일정한 간격을 유지한 채 젠지로 곁을 떠나지 않는다.

무심코 하늘을 보느라 걸음이 느려져도, 잠깐 멈칫하여 순간 발이 멈춰도, 쑥스러운 기분에 걸음이 빨라져도, 젠지로를 둘러싼 병사들의 진열은 거의 흐트러지지 않았다.

아마도 젠지로가 갑자기 전력질주를 한다 해도 이 보호막을 따돌릴 수는 없을 것이다.

직무에 충실한 병사들에게 둘러싸인 채 젠지로는 '소금 도로'를 걸었다.

"뭐랄까, 산속 오두막으로 향할 법한 작은 오솔길을 조금 넓힌 느낌인데."

젠지로는 흙과 잡초로 뒤덮인 도로 위를 걸으며 중얼거렸다. 현대 일본에서는 아스팔트로 포장되지 않은 길을 거의 볼 수 없다.

젠지로의 고향은 꽤 깊숙한 시골이었지만, 그래도 주요 도로는 제대로 아스팔트 포장이 되어 있었다. 맨흙이 드러난 길이라곤 논밭 가운데 난 농로나 인적이 드문 산길 정도밖에 본 적이 없다.

아직 발에 어색한 이쪽 세계의 가죽 신발을 신은 탓에 젠지로는 다소 어정쩡한 자세로 걸었다. 그 옆을 이네스가 몹시도 자연스러운 걸음걸이로 앞질러 나아갔다.

젠지로도 애써 불러 세울 필요를 느끼지 못하고 내버려두었다.

주인을 앞질러 간 시녀는 그대로 미끄러지는 듯한 걸음걸이로 젠지로의 앞을 호위하는 나탈리오에게 다가가 귓속말로 한두 마디를 건넸다.

"뭐!?"

이네스의 말에 나탈리오는 순간 어깨를 움찔하고는, 다음 순간 등에 멘 통에서 화살 하나를 뽑아 재빨리 활에 걸고 나무 위를 향해 쏘았다.

"하앗!"

짧은 기합과 함께 날아간 나탈리오의 화살은 높은 나무 위에 몸을 숨기고 있던 '무언가'에 명중했다.

"캬악!?"

저 멀리 높은 곳에서 귀에 거슬리는 비명을 지른 '그것'이 수직으로 도로변에 떨어졌다.

그 비명과 쿵 하는 추락 소리에 놀란 젠지로가 반사적으로 걸음을 멈췄다.

젠지로 앞에서 호위하던 나탈리오는 왼손에 용궁을 거머쥔 채 젠지로 주위의 병사들에게 지시했다.

"도룡(盜龍)이다. 숨이 끊어졌을 테지만 셋이 가서 확인하고 와라. 숨통이 붙어 있으면 끊어라. 나머지 병사들은 그대로 젠지로 님을 호위하라."

"예!"

나탈리오의 지시에 젠지로 주위를 지키고 있던 여덟 명의 병사 중 세 명이 도로변으로 달려갔다.

"후웃!"

"끼익……!"

아직 숨이 붙어 있던 모양으로, 병사 중 하나가 손에 들고 있던 단창을 내리꽂아 숨통을 끊었다.

"됐습니다. 안전하게 처리했습니다!"

병사가 그렇게 말하며 크게 손을 흔들자 나탈리오도 움직였다.

"해치운 모양입니다, 젠지로 님. 나아가셔도 됩니다."

"아, 으응."

눈앞에 펼쳐진 일련의 과정에 압도된 젠지로는 그저 끄덕이며 다시 발걸음을 뗐다.

이윽고 젠지로는 도로변에 떨어진 도룡의 가까이에 다다랐다.

"이건, 뭐랄까…… 꽤나 흉하게 생긴 동물이구나."

이미 숨이 끊어진 그 용의 모습을 본 젠지로는 반사적으로 눈썹을 찡그렸다.

"도롱은 여러 의미에서 숲의 불청객이니까요."

젠지로의 말에 나탈리오는 쓴웃음을 지으며 동조했다.

실제로 도롱은 상당히 불쾌한 모습을 하고 있었다.

크기는 성인 남성의 허리 정도쯤일까. 온몸이 진한 녹색의 비늘로 덮여 있어 용류――파충류겠지만, 생김새는 오히려 원숭이에 가까웠다.

짧은 다리, 긴 양팔, 그리고 가늘고 긴 꼬리. 전형적으로 나무 위 생활에 적응한 체형이지만 얼굴 생김새는 도마뱀 그 자체였다.

이미 절명했기 때문에 튀어나온 입에서 끝이 두 갈래로 나뉜 긴 혀가 튀어나와 불쾌감을 더하고 있다.

"숲의 불청객? 생김새 때문만은 아니라는 말인가?"

젠지로가 묻자 나탈리오는 작게 끄덕였다.

"네. 도롱은 이름 그대로 훔치는 용입니다. 높은 나무 위에 몸을 숨기고 그 아래를 지나가는 사냥감을 노립니다. 그 수작이 대담무쌍해서 군룡처럼 무리지어 움직이는 육식용도 방심하면 알이나 어린 용을 빼앗긴다고 합니다. 물론 인간도 예외는 아닙니다. 도롱은 어린아이나 몸집이 작은 여자를 맨 먼저 노리지요. 만약 적당한 사냥감이 보이지 않으면 차선책으로 날카로운 손톱을 이용해 '사냥감의 일부'를 찢어서 훔쳐가기도 합니다."

인간이라면 그 도둑맞는 일부가 팔이나 머리가 될 수 있다는 이야기다.

나탈리오의 설명에 젠지로는 얼굴을 찡그리며 공포심을 드러냈다.

"그건…… 정말 무섭군. 나탈리오, 잘 대처해 주었다."

"도룡을 먼저 눈치챈 사람은 제가 아니라 이네스입니다. 그 말씀은 이네스에게 해 주십시오."

나탈리오의 말에 젠지로는 놀란 듯이 중년 시녀를 바라보았으나 이내 이해했다.

그러고 보니 도중에 뒤에서 걷던 이네스가 젠지로를 앞질러 앞에서 걷던 나탈리오에게 무언가 속삭였다. 그때 이네스는 도룡의 존재를 나탈리오에게 알린 것이리라.

"우연히 보였을 뿐입니다. 나무 위의 도룡을 재빨리 화살로 꿰뚫은 나탈리오 님의 기량이야말로 칭찬받아 마땅합니다."

이네스는 겸연쩍어하며 고개를 젓고 나탈리오를 추켜세웠다.

나무 위를 올려다본 젠지로는 이네스의 말을 이해했다.

도로 양옆에 늘어선 나무들은 낮아도 전봇대 이상, 전봇대의 두 배에 달하는 거목도 적지 않다.

거기까지 화살을 쏘아 도룡의 급소를 꿰뚫은 나탈리오의 실력은 확실히 보통 이상이다. 심지어 도룡에게 들키지 않도록 오래 겨냥하지 않고 재빨리 쏜 화살이다.

용궁이 훌륭한 무기라는 점을 고려하더라도 상당한 실력임이 틀림없다.

"믿음직하군. 내 전투력은 여자만큼 보잘것없으니, 한심하지만 전면적으로 자네에게 의지하겠네."

"예, 맡겨 두십시오. 목숨을 걸고 지켜 드리겠습니다."

젠지로가 나탈리오와 그런 대화를 나누며 도로를 나아가다 보니, 어느새 프레야 공주 일행의 모습이 눈에 들어왔다.

맨 먼저 젠지로 일행을 알아챈 프레야 공주가 만면에 웃음을 짓고 크게 손을 흔들었다.

"아하하……"

손을 흔들어 화답하는 젠지로의 얼굴에는 쓴웃음이 떠올랐다.

"프레야 전하는 상당히 활동적인 분이군요."

애써 위로하는 이네스에게 젠지로는 쓴웃음을 거두지 않은 채 끄덕여 보였다.

"그래. 참으로 활달해서 보기 좋네."

해냈다는 표정으로 손을 흔드는 프레야 공주는 그 손에 육룡의 피로 얼룩진 손자귀를 꽉 거머쥐고 있었다.

[제1장] **도착**

　몇 번인가 야생의 육룡을 만났을 뿐, 특별한 사건이나 사고 없이 젠지로 일행은 무사히 가질 변경백령의 영도에 도착했다.

　가질 변경백령의 수도는 높은 성벽으로 둘러싸인 성곽도시다.

　사실 그다지 특별한 일은 아니다. 용이라는 명확한 외적이 존재하는 만큼, 남대륙 변경의 마을들은 크건 작건 대개 성벽을 갖추고 있다.

　게다가 영도의 중앙에 자리한 영주의 저택은 마치 가질 변경백 가문의 위세를 상징하듯 요새를 방불케 하는 건물이다.

　말하자면 성곽도시 안에 세운 또 하나의 성인 셈이다.

　위급할 때 영도민의 피난처를 겸하고도 있기에 크기도 거대하지만, 장식적인 요소가 전혀 없다.

　젠지로가 평소에 생활하는 왕궁이나 후궁은 물론, 일전에 한 달 가량 머물렀던 발렌티아 공작저에 비교해도 솔직히 초라하다 고밖에 표현할 길이 없다.

　그러나 몇 날을 흔들리는 용차 안에서 익숙지 않은 야영 생활을 해 온 젠지로는 든든한 건물 안으로 들어가는 것만으로도 감사했다.

　목적지에 도착한 젠지로는 오랜만에 여행 복장을 벗어던지고 안도의 한숨을 내쉬었다.

"하아, 다리가 편안하군……"

젠지로는 배정받은 별관에서 신발과 양말을 아무렇게나 벗어던진 뒤 소파에 깊숙이 앉아 맨발을 낮은 테이블 위로 뻗었다.

평상시에는 후궁에서도 거의 하지 않는 막돼먹은 행동이지만, 지금 젠지로는 체면을 차릴 여유 따위 없었다. 이렇다 할 재미도 없는 용차 여행과 익숙하지 않은 야영 때문에 젠지로의 체력과 정신력은 한계에 다다라 있었다.

"고생 많으셨습니다, 젠지로 님. 찬물을 좀 드시겠습니까?"

이네스는 온화하게 웃으며 젠지로에게 냉수가 든 은잔을 내밀었다.

지금 이 방에는 젠지로와 이네스뿐이다. 민낯을 감출 필요 없는 후궁 시녀 앞이니만큼 젠지로도 있는 그대로 행동할 수 있다.

"응, 고마워, 이네스. 그나저나 이네스는 강하네. 오는 내내 내 시중을 드느라 나보다 훨씬 피곤할 텐데."

젠지로는 그렇게 말하며 소파 옆에 선 시녀의 얼굴을 올려다보았다.

젠지로의 말대로 이네스의 꼿꼿한 자세에서는 피로의 기색이 전혀 느껴지지 않았다.

주인의 감탄하는 말에 중년의 시녀는 작게 웃으며,

"저는 익숙하니까요. 지난 대전 때는 전장에 계신 아우라 폐하를 모셨답니다."

"오오, 그거 대단한데. 믿음직해."

이네스의 고백에 젠지로는 솔직하게 놀라움을 표했다. 놀라기도 했지만 동시에 납득도 했다. 그런 배경이 있기 때문에 저번에도 이번에도 긴 여행 때는 이네스를 붙여 준 것이리라.

왕궁이나 후궁을 벗어난 적 없는 일반 시녀에게 야외 활동은 쉽지 않다.

이네스는 젠지로의 손에서 빈 은잔을 받아들며 말했다.

"젠지로 님은 앞으로 이 별관에 머무르시게 된다고 합니다. 여러 가지로 불편한 점이 많으시겠지만, 이해 부탁드립니다."

"응, 알고 있어. 처음부터 그럴 예정이었고. 문제없어."

이네스의 말에 젠지로는 아무렇게나 소파에 기댄 채 대답했다.

젠지로는 가질 변경백의 장녀 루신다와 푸죠르 장군과의 결혼식에 참석하기 위해 이곳 가질 변경백령까지 왔다.

당연히 이번 행사의 주빈은 푸죠르 장군이다. 때문에 영주관의 본관은 푸죠르 장군이 이끄는 기젠 가문 사람들과 집주인인 가질 변경백 가문 사람들이 사용한다.

왕족인 젠지로도 이럴 때는 별관에 만족할 수밖에 없다. 젠지로는 왕족치고는 일상생활에 필요한 사적인 공간이 그리 넓지 않기 때문에 별관이라도 그리 불편하지는 않았다.

목욕 시설이 없다는 점은 다소 실망스러웠지만, 매일 따뜻한 욕조를 준비해 준다고 하니 그럭저럭 견딜 수 있다. 목욕 시설이 없는 건물에서 계속 지내라면 당연히 거절하겠지만, 여행지의 임시 거처라면 크게 불만을 토로할 정도는 아니다.

"후우……"

한동안 그렇게 편한 자세로 소파에서 뒹구는 젠지로에게 곁에 선 이네스가 말했다.

"젠지로 님. 쉬고 계신 중에 죄송합니다만, 슬슬 가질 변경백 측 사용인들이 인사를 드리러 올 때가 되었습니다. 평상복 차림으로 충분하니 조금만 매무시를 가다듬어 주십시오."

"어, 벌써 시간이 그렇게 됐나. 알았어."

젠지로는 양말과 천으로 만든 실내화에 손을 뻗으며 말했다.

이번에 젠지로가 후궁에서 데려온 시녀는 이네스뿐이다. 변경백의 장녀와 군의 우두머리격인 장군의 결혼식이라는 대대적인 행사이니만큼 가질 변경백령에는 어마어마한 수의 귀족들이 몰려와 있다.

애초에 장기 농성이 가능하게 만든 성이기 때문에 엄청난 인원이라도 그럭저럭 수용할 수 있지만, 생활 면적이나 식량 소비 측면에서 큰 부담이 아닐 수 없다.

그래서 시종의 수를 최소한으로 줄일 필요가 있었다.

젠지로가 매무시를 단정히 하고 자세 바르게 소파에 고쳐 앉자 곧 방문을 노크하는 소리가 들렸다.

세 명의 여성이 방으로 들어왔다. 중년 여인 둘과 아직 미성년으로 보이는 작은 체구의 소녀 하나.

부모 자식 정도의 나이 차이가 있었지만, 그 작은 소녀가 중심 인물임은 일목요연했다. 세 사람이 선 위치가 소녀를 가운데로 두고 있고, 무엇보다 복장이 달랐다.

중년 여인 둘이 작업복에 가까운 소박한 복장임에 비해 소녀는 간소한 만듦새일지언정 멀리서 보아도 알 수 있을 정도로 고급 옷감을 사용한 드레스를 몸에 두르고 있다.

한눈에 봐도 평범한 사용인은 아니다. 귀족의 자녀인 것만은 틀림없었다.

(가질 변경백 가문과 연줄이 있는 집안의 딸인가?)

젠지로가 그런 생각을 하고 있는데 소녀가 긴장을 전혀 감추지 못한 딱딱한 표정으로 입을 열었다.

"처, 처음 뵙겠습니다, 젠지로 님. 저는, 가질 변경백 가문의 둘째 딸, 니르다라고 합니다. 이번에 젠지로 님께서 이곳에 머무르시는 동안 편의를 살펴 드릴 것을, 아버지로부터 명을 받았습니다. 무엇이든 명령해 주십시오."

아마도 미리 준비하고 연습했으리라. 소녀——니르다는 긴장하긴 했지만, 막힘없이 말하고 그 자리에서 고개를 꾸벅 숙였다. 짧은 포니테일이 살짝 흔들렸다.

"그런가. 민폐가 될지도 모르겠으나 잘 부탁하네. 그런데 니르다 양이 가질 변경백의 둘째 딸이라면, 루신다 양과 사비에르 경의 여동생이라는 말인가?"

젠지로는 니르다의 자기소개를 듣고 내심 고개를 갸웃했지만, 일단 평정을 가장하고 물었다.

그런 국서의 의심을 꿈에도 눈치채지 못하고 소녀는 커다랗고 까만 눈동자를 더욱 크게 뜨며,

"네, 말씀하신 대로입니다. 루신다와 사비에르는 저의 배다른 언니와 오빠입니다."

그렇게 커다란 목소리로 대답했다. 자부심과 기쁨이 가득한 니르다의 표정에서 루신다와 사비에르에 대한 순수한 호의가 느껴졌다.

귀족사회에서 배다른 형제자매는 복잡한 감정의 대상이기 십상이지만, 가질 변경백 가문에서는 그렇지도 않은 모양이다.

"사비에르 경에게는 발렌티아에서 신세를 많이 졌지. 기회가 되면 직접 만나 얘기라도 나누고 싶군."

"감사합니다. 오빠에게 말씀 전하겠습니다."

젠지로의 말에 니르다는 기뻐하며 환하게 웃었다.

"그럼 미안하지만, 욕조를 준비해 주겠나? 식사 전에 여독을 씻어내고 싶은데."

"네, 알겠습니다. 곧 준비하겠습니다."

젠지로의 말에 작은 소녀는 등을 꼿꼿이 펴고 기세 좋게 고개를 숙였다. 그리고 두 명의 중년 시녀를 데리고 방에서 나갔다.

"……이네스."

니르다와 시녀들이 퇴실한 후 한동안 잠자코 있던 젠지로가 심상치 않은 표정으로 곁에 선 시녀의 이름을 불렀다.

"네, 말씀하십시오, 젠지로 님."

"난 여기 오기 전에 아우라 폐하로부터 가질 변경백령의 주요 인물에 대해 간단하게 설명을 들었다. 그런데 거기에 니르다 가질이라는 이름은 존재하지 않았거든. 이건 '아우라 폐하가 의도적으로 내게 말하지 않았다'고 해석해도 되는 건가?"

이 자리에는 이네스밖에 없지만, 젠지로는 왕족으로서의 말투와 태도를 유지했다. 그만큼 중대한 사안이라는 뜻이리라.

주인의 물음에 충실한 시녀는 진지한 표정으로 바로 고개를 가로저었다.

"아니요. 그 가능성은 없다고 단언할 수 있습니다. 아무리 서출이라고 해도 변경백 딸의 존재를 아우라 폐하가 젠지로 님께 감출 이유는 어디에도 없으니까요."

이네스의 단호한 대답에 젠지로는 살짝 안도하며 어깨의 힘을 뺐다.

젠지로에게 아우라는 사랑하는 아내지만 그 전에 한 나라를 두 어깨에 짊어진 국왕이다. 따라서 젠지로에게 무언가를 숨기거나 젠지로의 의견을 무시하고 모종의 계략에 말려들게 할 가능성도 있다. 당연히 이해할 수는 있지만, 만약 아내에게 그런 일을 당한다면 기분이 좋지는 않을 것이다.

그렇지 않다는 말을 들으니 순식간에 마음이 편해진다.

"그렇다면, 이 정보의 누락과 아우라 폐하는 전혀 상관없다는 애긴가? 현시점에서 가장 그럴듯한 건 폐하가 '깜빡 잊고 알려주지 않았을' 가능성 같은데……."

"아우라 폐하도 사람이시니까 그럴 가능성이 아예 없다고는 말씀드리지 못하지만, 사실상 고려할 필요 없는 가능성이 아닐까요? 아우라 폐하께는 파비오 비서관이 있으니까요."

"그렇다면, 남은 가능성은 '아우라 폐하도 니르다 가질의 존재를 모른다'는 것인데…… 그런 일이 가능한가? 폐하가 변경백 가문쯤 되는 대귀족의 직계 자손에 대해 전혀 알지 못하는 상황이?"

수상쩍다는 듯이 고개를 갸웃하는 젠지로에게 이네스는 담담하게 대답했다.

"호적에 오르지 않은 측실의 자식, 에 대한 얘기는 비교적 자주 듣습니다. 반대로 피치 못할 사정으로 지방의 영주귀족이 자식의 존재를 왕가에 숨기고 키운 일도 과거에 없지는 않았습니다. 하지만 두 경우 모두, 오늘 니르다 님이 일부러 젠지로 님 앞에 모습을 드러낸 이상 아귀가 맞지 않습니다. 상식적으로 모종의 음모를 의심할 상황입니다만, 이상하게도 니르다 님의 표정에 어두운 구석이 없고, 긴장하긴 했으나 대단히 당당했습니다. 무엇보다 가질 변경백은 애초에 음모나 술수를 꾸미는 데 약해서 매우 가능성이 낮은 얘기라고 봅니다."

"결국, '잘 모르겠다'는 건가."

"그렇습니다."

누가 봐도 수상쩍은 상황인데도 상대방에게서 악의가 보이지 않고 의도를 읽을 수 없다.

"…………"

젠지로는 소파에 깊이 몸을 묻은 채 한동안 턱에 손을 대고 생각에 잠겼다. 그러나 이 자리에서 내릴 수 있는 결론은 단 하나였다.

"수도의 아우라 폐하에게 보고하고 판단을 구한다. 그때까지 무난한 대응으로 일관할 것."

"알겠습니다. 즉시 처리하겠습니다."
언제나처럼 아우라에게 판단을 넘기는 젠지로에게 이네스는 공손히 머리를 조아렸다.

◆

그날 늦은 오후.
욕조에서 여행의 피로를 씻어내고 짧은 낮잠을 취하던 젠지로는 시녀 이네스로부터 저녁의 식사 예정을 전달받았다.

"그러니까, 오늘 저녁은 '프레야 공주가 주최하는 야외 파티'란 말이지? 이곳 별관 중정에서."

"네. 정확히는 프레야 전하가 그렇게 제안하시고 젠지로 님의 허가를 구하는 상황입니다. 며칠 전에 프레야 전하가 잡은 '육룡'의 훈제육이 아직 많이 남아서 한꺼번에 모두에게 대접하고 싶다고 하십니다. 만약 젠지로 님께서 허가하지 않으시면 훈제고기는 모두 가질 변경백에게 선물한다고 합니다."

"아아, 과연. 그때 그 육룡인가."

며칠 전에 도로 위에서 프레야 공주가 야생 육룡을 사냥한 일은 젠지로도 생생히 기억했다.

잡은 육룡 고기 대부분은 그날 저녁 요리로 사라졌지만 남은 부분을 훈제로 만들어 보급용 용차에 실어 둔 것이다.

그 훈제 고기를 모두에게 대접하고 싶다는 얘기인 듯하다.

"나는 딱히 허가해도 상관없다고 생각하는데, 허가하는 경우와 하지 않는 경우, 각각의 문제점은 뭐지?"

주인의 물음에 중년의 시녀는 물 흐르듯 거침없이 대답했다.

"네. 일단 중정에서 파티를 열게 되면 별관 담당자인 니르다 님을 비롯해 다른 귀족분들을 몇 분은 초대하지 않을 수 없습니다. 젠지로 님의 허가 아래 프레야 전하가 주관하는 모양새는 프레야 전하를 측실로 들인다는 예고를 하는 것과 다름없습니다. 허가하지 않을 때는 그 반대입니다. 젠지로 님이 프레야 전하를 멀리한다는 뜻으로 읽히겠지요."

"과연……"

시녀의 친절한 설명에 젠지로는 떫은 표정을 감추지 못했다.

즉, 여기서 프레야 공주의 요청에 응한다면 젠지로 스스로 프레야 공주를 측실로서 환영한다는 메시지를 주위에 공표하는 셈이 된다.

측실을 환영하지 않는 젠지로로서는 스스로 자기 목을 조르는 행위다.

그러면 거절하면 그만이 아닌가 하면 그리 간단하지 않다. 거절하면 이번엔 '젠지로가 프레야의 존재를 환영하지 않는다'는 입장을 만방에 알리는 셈이다.

프레야 공주의 측실 문제에 관해서는 이 결혼식에 프레야 공주를 젠지로의 파트너로 동행시킬 만큼, 여왕 아우라가 공식적으로 인정한 바 있다.

그런 프레야 공주를 젠지로가 공공연히 거절하는 행태를 보이면, 여왕 아우라와 국서 젠지로 사이에 소통의 균열이 있다는 오해를 부를 수도 있다.

"알았다. 프레야 전하에게는 허가한다고 전해 줘."

젠지로에게 자신의 처지와 여왕인 아내의 체면 중에 무엇을 우선할지는 고민의 여지가 없다.

주인의 대답에 시녀는 작게 고개를 숙였다.

"알겠습니다, 젠지로 님. 그러면 말씀대로 전하겠습니다."

"응, 부탁해."

그렇게 짧게 대답하고 젠지로는 침대에서 일어나 옷을 갈아입었다.

이제 젠지로도 시녀들 앞에서 잠옷이나 속옷 차림을 보이는 데 웬만큼 적응했다. 젠지로는 파란 줄무늬 잠옷을 벗고 이네스의 손을 빌려 카파 왕국의 민족의상을 갖춰 입었다.

왕궁에서 곧잘 입는 제3 정장과 같은 모양이지만, 그보다 장식이 적어서 움직이기 편한 옷이다. 최근에는 이 민족의상에도 익숙해져서 젠지로 혼자서도 그럭저럭 입을 수 있다고 생각하지만, 후궁 시녀들이 보기에 젠지로가 스스로 입은 차림으로 공식 석상에 나가는 건 '있을 수 없는 일'인 모양이다.

옷을 갈아입으며 젠지로는 이네스와 가벼운 잡담을 나누었다.

"젠지로 님, 프레야 전하와는 친해지기 어려우십니까?"

"아니, 이번 여행으로 꽤 친해졌다고 생각하는데. 아무래도 며칠이나 같은 용차를 타고 왔으니까. 프레야 전하의 성격도 마음에 들고."

젠지로의 말에 거짓은 없었다.

말투나 동작은 귀족답게 세련됐지만, 귀족 특유의 가식적인 태도도 없고 활동적이며 표정이 풍부한 프레야 공주를 젠지로는 결코 나쁘게 생각하지 않았다.

"그러면 프레야 전하를 측실로 맞으셔도 문제없지 않습니까?"

"그거랑 그거는 전혀 다른 얘기야. 프레야 전하 개인에 대한 감정이 문제가 아니라, 원만한 가정에 두 번째 아내를 들여서 벌어질 알력이 불안하니까."

'금실 좋은 부부+부부 양쪽과 모두 사이좋은 여자친구'라는 조합은 있을 수 있다. 하지만 '한 남자에게 마음을 둔 두 여인'이라는 조합은, 제아무리 두 여성 사이에 깊은 우정이 존재한다 해도 밝은 미래를 예상할 수 없다.

문화와 가치관의 차이를 머리로는 이해해도 감성적으로 받아들이기 어려웠다.

"나는 지금의 후궁이 굉장히 편안하거든. 아우라가 있고, 내가 있고, 젠키치가 있고. 프레야 전하가 좋은 사람임은 알지만, 행복한 내 가정에 그녀를 들이는 건 솔직히 두려워."

젠지로의 솔직한 마음을 듣고 이네스는 눈부신 물건을 바라보듯 눈을 가늘게 떴다.

"젠지로 님은 정말로 아우라 폐하와 카를로 젠 폐하를 사랑하시는군요."

"아, 뭐, 그, 응. 그런 느낌이지. 아, 그런데 이네스는 늘 젠키치를 카를로 젠이라고 부르네."

젠지로는 이네스의 직설적인 칭찬이 낯 뜨거워 대답을 얼버무리며 화제를 돌렸다.

카를로스 젠키치를 줄여 카를로 젠이라고 부르는데, 카를로스 젠키치를 젠키치라고 부르는 사람은 사실상 젠지로 뿐이고, 대부분은 카를로스라고 부른다. 그리고 일부는 카를로 젠이라고 부르는데, 이네스는 그 소수파의 일원이다.

젠지로에게는 화제를 전환하기 위해 가볍게 던진 질문이었지만, 이네스에게는 다소 무거운 의미를 지닌 질문이 되었다.

"그렇군요. '카를로스 전하'라는 호칭은 제겐 어쩔 수 없이 카를로스 2세 폐하를 떠올리게 하기 때문이지요."

어딘가 먼 곳을 바라보듯 이네스는 아련한 표정으로 중얼거렸다.

"카를로스 2세 폐하라면, 아우라의 전왕? 그러고 보니 같은 이름이었지, 참. 어라, 그런데 '카를로스 전하'가 아니라 '카를로스 폐하'니까 다르지 않나?"

젠지로가 옥타비아 부인에게 배운 지식을 떠올리며 묻자 이네스는 아련한 눈빛을 한 채 작게 고개를 저었다.

"네. 말씀하신 대로입니다. 하지만 그 분이 옥좌의 주인이셨던 시간은 불과 1년에도 미치지 않았으니까요. 제가 모실 때는 줄곧 '카를로스 전하'였답니다."

"응!? 이네스는 원래 카를로스 2세 폐하를 모셨어?"

젠지로는 놀라서 눈을 동그랗게 떴지만 생각해 보면 지극히 당연한 얘기다.

이네스는 아우라보다 열 살 가량 연상이다. 아우라를 모시기 전에 모시던 주인이 있다 해도 이상하지 않다.

"네. 그래서 '카를로스 전하'라고 부르면 저도 모르게 선왕 폐하를 떠올리고 말아서, '카를로 젠 전하'라고 부르고 있습니다. 불쾌하시다면 고치겠습니다만."

"어떻게 할까요?"라고 묻는 이네스에게 젠지로는 웃으며 고개를 저어 보였다.

"아니, 그럴 필요는 없어. 정말로 그냥 궁금했을 뿐이니까."

어떻게 부르든 이네스가 젠지로의 아이를 경의와 애정으로 대하고 있음은 분명하다. 사사로운 부분에 집착할 필요는 없다.

그런 젠지로의 신뢰가 전해졌으리라.

"감사합니다, 젠지로 님. 자, 이제 다 됐습니다."

젠지로의 옷차림을 완성한 이네스는 따뜻한 미소를 지으며 살짝 고개를 숙였다.

-------◆-------

중정에서의 파티는 귀족사회에서 특별히 대단한 일은 아니다. 그래서 이곳 가질 변경백 저택 별관의 중정에도 파티를 위한 시설이 갖춰져 있다.

시설이라고는 해도 식재료를 씻기 위한 우물과 재료를 손질하고 조리할 조리대와 돌 화덕 정도지만, 바비큐 같은 간단한 요리를 하기에 전혀 부족함이 없다.

고기와 채소를 굽는 고소한 냄새가 피어오르는 가운데, 등불의 조명에 비친 프레야 공주의 미소 띤 얼굴을 젠지로는 조금 떨어진 곳에서 지켜보았다.

"네, 다 구워진 모양이네요. 제가 자를 테니까 조금 기다려 주세요."

조리를 지휘하는 프레야 공주는 진심으로 기뻐 보였다. 끊임없이 웃으며 짧은 은발에 붉은 등잔불빛을 반짝이며 이리저리 바쁘게 돌아다녔다.

엄연한 왕족인데도 고기를 잘라 나눠주는 프레야 공주의 미소에서는 일말의 가식도 보이지 않았다.

(혹시 요리가 취미인가?)

젠지로가 그런 생각을 하고 있을 때, 커다란 그림자가 그를 향해 다가왔다.

"젠지로 폐하, 하나 드시지요."

고개와 채소를 끼운 꼬치가 놓은 은접시를 젠지로에게 내민 사람은, 올려다볼 만큼 키가 큰 여자——빅토리아 크론크비스트, 일명 스카디였다.

"아, 빅토리아 님. 고맙습니다."

프레야 공주의 심복이 내민 은접시에서 꼬치를 집어 든 젠지로는 그 손을 살짝 들어 올려 가볍게 예를 표했다.

"아니요, 감사는 저희 쪽이 드려야 하지요, 젠지로 폐하. 공주님의 파티 제안을 허락해 주셔서 진심으로 감사합니다. 주인을 대신해 인사 올립니다."

여전사는 그렇게 말하며 정중하게 고개를 숙였다. 젠지로는 꼬치를 손에 든 채 이상하다는 듯 고개를 갸웃했다.

이번 파티를 허락함으로써 젠지로가 프레야 공주를 측실 후보로 사실상 인정한 셈이 됐지만, 아무래도 그녀가 예를 표한 데는 다른 이유가 있는 느낌이 들었다.

"……내가 북대륙의 문화를 잘 몰라서 묻네만, 혹시 이 파티에 뭔가 특별한 의미가 있는가?"

혹시 함정에 빠졌나? 의심을 품은 젠지로가 의식적으로 굳은 목소리로 물었지만, 장신의 여전사는 개의치 않고 고개를 가로저었다.

"아뇨, 젠지로 폐하. 폐하가 염려하실 만한 의미는 없습니다만 아주 의미가 없는 건 아닙니다. 이렇게 직접 잡은 사냥감을 공식적인 자리에서 손님들에게 대접하는 것이 공주님의 오랜 꿈이었으니까요. 우리나라에서는 오로지 '전사'만이 사냥감의 주인으로서 행동할 권리를 갖습니다."

스카디의 말뜻을 어렴풋이 간파한 젠지로는 꼬치의 고기를 한입 베어 잘 씹어 삼킨 후 입을 열었다.

"……그렇다는 얘기는, 프레야 전하는 전사가 아니라는 게로군? 육룡을 잡았을 때 상당히 훌륭한 창 솜씨를 보였다고 우리 병사들이 칭찬하던데."

카파 왕국에서는 애초에 여자를 전사로 인정하지 않지만, 그녀들의 모국인 웁살라 왕국은 그렇지 않을 터였다. 실제로 눈앞에 있는 스카디 자신이 '전사'가 아닌가.

스카디는 살짝 웃고는 고개를 저었다.

"공주님은 전사가 될 수 있는 최소한의 역량을 갖고 있습니다. 하지만 '전사'가 되기 위해서는 그것만으로는 부족합니다. 여자가 전사가 되려면 최소한 그보다 세 계급 높은 '백인장'에 필적하는 역량을 지녀야 합니다."

웁살라 왕국에서도 원칙적으로 전사는 남자의 일이다. 그래서 평균 수준을 훨씬 뛰어넘는 여자가 아니면 일반적인 여성의 역할을 강요받는다.

일반적인 수준의 남자 전사들은 차고 넘치지만, 아이를 낳고 기르는 일은 여자만이 할 수 있다. 그러니 여자는 여자의 역할에 충실해야 한다는 논리다.

그러나 여자 중에도 간혹 '여자로 놔두기에는 아까운' 인재가 있기 마련이다.

보통 남자의 능력을 월등하게 뛰어넘는 여성. 그런 여자만이 여자의 역할에 머무르기보다 국가나 부족에 이익이 된다는 판단에 따라 '여전사'로 인정받을 수 있다.

웁살라 왕국에서 여전사가 되려면 문자 그대로 남성의 능력을 압도적으로 뛰어넘어야만 한다.

"그렇군……."

그 이야기는 젠지로도 이해할 수 있었다.

활동적이고 모험심 강한 프레야 공주라면 '전사'라는 칭호에 동경을 품고도 남음이 있다.

그래서 프레야 공주는 원래 전사만의 권리인 '자신의 사냥감을 직접 사람들에게 대접하는' 행위에 기쁨을 감추지 못한 것이다.

젠지로는 적당한 높이의 나무 등걸에 앉아 주위를 둘러보았다.

여기까지 젠지로를 호위해 온 병사들이 중학생들의 야외 캠핑처럼 왁자지껄한 광경을 만들고 있었다.

이번 파티는 병사들을 위무한다는 목적이었으므로, 외부인은 별관의 책임자인 니르다 가질과 가질 변경백 가문의 가신인 귀족 몇 명만 초대했다.

결혼식 준비로 정신없는 와중에 왕족이 대규모 파티를 열면 그야말로 민폐이기 때문이다.

덕분에 젠지로도 성가신 응대를 할 일이 없었다.

"젠지로 님, 이 자리에 초대해 주셔서 감사합니다."

그렇게 비교적 편안한 시간을 보내던 젠지로에게 작은 체구의 소녀——니르다 가질이 다가왔다.

커다랗고 까만 눈동자를 반짝반짝 빛내며 니르다는 스커트를 가볍게 잡고 살짝 고개를 숙였다.

"주최자는 내가 아니라 프레야 전하라네. 메인 요리는 전하가 잡은 야생 육룡이고. 맛있게 드시게."

"네. 조금 전에 프레야 전하께서 나눠 주셨습니다. 맛있습니다."

웃으며 대답하는 니르다의 얼굴에서 가식의 빛은 찾아볼 수 없었다.

어찌 보면 조악하달 수 있는 소금과 향신료로 맛을 낸 훈제고기 꼬치를 정말 맛있어하며 먹고 있다.

"그나저나 야생 육룡을 창으로 잡았다니, 프레야 전하는 정말 용감한 분이에요. 저도 마을에 살았을 때 딱 한 번 육룡을 본 적이 있는데, 도무지 상상조차 할 수 없습니다."

정면으로 바라보기만 해도 다리가 후들거린다며, 니르다는 고개를 절레절레 흔들었다. 젠지로의 뺨이 움찔했다.

"니르다는 마을에서 살았었나?"

"네. 저는 마을에서 자랐습니다. 어머니와 마을에서 살고 있었어요. 아홉 살 때 아버지인 가질 변경백의 눈에 들어 변경백 가문 사람으로 인정받았습니다."

"그렇군……"

즉, 지방영주가 서민 여인에게 손을 대 의도치 않게 태어난 사생아라는 얘기다.

그것이 사실이라면 성장 환경이 상당히 복잡했을 텐데, 그녀의 표정에는 전혀, 라고 해도 좋을 만큼 어두운 구석이 없었다.

(타고난 낙천주의자 기질인가, 아니면 마을에서도 변경백 집안에서도 좋은 사람들에게 좋은 대우만을 받아 온 걸까.)

젠지로가 그런 생각을 하는 줄은 꿈에도 모르고, 니르다는 붙임성 좋은 미소를 지으며 이야기를 계속했다.

"그래서 저는 가축 육룡이나 둔룡을 돌본 적이 있는데, 얌전한 가축이라도 용은 무서워요. 하물며 야생 육룡에 맞서다니, 존경스럽습니다."

그렇게 말하는 니르다의 커다란 눈동자에는 진심으로 존경의 빛이 서려 있었다.

어느새 긴장감과 경계심을 풀어 버린 소녀의 격의 없는 말투에 대해, 젠지로는 쓴웃음을 억누르며 단어를 골라 타일렀다.

"그래, 프레야 전하는 훌륭하신 분이지. 하지만 니르다. 비록 칭찬이라 할지라도 그런 감정을 거리낌 없이 아무 곳에서나 드러내는 건 조심하는 편이 좋겠다. 귀족 사회에는 그런 말투를 불쾌하게 여기는 사람도 적지 않고, 경우에 따라서는 좋지 않은 소리를 들을 수 있으니까."

"네, 젠지로 님. 충고 감사합니다. 조심하겠습니다."

젠지로의 말을 듣고 한껏 풀이 죽은 니르다의 모습은 젠지로가 지적한 대로 '감정을 거리낌 없이 드러낸' 그 자체였다.

(적어도 이 아이가 태생적인 귀족이 아닌 것만큼은 틀림없군.)

수시로 표정을 바꾸는 니르다를 보며 젠지로는 그렇게 짐작했다.

주의 깊게 살펴보니 니르다의 동작이나 말투가 약간 부자연스러웠다.

그건 젠지로에게도 드러나는, 귀족으로서의 행동거지나 말투를 '의식적으로' 구사함으로 인해 생기는 부자연스러움이다.

(그나저나 위태로운 아이로군. 이렇게 무방비하게 속을 드러내서야 원. 그래도 귀족의 딸인데.)

처음엔 니르다도 긴장과 경계심을 잔뜩 드러냈지만, 파티에 어울리는 사이에 완전히 풀어지고 말았다. 마치 아무나 잘 따르는 강아지 같다.

(이것이 가질 변경백의 책략이라면 상당한 책략가라고 해야겠군. 다만 이네스가 변경백은 그럴 위인이 못 된다고 했는데.)

그런 생각을 한 이유는, 니르다라는 소녀를 통해 젠지로의 가질 변경백 가문에 대한 호감도가 급격히 상승했기 때문이다.

철이 들고 나서 귀족 집안의 일원이 된 소녀가 왕후 귀족에 대해 공포심과 경계심을 갖지 않는다는 건 가질 변경백 가문 사람들이 그녀를 함부로 대하지 않았음을 추측하게 한다.

젠지로는 인정과 도리를 갖춘 사람에게 호감을 느낀다. 만약 노림수라면 대단한 지략이 아닐 수 없다.

"젠지로 님. 왕국 수도는 역시 도회지인가요? 왕궁은 아름다운 곳이라고 들었습니다만, 어떤 느낌인가요? 말씀해 주세요."

"글세. 내가 왕궁과 후궁을 거의 나가지 않아서 그다지 객관적으로 말하기 어렵지만, 아름다운 곳이라고 생각한단다. 흰색으로 통일한 석조 건물은 튼튼하고 우아하지. 정원의 꽃과 나무도 전문가의 솜씨로 가꾸고, 분수나 연못에도 맑은 물이 담겨 있고. 어떤 연못에는 관상용 물고기도 자라고 있단다. 물이 맑아서 금빛 물고기가 무리 지어 헤엄치면 수면이 반짝반짝 금빛으로 빛나는 것처럼 보이지. 그건 꽤 근사한 광경이야."

"우와 굉장해요! 가고 싶어요, 보고 싶어요!"

젠지로에게는 왕궁과 후궁이 '내 집'이라는 느낌이 강해서 그런지, 니르다의 직설적인 동경의 시선이 기쁘면서도 왠지 오글거렸다.

"니르다는 수도에 오지 않는 게야? 가질 변경백도 수도에 저택을 두고 있을 터인데."

"원래 가질 변경백 가문은 영지에 더 중점을 두기 때문에 수도에는 최소한의 인원만 배치한다고 합니다. 그리고 저는 아직 미성년이라서 거의 이곳을 벗어나지 못하게끔 되어 있어요. 아, 그래도 열다섯 살이 됐으니 올해는 반드시 수도에 데려가 주실 거예요!"

"그렇구나. 아쉽게도 내가 직접 시내 안내를 해줄 수는 없지만, 왕궁 안이라면 안내해 줄 수 있으니 오게 되면 꼭 그렇게 하마."

젠지로 쪽에서 먼저 이런 약속을 잡는 일은 거의 없다. 너무나도 무방비한 니르다의 모습에 젠지로도 부지불식간에 보호본능을 느낀 듯하다.

"네. 그땐 잘 부탁하겠습니다."

니르다는 구름 한 점 없는 미소로 대답했다.

호스트 역할을 맡아 분주히 고기를 대접하던 프레야 공주도 한 차례 인사를 마치고 나자 자기만의 시간을 가질 여유가 생겼다.

"수고하셨습니다, 프레야 전하. 모두 즐거워하고 있군요."

젠지로는 자리에서 일어나 성취감으로 가득한 미소를 띠고 이쪽으로 다가오는 프레야 공주를 맞이했다.

"감사합니다, 젠지로 님. 옆에 앉아도 될까요?"

시녀 이네스가 내민 쟁반에서 과실주가 담긴 은잔을 집어든 은발의 공주님은 한 모금 목을 축이고는 반짝반짝 빛나는 미소를 지으며 그렇게 말했다.

젠지로는 당혹감을 감추지 못했다.

젠지로가 지금 앉아 있는 곳은 벤치처럼 제대로 된 의자가 아니라, 그저 '커다란 나무 등걸'일 뿐이다. 때문에 '옆'이라 함은 '옆자리'가 아니라 나무 등걸 하나에 둘이 앉겠다는 의미이다.

꽤 대담한 제안이건만 거절하기도 모호하다.

젠지로는 웃는 얼굴로 걸치고 있던 조끼 비슷한 상의를 벗어 지금까지 앉아 있던 등걸 위에 펼쳤다.

"네, 물론이지요, 프레야 전하. 이쪽에 앉으시지요."

"고맙습니다, 젠지로 폐하."

나무 등걸이 크긴 해도 둘이 앉으면 서로의 체온이 느껴질 만큼 거리가 가까워진다.

프레야 공주의 드레스 자락이 젠지로의 다리를 스쳤다. 젠지로가 오른팔로 프레야 공주의 허리를 감싸도 어색하지 않을 만큼, 두 사람의 거리는 가까웠다.

"…………."

"…………."

야밤의 중정에서 나무 등걸 하나에 사이좋게 붙어 앉은 남녀.

모닥불의 불꽃이 프레야 공주의 은발과 투명하고 하얀 피부를 붉게 비췄다.

무의식적으로 그 광경에 눈을 빼앗긴 젠지로에게 은발의 공주는 살짝 고개를 기울여 웃어 보였다.

"젠지로 폐하. 오늘 밤의 일은 감사합니다. 다시 한 번 인사 올립니다. 덕분에 꿈이 하나 이루어졌어요."

모닥불 빛에 비친 그 미소는 귀족의 필수 처세술인 가식의 미소가 아니다. 감정을 있는 그대로 드러내고 있다.

"기쁘셨다니 다행입니다. 이곳 남대륙에서는 고국의 관습이 효력을 발휘하지 못하니까요. 전하는 뜻하는 대로 하시면 됩니다."

"스카디에게 들으셨군요, 젠지로 폐하. 어린아이 같은 소망을 들킨 듯해 부끄럽습니다. 하지만 정말로 최고였어요. 용을 이 손으로 사냥하고 연회를 열어 병사들에게 대접하다니. 마치 제가 신화 속의 영웅이 된 기분입니다."

남대륙에서는 가축으로 기르는 용이지만, 북대륙에서는 인적이 드문 산속에서나 볼 수 있는 전설적인 존재다.

그런 동물을 직접 창으로 죽이고, 또 그걸 나누어 파티를 열었다 하면 꽤나 흥미진진한 모험담이리라.

젠지로는 그럴 만한 무력도 담력도 없는 탓에 아예 시도할 생각도 안 하지만, 그런 일에 동경심을 품는 프레야 공주의 심정을 이해할 수는 있다.

"전하의 굳센 마음과 행동력에는 그저 감탄할 따름입니다. 그 강한 마음이 드넓은 바다를 가로지르는 대륙간 항해를 가능하게 했겠지요."

"후후, 고국의 오빠는 늘 '너는 그저 막무가내에 철이 없을 뿐이다'라고 말하는데요. 그래도 저 나름대로 열심히 배웠답니다. 활 쏘는 법, 창 다루는 법, 야영하는 법, 항해 기술로는 밧줄 묶는 법, 밧줄 사다리에 오르는 법, 그리고 '물 조작'이나 '담수화'처럼 장기 항해에 필요한 마법도 익혔지요. 모두 집안에 틀어박혀 생활하는 데에는 무용지물이거나 오히려 해로운 지식과 기술입니다."

"하지만 프레야 전하의 그러한 노력이 있었기에 큰 바다를 건너 이곳 남대륙에 오신 게 아닙니까. 지식이나 기술은 평생 가는 재산이라고 생각합니다."

젠지로의 이 말은 위로와 칭찬 차원이었지만 진심에서 우러나온 것이기도 하다.

이곳 카파 왕국은 프레야 공주의 조국인 웁살라 왕국에 뒤지지 않을 만큼 남녀의 역할을 명확히 구분한다. 그러나 젠지로는 여왕 아우라라는 예외 중의 예외와 같이 살고 있기에, 그런 풍습에 거의 물들지 않았다.

젠지로의 가치관에 비추면 어느 정도의 무예를 갖추고 항해술을 익힌 점도 훌륭한 미덕인 셈이다.

애초에 무예가 높고 활동적인 점을 결점으로 여겼다면 처음부터 아우라에게 반하지도 않았다.

젠지로의 말이 형식적인 위무만은 아니라는 걸 프레야 공주도 느꼈으리라.

"고맙습니다, 젠지로 폐하. 부끄럽지만 제가 좋아하는 일이랍니다. 창을 들고 야산을 누비거나, 배를 몰아 큰 바다를 건너는 일이요. 저 자신이 세간에서 말하는 평범함의 기준에서 벗어났다는 자각은 있답니다. 그래서 제 행동에 눈살을 찌푸리거나 훈계하려는 사람들을 나쁘게 생각하지는 않아요. 하지만 제가 좋아하는 일을 위해 노력해 온 점을 칭찬해 주시니 날아갈 듯이 기쁩니다."

"하하, 그렇게까지 기뻐하시니 오히려 제가 민망합니다. 하지만 조금 전에 드린 말씀은 진심입니다."

이세계에서 온 남자와 북대륙에서 온 소녀는 어느새 서로의 다리가 맞닿을 만큼 가까이 앉아 있다는 사실도 잊은 채 언제까지나 웃는 얼굴로 대화를 이어 나갔다.

━━━━━◆━━━━━

야외 파티가 끝나는 타이밍을 파악하기는 어렵지 않다. 꼬치구이나 채소가 동나고 빈 술통이 늘고, 모닥불이 작아지면 누구나 파티의 끝이 머지않았음을 깨닫는다.

파티장을 가득 메우던 커다란 웃음소리와 노랫소리도 잠잠해지고 조용한 담소만이 들리던 바로 그때였다.

딸랑딸랑하는, 커다란 종소리가 어두운 밤하늘에 울려 퍼졌다.

"이네스?"

젠지로가 순간적으로 나무 등걸에서 일어나 뒤에 대기하던 시녀에게 질문을 던졌지만, 이네스는 침착한 표정으로 고개를 저어 보였다.

"본관 쪽에서 들리는 듯한데 자세한 내용은 알 수 없습니다. 다만 니르다 님의 반응을 보아하니 적어도 긴급 사태는 아닌 모양입니다."

젠지로가 반사적으로 니르다 쪽을 돌아보자 과연, 그녀는 약간 놀랐을 뿐, 특별히 무섭거나 초조한 감정을 드러내고 있지는 않았다.

젠지로의 시선을 깨달은 니르다가 아차 하는 표정으로 자리에서 일어나더니 종종거리며 다가왔다.

"실례했습니다, 젠지로 님. 보고가 늦어 죄송합니다. 방금 들린 종소리는 정문에 손님이 도착했음을 알리는 소리입니다. 거기, 얼른 본관에 가서 자세한 내용을 듣고 와 주세요."

"예, 알겠습니다."

니르다의 명령을 받고 경비를 하던 병사 한 명이 달려나갔다.

"이런 시간에 손님이?"

젠지로가 의아해하는 것도 무리는 아니다.

결혼식 때문에 국내의 귀족들이 모여든 마당에 방문객 자체가 이상하지는 않지만, 이런 시간에 도착하다니 부자연스럽다. 야밤에 움직이면 큰 위험이 따른다.

결혼식이 당장 내일 열리는 것도 아니고, 일정에 여유가 있으니 무리하지 않고 적당한 곳에서 야영한 후 다음 날 아침 출발하면 될 일이다.

젠지로가 그런 생각을 하는 중에 본관에 갔던 병사가 돌아왔다.

어둠 속, 먼발치에서도 확연히 알 수 있을 만큼 황급히 달려온 병사가 큰 소리로 보고했다.

"보고합니다! 방금 '나바라 왕국'의 대표 사절단이 도착하셨습니다!"

"나바라 왕국?"

어디선가 들은 적 있는 이름이다. 젠지로는 속으로 그 의미를 더듬었다.

나바라 왕국은 남대륙 중서부에 있는 중견 국가이다. 카파 왕국과는 국경지대인 험준한 산맥을 사이에 둔 인접 국가이며, 그

접경 지점이 바로 이곳 가질 변경백령이다.

즉, 가질 변경백령에서 보면 산 하나를 사이에 둔 이웃 영지인 셈이다.

국내 귀족 사이의 결혼식에 이웃 나라의 대표단이 참석한다니 다소 기묘한 느낌이지만, 봉건국가에서는 흔치 않은 얘기도 아니다.

변경백 클래스의 지방 대영주는 어느 정도 이웃 나라와 독자 외교를 펼칠 수 있다.

젠지로는 그러한 사정을 떠올리고 이해했다.

"아아, 과연. 나바라 왕국에서라면 밤새 달려 오늘 중에 도착할 수도 있겠군."

가질 변경백령과 나바라 왕국 사이를 가로지르는 산맥은 지형적으로도, 그곳에 서식하는 용류 때문에라도 상당히 위험하다.

공연히 위험한 지역에서 하룻밤을 보내기보다 밤새 달려오는 편이 덜 위험할 수 있다.

젠지로가 혼자서 퍼즐을 맞추며 이해하는 와중에 병사가 숨을 고르지도 못하고 이어서 보고했다.

"그리고 나바라 왕국 사절단의 대표는 마르틴 나달, 마르틴 장군입니다!"

그 이름의 효과는 극적이었다.

정원 안이 물을 끼얹은 듯이 고요해지더니 다음 순간 경악의 목소리가 터져 나왔다.

"말도 안 돼, 본국의 방어는 어쩌고!"
"그만큼 가질 변경백 가문과 푸죠르 장군의 결탁을 경계한다
는 뜻인가."
젠지로가 수도에서 데려온 병사들도 가질 변경백령의 병사들
도, 그리고 가질 변경백 가문에 종사하는 가신 귀족들도, 모두 놀
라움과 흥분을 감추지 못하고 멋대로 떠들었다.
마르틴 장군이라는 이름이 낯선 프레야 공주와 스카디, 그리고
냉정한 표정을 무너뜨리지 않는 이네스만이 예외였다.
주위를 둘러보던 젠지로는 이네스로부터 정보를 구했다.
"이네스, 마르틴 장군이라면 어떤 사람?"

"네, 마르틴 나달. 나바라 왕국이 자랑하는 대장군입니다. 지
난 대전에서 무수한 공적을 올린 영웅이며, 지난 대전에서 강국이
라고 할 수 없는 나바라 왕국을 승전국의 대열로 이끈 장본인이라
고 알려진 인물입니다."

젠지로의 질문을 예상했다는 듯이, 중년의 시녀가 침착한 표정
으로 담담히 대답했다.
예상보다 훨씬 대단한 인물임에 젠지로 또한 놀라움을 감추지
못했다.
"그 말인즉슨, 그 사람은 나바라에서 우리나라의 푸죠르 장군

과 같은 위치의 인물이라는 얘기인가?"

젠지로의 물음에 중년의 시녀는 단박에 수긍했다.

"네. 마르틴 장군은 푸죠르 장군과 호각인 분입니다."

"응?"

젠지로는 그 말투가 살짝 꺼림칙했다. '호각이라 불린다'도 아니고, '호각을 이룬다'도 아니다.

단정 지어 호각이라고 단정했기 때문이다. 젠지로가 고개를 갸웃거리자 이네스는 의문에 답하고자 입을 열었다.

"조금 더 단적으로 말씀드리자면, 푸죠르 장군의 '이마와 뺨에 상처'를 새긴 인물입니다."

"……과연."

예상을 훌쩍 뛰어넘는 거물이 등장했다. 젠지로는 이 결혼식이 무난히 치러질 것이라는 낙관적인 관측을 머릿속에서 깨끗이 지웠다.

[제2장] 결혼식

마르틴 나달 장군은 마흔을 조금 넘긴 장년의 사내이다.

나바라 왕국의 수호신이라 일컬어지는 그 남자의 외모는 평판을 배반하지 않았다.

190에 가까운 장신에 100킬로를 넘는 체중.

2미터에 가까운 푸죠르 장군과 비교하면 키가 조금 작긴 하지만, 체격은 그를 능가한다. 물론 비만이라는 뜻이 아니다.

마흔이 넘은 나이를 전혀 감지할 수 없을 만큼 철저하게 단련된 근육 덩어리다.

멧돼지를 연상케 하는 크고 다부진 체구임에도, 걸음걸이는 고양잇과의 육식동물처럼 부드럽고 군더더기가 없었다.

마르틴 장군은 배정받은 가질 변경백 관저의 한 방에서 의자에 앉아 쓴웃음을 흘렸다.

"이런, 이런, 역시 카파 왕국이군. 아니, 역시 가질 변경백 가문이라고 해야 하나. 아무튼, 만만치 않은 상대야."

조국의 대영웅이 내뱉는 약한 소리를 듣고, 뒤에 대기하던 젊은 기사가 과민 반응을 보였다.

"마르틴 각하, 그 말씀은 무슨 뜻입니까? 확실히 카파 왕국은 우리나라보다 두 배나 국력이 강한 대국입니다만."

마르틴 장군은 젊은 기사를 돌아보며 짓궂게 웃었다.

"흐음, 모르겠나? 봐, 이 의자와 책상을. 내 커다란 엉덩이를 걸쳐도 꿈쩍도 안 하잖나. 게다가 편하기까지 해. 책상의 높이도 딱 맞고. 내가 이 건물에 들어온 순간부터 거의 대기 시간 없이 이 방으로 안내됐단 말이지."

"……그러니까, 정보가 샜다는 말씀입니까? 이 결혼식에 각하께서 대표로 참석한다는."

키 190센티, 몸무게 100킬로의 마르틴 장군에게 일반인이 사용하는 의자와 책상은 맞지 않는다. 생각 없이 앉았다가는 빠직, 하고 심장이 쪼개지는 듯한 소리를 내기 십상이고, 팔걸이의자라면 그의 바위 같은 엉덩이가 채 안착하기도 전에 대참사가 벌어지곤 한다.

그러나 지금 마르틴 장군이 앉아 있는 의자는 전혀 그런 불편이 없다. 장식적인 요소가 없는 소박한 의자지만, 100킬로가 넘는 마르틴 장군이 기세 좋게 앉아도 꿈쩍도 하지 않을뿐더러, 높이나 크기 또한 더할 나위 없이 쾌적하다.

"음……, 정보가 샜달까, 예상하고 있었는지도 모르지. 나와 푸죠르 장군의 관계를 모르는 사람은 거의 없을 테니까."

그렇게 말하고 마르틴 장군은 무의식적으로 오른손을 두꺼운 가슴팍에 대고 옷 위로 옛 상처를 더듬었다.

지난 대전에서 푸죠르 장군에게 당한 상처다.

어지간한 일에는 집착을 모르는 마르틴 장군도 푸죠르 기젠이라는 이름은 의식하지 않을 수 없었다.

"푸죠르 장군의 지시일까? 아니, 푸죠르 장군에게도 이곳은 그저 아내 될 사람의 출신지. 현시점에서 지시를 내릴 권리 따위 없지. 그렇다면 가질 변경백의 지시라는 얘긴데, 그 영감이 이렇게 섬세한 인물은 아니거든. 누군가 영민한 자가 곁에 있다는 건가……."

생각의 늪으로 빠져들던 거구의 장군은 시야의 끝에서 젊은 기사의 시선을 느끼고 현실로 돌아왔다.

"응, 왜 그러나?"

그러고 보니 젊은 기사는 아까부터 잠자코 테이블의 한 지점을 바라보고 있었다.

그제야 작은 장방형 상자가 눈에 들어왔다. 안에는 스틱 모양으로 굳힌 시나몬 설탕이 들어 있었다.

단 것을 싫어하는 마르틴 장군은 흥미가 없었지만, 늠름한 외모와는 달리 단 것이라면 사족을 못 쓰는 젊은 기사에게는 무시할 수 없는 존재인 모양이다.

"아, 아뇨, 아무것도 아닙니다."

애써 시선을 돌리며 헛기침을 하는 젊은 기사를 보며, 마르틴 장군은 쓴웃음을 지었다.

"자네는 정말 단 것을 좋아하는구먼."

"……잘못됐습니까?"

젊은 기사는 창피해서 얼굴을 붉히면서 입을 삐죽였다.

"잘못은 아니지만 나는 별로야."

"저는 좋아합니다."

"그렇군. 문제는 그거야. 나는 싫어하는데 자네가 좋아하는 음식이 어째서 이 방에 준비돼 있다고 생각하나?"

"······아?"

장군의 지적에 젊은 기사는 할 말을 잃었다.

낯빛을 바꾸는 젊은 기사에게 마르틴 장군은 여유로운 미소를 보이며 재차 지적했다.

"그렇지. 달콤한 과자를 좋아하는 남자란 지극히 드물거든. 확실하지는 않지만, 아무래도 자네를 노린 선물 같군. 크리스티아노 핀트."

지난 대전의 영웅이 그렇게 젊은 기사의 이름을 불렀다.

"마르틴 각하라면 몰라도, 카파 왕국이 저 같은 말단까지 파악하고 있다는 말씀입니까?"

"어이, 겸손이 지나치군, 크리스. 남대륙에서 웬만큼 세상 돌아가는 일을 아는 자라면 크리스티아노 핀트의 이름을 모를 수가 없잖나."

마르틴 장군의 말은 결코 허풍이 아니다.

크리스티아노는 스무 살도 안 되는 젊은 나이에 장군 직속 기사장이라는 높은 지위에 올랐다. 왕가의 피가 진하게 흐르는 명문 핀트 가문의 적자라는 이유도 있지만, 그만큼 그의 무예가 남다르기 때문이기도 하다.

혈통이 좋다는 이유만으로는 마르틴 장군이 곁에 둘 리 없다. 원래 마르틴 장군은 하급 기사 출신에서 업적을 쌓아 지금의 자리까지 올라온 인물이다. 철저히 현장을 우선하며 혈통을 경시하는 경향이 있다.

　그런 마르틴 장군으로부터 '차세대 나라 지킴이'로서 기대를 한 몸에 받고 있는 자가 크리스티아노 핀트이다.

　그렇다고 해도 지금 시점에서 이웃 나라가 그를 눈여겨본다는 건, 지나치게 약삭빠르다는 느낌이다.

　"국토가 넓거나 국민이 많다고 해서 강대국은 아니야. 이 넓은 영토와 많은 국민을 건사할 수 있을 만큼의 인재가 있어야 비로소 대국이라 할 수 있지. 그 점을 절대 잊어서는 안 돼."

　"예, 각하."

　나바라 왕국의 장군 사제는 새삼스럽게 대국 카파 왕국에 대한 경계심을 다잡았다.

◆

　그 무렵, 가질 변경백 본관에서는 변경백 가문 사람들이 결혼식 준비와 손님맞이로 분주하게 움직이고 있었다.

　이상한 일도 아니다. 대귀족 사이의 결혼식이란 그만큼 대단한 행사이기 때문이다.

　"루신다 님, 결혼식 의상의 수선이 끝났습니다. 입어 보십시오."

"알겠어요. 옆방에 준비해 주세요. 이곳이 일단락되면 가도록 하죠."

"루신다 님, 별관의 젠지로 님 일행이 무사히 만찬을 마치셨다고 합니다. 니르다 님도 큰 문제는 없었다는 보고를 올렸습니다.

"그래요? 니르다에게 취침 전에 저한테 들르라고 전해 주세요. 만약을 위해 본인에게서 직접 얘기를 듣고 싶으니까요."

"루신다 님. 나바라 왕국 사절단을 방으로 모셨습니다. 아직은 큰 불만을 표하지 않고 계십니다."

"다행이군요. 손님을 차별하는 건 아니지만, 다른 나라의 내빈께 무슨 일이 생기면 국제적인 문제로 번질 수 있어요. 나바라 왕국 사절단에는 특히 세심한 주의를 기울여 주세요."

이상한 점이 있다면, 한가운데서 이 모든 일을 지휘하고 지시하는 사람이 다름 아닌, 며칠 뒤에 결혼식을 앞둔 신부——루신다 가질이라는 점이다.

원래부터 가질 변경백이 수도에서 근무하는 평상시에 그녀가 영지를 도맡아 관리했다. 그런데 자신의 결혼식 준비까지도 자기 손으로 해치우고 있다.

루신다 가질.

스무 살까지 결혼하지 못하면 노처녀라는 딱지가 붙는 카파 왕국에서 스물여섯 살 현재까지도 미혼. 이 말만 들으면 지독하게 못생겼거나 예민한 여자가 아닌가 하겠지만, 루신다는 그런 문제를 가진 여성이 아니다.

이목구비가 수수해서 확실히 눈에 띄는 미모는 아니지만 보는 눈에 따라서는 '청초한 미녀'라 하기에 충분하고, 영지 사람들로부터 신망이 두터운 점으로부터 성격에도 문제가 없음을 알 수 있다.

굳이 말하자면 여자 몸으로 영지의 정무를 관장하는 적극성이 다소 남대륙의 정서에 반한다고나 할까. 그래도 루신다는 '아버지의 대리', '남동생이 지위를 물려받을 때까지 중간 역할'이라는 입장을 고수해 왔다.

여자임에도 최고 권력자로서 수완을 발휘하는 여왕 아우라나 목숨을 건 머나먼 항해에 겁 없이 뛰어드는 프레야 공주에 비하면 그나마 상식선이다.

어디까지나 여자에게 허용된 범위 안에서 유능함을 발휘하는, 남자가 볼 때 최고의 신붓감이라고 할 수 있다.

애당초 그녀가 혼기를 놓친 이유는 결혼 적령기와 지난 대전이 겹치는 바람에 전장을 떠날 수 없는 아버지를 대신해 영지와 동생들을 돌봐야 했기 때문이다. 즉, 그녀의 책임이 아니라 결혼을 도모할 수 없는 상황이었다. 따라서 그녀는 세간에서 말하는 일반적인 '노처녀'와는 전혀 다른 존재다.

사용인들이 일제히 보고를 마치자 루신다는 차분한 모습으로 책상에 앉아 서류를 뒤적였다. 며칠 뒤에 결혼식을 올릴 귀족 여성이라고는 도무지 여겨지지 않는 침착함이었다.

"나바라 왕국의 대표는 이쪽의 예상대로 마르틴 장군이었네요. 크리스 기사장까지 동행하리라곤 생각지 못했지만요. 설탕과자를 무사히 준비했나요?"

"네. 방으로 드시기 전에 준비해 두었습니다."

"고마워요. 잘 해주었어요."

나바라 왕국의 사자가 마르틴 장군이리라 예상하고 그에 맞는 가구를 준비한 사람도, 크리스 기사장이 단 것을 좋아한다는 정보를 입수해서 직전에 설탕과자를 넣어둔 사람도 루신다이다.

수도에서 근무하는 아버지 가질 변경백의 대리로서 사실상 영지를 통치해 온 루신다는 산 하나를 사이에 둔 이웃 나라 나바라 왕국에 대해 각별한 관심을 두고 정보를 수집해 왔다.

카파 왕국 전체로 보면 나바라 왕국은 그다지 신경 쓰이지 않는 중견 국가에 불과하지만, 가질 변경백령 입장에서는 충분히 경계할 만한 대상이다.

때문에, 마르틴 장군이 카파 왕국을 경계하는 만큼 루신다 또한 나바라 왕국을 경계했다.

"마르틴 장군은 우락부락한 외모와 달리 상당히 섬세하고 눈치 빠른 사람이라고 들었어요. 가구나 설탕과자의 의미도 벌써 파악했겠지요. 이걸로 조금은 견제가 되었으면 좋겠는데요."

루신다는 그렇게 내뱉고 오른손에 쥔 용골필을 필통에 집어넣었다.

마르틴 장군이 눈치챈 대로, 마르틴 장군에게 맞는 가구와 크리스 기사장의 기호에 맞춰 준비한 과자는 루신다로부터의 메시지다.

"우리는 이만큼 당신들의 동향을 파악하고 있다."고 견제한 것이다.

루신다는 결혼한다. 즉, 가질 변경백령의 영주 대리가 떠난다는 의미다.

물론 루신다는 결혼이 결정된 순간부터 인수인계 준비를 시작했다.

차기 영주인 사비에르와 원로 가신들에게 업무를 가르치고, 이들이 영민 대표와 가능한 한 자주 접촉하게끔 하여 오늘까지 루신다가 일궈 온 정보망이 계승될 수 있도록 했다.

그러나 이는 어디까지나 임기응변에 불과했다. 이번 결혼식은 대귀족의 상식선에서 보면 매우 갑작스럽고 준비기간도 짧았다. 어쩔 수 없는 일이다.

루신다가 떠난 후, 영지에 크고 작은 혼란이 발생하리라. 그 혼란을 틈타 이웃 나라가 촉수를 들이대지 못하게끔 루신다는 단단히 못을 박아두고 싶었다.

"그나저나 이렇게 상황이 정신없다 보니 더욱 젠지로 님의 배려가 사무치네요. 나중에 따로 감사 인사를 드려야겠어요."

젠지로의 배려란 다름 아닌, "결혼식 당일에 신랑 신부와의 만남을 고대하고 있다."는 말 한마디다.

즉, 결혼식 당일까지 자신에게는 신경 쓸 필요가 없다는 선언이다. 덕분에 가질 변경백 집안은 본래 가장 극진히 모셔야 할 왕가의 내빈을 별관에 모시고, 최소한의 인원만을 배치해 응대하고 있다.

만약 젠지로가 배려 없이 왕족으로서 사전에 변경백과 인사를 나눈다거나, 미리 신부를 축복하겠다고 나섰다면 변경백 집안이 처리해야 할 업무량이 증폭하여 더 큰 혼란에 빠졌으리라.

생각만 해도 끔찍한 상황을 떠올리자 루신다의 등줄기가 오싹했다. 그때 딸깍, 문고리가 돌아가는 소리가 들리며 출입문이 열렸다.

"실례합니다. 누님. 시내를 순찰하고 지금 돌아왔습니다."

가질 변경백 가문의 차기 당주 사비에르 가질이었다.

본인 말대로 야간 순찰을 한 듯, 야심한 시각에도 작은 체구를 갑옷으로 감싸고 허리에 장검을 차고 있었다.

"수고했어요, 사비에르. 거리는 평온했나요?"

온화한 미소로 남동생의 노고를 위로하며, 루신다는 곁에 대기하던 사용인에게 냉차를 가져오도록 지시했다.

루신다와 사비에르, 누나와 남동생은 소파에 마주 앉았다.

"네, 누님. 특별한 문제는 없었습니다. 영민들 모두가 누님의 결혼을 진심으로 축복하고 있습니다."

소파에 앉은 채 사비에르는 가슴을 펴며 자랑스럽게 보고했다.

어려서 어머니를 잃은 사비에르에게 루신다는 누나라기보다 어머니와 같은 존재이다.

불운하게 혼기를 놓친 누나가 결혼하게 되어 사비에르는 그 누구보다 기뻤다.

루신다는 이 결혼을 마치 자기 일처럼 기뻐하는 남동생의 시선이 쑥스러워 어깨를 으쓱하며,

"그런가요. 다행이네요. 술이 과해서 싸움을 일으키거나 하는 일은 없었나요?"

하고 일부러 사무적인 목소리로 물었다.

그러자 사비에르는 약간 곤란해하며 시선을 피했다.

"아, 그야 꽤 자주 일어나고 있지요. 술을 금지하는 편이 좋을까요?"

"아니요. 영주 가문의 결혼식을 축하하는 자리에서 술을 거두면 너무 인정머리 없지요. 지금까지처럼 술에 취해 소동을 피우는 자를 단속하는 것만으로 충분해요. 다만 만에 하나라도 다른 귀족과 문제를 일으키면 곤란하니, 결혼식이 끝날 때까지는 허가를 받지 않은 영민이 영주관에 접근하지 않도록, 그것만 철저히 해 주세요."

지시를 내리는 누나와 그 지시를 당연히 받아들이는 남동생. 동생이 차기 당주라는 점을 고려하면 그다지 보기 좋은 모습은 아니다.

"……갑작스러운 결혼으로 영지를 떠나게 되어 불안했는데, 차라리 잘 됐는지도 모르겠어요. 내가 너무 오래 이 땅에 머무르면 아무래도 장래에 후환이 남을 테니까요."

"네? 누님, 무슨 말씀입니까?"

"아니, 그냥 혼잣말이에요."

루신다는 그렇게 말을 얼버무리며 속으로 한숨을 지었다.

만약 루신다가 이대로 영지에 남는다면 사비에르가 영주의 지위를 물려받은 후 권력구조가 뒤틀릴 가능성이 농후하다.

적어도 내정에 관해서는 가신 귀족도 평민 유력자들도 사비에르보다 루신다를 따르기 쉽고, 무엇보다 사비에르 자신이 루신다의 추종자이다.

루신다가 영지에 남은 상태에서 만약 사비에르가 맞이한 아내와 갈등이 빚어지면 영지가 나뉘는 최악의 상황이 빚어질 수도 있다.

그런 최악의 미래를 피할 수 있다는 점에서도 이 결혼이 가질 변경백령을 위한 일이라고 루신다는 생각했다.

말이 나온 김에 좋은 기회라고 생각한 루신다는 동생에게 마지막으로 조언했다.

"사비에르, 나는 며칠 있으면 푸죠르 장군의 아내가 되어 이 땅을 떠나요."

"네, 누님. 결혼 축하합니다!"

벌써 눈시울이 촉촉해지는 동생을 보며 루신다는 쓴웃음을 지었다.

"고마워요, 사비에르. 그러니까, 이것이 내가 진심으로 사비에르에게 순수하게 걱정하는 마음으로 건네는 마지막 말이에요. 잘 들어요."

루신다는 평소에 절대 거두지 않는 부드러운 미소를 싹 지우고, 친지한 표정을 지었다.

"네, 네. 누님."

사비에르는 반사적으로 등을 꼿꼿이 세우고 양손을 무릎 위에 가지런히 모았다. 세 살 버릇 여든까지 간다고, 원래 사비에르는 어릴 적부터 어머니 대신인 누나에게 꼼짝 못했다.

"내가 푸죠르 장군에게 시집간 다음엔, 지금까지처럼 나를 완전히 신뢰해서는 안 돼요."

"누, 누님……?"

할 말을 잃은 남동생에게 누나는 다짐을 두듯이 계속했다.

"푸죠르 장군의 아내가 되는 순간, 내 소속은 가질 가문에서 기젠 가문으로 바뀌어요. 이후 나의 우선순위는 첫째가 기젠 가문, 그다음이 가질 변경백 가문이에요. 전면적으로 신뢰해서는 안 되는, 다른 가문 사람이 된다는 말이에요."

"그, 그건……."

사비에르는 동요했지만, 루신다의 말은 원칙적으로 옳았다.

시집간 이상 그쪽 가문을 최우선으로 생각하고 그 집안의 가풍을 받아들인다. 귀족 사회에서는 당연한 사고방식이다.

물론 원칙과 이상에 가까운 얘기로, 실제 그렇게까지 선을 긋고 시집 장가를 가는 예는 별로 없다.

결혼해서 소속이 바뀌어도 출신 가문에 대한 소속의식을 버리지 못하는 사람이 더 많다.

가령 푸죠르 장군의 여동생인 파티마 기젠이 전형적인 예다. 오매불망 오빠 바라기인 그녀가 결혼했다고 해서 시집을 친정보다 우선할 리 만무하다.

그러나 루신다 가질이라는 여성은 다르다.

결혼한 이상, 귀족 여성으로서 시집간 집안을 위해 온 힘을 다함이 마땅하다. 루신다는 그렇게 생각했다. 인간미가 없을 정도로 모범적인 인물이다.

"즉, 앞으로 누님은 저에게 있어서 정적이 될 거라는 말씀인가요?"

낯빛이 변한 동생을 보며 루신다는 설명이 부족했음을 깨닫고 반성했다.

루신다는 일부러 표정을 누그러뜨리고, 타고난 부드러운 음색으로 동생의 염려를 부정해 주었다.

"아니요, 그렇게 거창한 얘기가 아니에요. 원래부터 가질 변경백 가문과 기젠 가문은 정적이 될 만큼 험악한 관계도 아니고요. 내가 시집감으로써 관계는 더욱 좋아질 테니까요. 현실적으로 장래에 내가 가질 변경백 가문에 불이익을 가져오거나, 사비에르를 몰락시킬 가능성은 거의 없어요."

"그, 그렇지요!"

언제 그랬냐는 듯 사비에르의 침울했던 표정이 대번에 밝아지자 누나는 곤란한 표정으로 웃었다.

"귀족에게 결혼은 일종의 계약이에요. 앞으로 나는 기젠 가문의 이익을 첫 번째로 생각해야 하지만, 기젠 가문에 불이익을 주지 않는 범위에서 가질 변경백 가문의 이익을 도모할 권리도 있어요."

시집을 갔으니 친정은 나 몰라라, 그랬다가는 시집보내는 집안이 지나치게 손해다. 그래서 시집의 이익을 침해하지 않는 범위에서 아내는 친정의 편의를 도모할 수 있다.

루신다의 설명에 사비에르는 진지한 얼굴로 귀를 기울였다.

"현재 카파 왕국의 정세 및 기젠 가문과 가질 변경백 가문의 위치를 생각하면, 기젠 가문의 이익이 가질 변경백 가문에는 불이익이 될 가능성은 아주 희박해요. 하지만 장래는 장담할 수 없지요. 만약 기젠 가문과 가질 변경백 가문의 이해가 완전히 충돌할 경우, 나는 기젠 가문의 이익을 위해 가질 변경백 가문에 불이익을 가져올 수 있어요. 그 사실을 머리에 꼭 새겨 두어요. 알겠지요?"

"⋯⋯네, 알겠습니다, 누님."

다른 집안으로 시집가는 누나의 의미심장한 충고를 듣고, 동생은 진지한 표정으로 고개를 끄덕였다.

◆

그로부터 며칠 후.

무사히 결혼식 당일이 되었다.

결혼식장은 가질 변경백 저택 본관의 대응접실이다.

젠지로와 아우라가 결혼식을 올린 왕국의 '용왕의 방'만큼 화려한 장식은 없었지만, 넓이는 그에 필적했다.

넓은 대응접실에 수많은 둥근 테이블이 놓이고, 결혼식에 초대받은 귀족들이 테이블을 둘러싸고 의자에 앉았다.

물론 젠지로도 그중 한 사람이다. 젠지로와 같은 테이블에는 파트너인 프레야 공주와 그녀의 심복, 여전사 스카디. 그리고 젠지로의 호위인 기사 나탈리오가 앉았다.

이네스는 평소처럼 시녀 복장을 하고 젠지로의 뒤에 대기했다.

카파 왕국의 결혼식은 그다지 딱딱한 분위기가 아니라서, 사람들은 신랑 신부가 입장하기 전에 음료로 목을 축이며 담소를 나누었다.

"이것이 남대륙의 결혼식이군요. 기본적인 건 북대륙과 큰 차이가 없네요."

과즙이 담긴 은잔에서 입을 떼며 프레야 공주는 완벽한 미소를 유지한 채 옆자리에 앉은 젠지로에게 말을 걸었다.

"아, 그렇습니까. 나도 남대륙 문화에 대해 그다지 밝지 않지만, 옛날에는 결혼식도 푹신한 양탄자 위에 앉아서 치렀다고 들었습니다. 요즘처럼 하객들 모두가 의자와 테이블에 앉게 된 건 북대륙 문화의 영향인지도 모르지요."

"그럴 가능성도 있네요. 그렇다면 저는 북대륙 문화를 이곳으로 전파한 조상께 감사해야겠어요."

프레야 공주의 말에서 뭔가를 눈치챈 젠지로는 약간 놀리듯이 가볍게 물었다.

"역시 프레야 전하는 양탄자 위에 앉는 일에는 익숙하지 않습니까?"

"네, 부끄럽지만요."

정곡을 찔린 프레야 공주는 창피해하며 살짝 고개를 숙였다.

남대륙에도 양탄자에 직접 앉는 풍습이 거의 사라졌지만, 완전히 없어지지는 않았다. 아직 몇몇 전통 행사에서는 참석자 전원이 양탄자 위에 양반다리를 하고 앉아야 한다. 전통을 중시하는 귀족 중에는 지금도 식당에 의자와 테이블을 놓지 않고 양탄자 위에 접시를 늘어놓고 식사를 하는 사람도 있다.

그래서 카파 왕국의 귀족이라면 바닥의 양탄자에 앉는 일에도 어느 정도 익숙하다. 그러나 북대륙의 귀족인 프레야 공주에게는 여전히 어색한 풍습인 모양이다.

한편 젠지로는 어떤가 하면, 양탄자에 앉는 풍습에도 웬만큼 적응했다. 현대의 일본인도 의자와 테이블을 사용하는 빈도가 높지만, 다다미방에서 양반다리를 하고 앉을 기회 또한 적지 않다.

덕분에 젠지로는 의자와 테이블이 없는 전통적인 행사에 참석해도 그다지 어려움을 느끼지 않았다.

(만약 프레야 공주가 정말로 내 측실이 되면, 이럴 때는 곤란하겠는걸?)

젠지로는 염려스러웠지만, 그 내용을 프레야 공주에게 전하지는 않았다.

프레야 공주가 측실이 됐을 때 겪을 일을 대놓고 걱정했다가는 곧 측실을 허락하는 셈이 된다.

현재 젠지로를 둘러싼 환경은 프레야 공주를 측실로 맞이하는 방향으로 착실히 나아가고 있다. 젠지로 혼자서 그 흐름을 막을 수는 없겠지만, 그렇다고 해서 젠지로가 흐름을 재촉할 의무 또한 없다.

젠지로가 그런 생각을 하고 있을 때, 커다란 징을 울리는 소리가 식장에 울려 퍼졌다.

"드디어."

"시작하려나요."

징소리가 울리자 담소 중이던 사람들이 모두 주목하는 가운데 오늘의 주역인 신랑 신부가 입장했다.

"…………."

처음 모습을 드러낸 사람은 신랑 푸죠르 기젠이다.

의례용 군복을 차려입고 장식용 동검을 허리에 찬 대장군이 빨간 카펫 위를 당당히 나아갔다.

결혼식에서 카파 왕국의 전통의상이 아닌 군복을 입었다는 점이 푸죠르 장군답다. 실제로 푸죠르 장군에게는 군복이 가장 잘 어울린다.

2미터에 가까운 신장과 몸무게 100킬로의 잘 단련된 무사가 금실로 장식한 호화로운 군복을 몸에 두르고 있다. 사람들의 뇌리에 '대장군'이라는 단어의 이미지를 새기는 듯한 모습이다.

"…………."

이어서, 하얀 롱드레스를 입은 20대 중반 정도의 여인이 모습을 드러냈다.

젠지로는 처음 보지만, 그녀가 신부 루신다 가질임이 분명하리라.

앞서 걷는 푸죠르 장군의 대각선 뒤를 따르는 듯한 그 모습이 야말로 신부가 있어야 할 올바른 위치다.

젠지로와 아우라는 결혼식에서 두 사람이 나란히 걸었지만, 그 건 여왕과 국서의 결혼이었기에 예외다.

일반적으로 카파 왕국의 결혼식은 이렇게 신부가 신랑의 대각 선 뒤를 따라간다.

신랑 푸죠르와 신부 루신다.

사람들의 이목을 끄는 사람은 단연 푸죠르지만, 젠지로가 주 목하는 사람은 첫 대면인 루신다이다.

(이 사람이 루신다 양인가. 화려하지는 않지만 예쁜 사람이네.)

2미터에 가까운 푸죠르 장군의 뒤에 있어서 작아 보이지만 평 균키에 적당한 체격일 것이다.

매끄럽고 풍성한 흑발. 다정해 보이는 검은 눈동자. 카파 왕국 사람으로서 지극히 보통인 갈색 피부. 순백의 신부 의상으로 몸을 감싼 탓에 어딘가 수수한 인상이지만, 미인인가 아닌가 묻는다면 망설임 없이 미인이라고 대답할 만큼 단아한 용모다.

좋게 말하면 청초하고 나쁘게 말하면 개성이 없달까.

어느새 신랑 신부는 붉은 카펫 위를 지나 단상으로 올라갔다.

단상 위에는 결혼 의식을 주관하는 늙은 신관이 기다리고 있 었다.

남대륙의 정령신앙은 그다지 조직화되어 있지 않아서, 이런 관 혼상제의 자리에서나 신관을 볼 수 있다.

늙은 신관은 눈앞에 선 신랑 신부를 향해 하얀 수염으로 뒤덮인 입을 열었다.

"수많은 정령이 지켜보는 가운데 지금 여기서 한 쌍의 남녀가 부부의 맹세를 나눈다. 두 사람의 미래에 정령의 가호가 있기를. 예로부터 용맹한 남자는 그 넓은 등으로 약한 여자를 지키는 자. 부드러운 여자는 그 가슴으로 어리석은 남자를 일깨우는 자라 하였다. 서로 감싸는 마음에 정령은 반드시 응답해 줄 것이다."

체계나 조직을 갖추지 않은 남대륙의 정령신앙에서는 예식의 축사 역시 상당 부분 개인의 재량에 의존하는 편이다.

젠지로는 늙은 신관이 늘어놓는 축사를 흥미롭게 듣다가 문득 이상한 낌새를 느꼈다. 시선을 신랑 신부에게 고정한 채 의식만을 시야 바깥으로 향했다.

(뭐지? 시선이 느껴지는데. 누구야?)

시야의 끄트머리에 확실하지는 않지만 무사로 보이는 거대한 사람의 형상이 보였다.

(저기는, 외국 내빈객석인데…… 저 사람이 나바라 왕국의 마르틴 장군인가?)

실제로 젠지로의 시야에 들어온 사람은 마르틴 장군이 아니라 그의 곁에 앉은 크리스 기사장이었지만, 시선을 정면에 고정하고 있어서 정확히 식별하기는 어려웠다.

그러나 190센티, 100킬로의 거구를 자랑하는 마르틴 장군과 달리 크리스 기사장은 180센티의 마른 체격이다.

두 사람이 발산하는 존재감 자체가 다르다.

젠지로는 누군가가 결혼식 도중에 신랑 신부가 아닌 자신을 바라고 있다는 사실에 당황했지만, 생각해 보면 그다지 이상한 얘기도 아니다.

젠지로는 대국 카파 왕국의 국서, 혈통마법도 계승하고 있는 엄연한 왕족이다.

타국의 중진이라면 신랑 신부보다 젠지로에게 관심이 갈 수 있는 상황이다.

그러는 와중에도 결혼식은 일사천리로 진행됐다.

신관의 축복 가득한 말과 신랑 신부의 서약, 남대륙의 어디에서나 볼 수 있는 흔한 결혼식 광경이 이어졌다. 이변이 일어난 건 예식이 끝나갈 무렵이었다.

"그러면 마지막으로 신랑 신부의 반지 교환이 있겠습니다."

반지 교환이라는 생소한 의식으로 식장이 소란스러워졌다. 젠지로도 조금 놀랐다.

그 순간 이쪽을 향한 신랑 푸죠르 장군이 입가에 살짝 미소를 짓고 눈으로 인사했다.

젠지로는 이해했다.

(아아, 그렇구나. 전에 아우라가 말했었지. 내가 아우라에게 선물한 결

혼반지 때문에 최근 이 나라에도 결혼반지를 주고받는 풍습이 퍼지고 있다고. 푸죠르 장군도 유행을 따르기로 한 모양이군.)

방금 그 눈인사는 결혼반지라는 문화를 전파해 준 젠지로에게 감사를 표하는 의미였으리라.

모두가 지켜보는 가운데 신랑 신부는 노신관에게 맡겨 두었던 커플 반지를 받아 서로의 손가락에 끼웠다.

젠지로는 결혼반지를 왼손 약지에 끼우라고 사람들에게 가르친 적이 없다. 하지만 반지를 끼우고 있어도 일상생활에 가장 지장이 없는 손가락을 선택하다 보니, 카파에서도 필연적으로 그렇게 됐다.

결혼반지가 보석이 달리지 않은 간소한 골드 링인 점도 아마 같은 이유에서일 것이다.

무사인 푸죠르 장군에게 손가락의 장신구는 일절 도움이 되지 않는다. 보석을 붙이지 않은 밋밋한 링 형태가 최대한의 타협점이었으리라.

여성에게는 다소 아쉬울지도 모른다. 여자들이 커다랗고 아름다운 보석을 좋아한다는 점은 이쪽 세계도 다름이 없다.

젠지로는 문득 생각했다.

(내친김에 '약혼반지'도 유행시켜 볼까? 으음, 여자들은 화려한 약혼반지를 좋아하겠지만, 남자한테는 꽤 부담스럽겠지? 당분간은 결혼반지만 있는 편이 좋겠어.)

그러나 신부 루신다는 아무래도 일반적인 여자들에 속하지 않는 모양이다. 신랑 푸죠르 장군이 끼워 준 장식 없는 골드 링을 무척이나 기쁜 표정으로 바라보고 있었다.

───◆───

카파 왕국의 귀족 계급과 부유층의 결혼식은 본 행사 이후 '피로 의식'을 치른다.

'피로 의식'이란 이름 그대로 결혼식장에 들어가지 못한 사람들 앞에 신랑 신부가 모습을 드러내고 결혼을 보고하는 의식이다. 결혼식에 초대받은 손님은 일반적으로 '피로 의식'에 참석하지 않는다.

영주관 앞의 대광장에서 신랑 신부가 화려한 의상을 입고 백성 앞에 모습을 보여주고 있을 무렵, 결혼식에 참가했던 초대 손님들은 다른 장소에서 입식 연회를 즐겼다.

이 자리의 호스트는 신부 측 혼주, 즉 이 땅의 영주인 가질 변경백 가문이지만 신랑 측 혼주인 기젠 가문 사람들도 준 호스트로서 활약했다.

"젠지로 님, 여식의 결혼식을 위해 이런 변두리까지 왕림해 주셔서 뭐라 감사드려야 할지요."

맨 처음으로 가질 변경백 본인이 다가와 인사를 건넸다.

키는 젠지로와 비슷하지만, 몸집은 훨씬 컸다. 얼굴보다 굵은 목, 근육이 잔뜩 붙은 어깨, 통나무 같은 두 팔. 이미 노인의 영역에 들어선 나이였지만, 젠지로처럼 문외한이 보기에도 엄연한 현역 전사였다.

내심 살짝 기가 죽었지만 조금도 내색하지 않고, 젠지로는 웃으며 답했다.

"아니, 별말씀을, 변경백. 가질 변경백 가문과 기젠 가문은 우리나라의 안팎을 지탱하는 기둥이오. 두 집안이 결혼으로 맺어지는데 내가 아우라 폐하의 대리로서 참석함이 당연하오."

어디까지나 자신은 여왕 아우라의 대리라는 점을 강조한 대답이었다. 이에 가질 변경백은 귀족계급에서 보기 어려운 진심 어린 미소로 대응했다.

"황공한 말씀입니다. 제가 부덕하여 혼기를 놓친 딸을 맞아 준 기젠 가문에도 감사하지만, 그보다 기젠 가문과 저희 가질 변경백 가문의 인정하기 어려운 혼인을 허락해 주신 아우라 폐하의 은혜를 저 미겔 가질은 평생 잊을 수 없을 것입니다."

"그 또한 가질 변경백 가문이 오늘날까지 왕국에 충성을 다해 온 신뢰 때문이 아니겠소. 앞으로도 흔들림 없는 그 자세야말로, 아우라 폐하께서 바라는 바외다."

"물론입니다. 명심하겠습니다."

중앙의 대귀족과 맺어졌다고 해서, 이를 기회 삼아 중앙의 권력투쟁에 숟가락을 얹으려 하지 말라는 충고에 대해, 초로의 변경백은 깊숙이 머리를 숙였다.

실제로 아우라는 가질 변경백을 신뢰하고 있다.

물론 지방영주귀족이 모두 그렇듯, 가질 변경백 가문도 자신의 영지가 왕국보다 우선인 경향이 있지만, 개중에 제법 의리 있는 축에 속한다.

지난 대전에서도 가질 변경백군은 왕국의 지시에 순순히 따라 주었다.

아우라의 친척에 해당하는 라라 후작가를 제외하면 가질 변경백 가문이야말로 가장 신뢰할 수 있는 귀족 집안이라 해도 과언이 아니다.

"자, 경사스러운 날이오. 딱딱한 얘기는 이 정도로 하고, 소개하지. 이쪽은 웁살라 왕국의 제1 공주 프레야 웁살라 전하요. 자리를 비울 수 없는 폐하를 대신하여 내 파트너로서 동행해 주었소. 프레야 전하, 이쪽은 가질 변경백. 변경백은 평소 수도에 근무하니 이미 인사를 나눈 사이 아니오?"

지금까지 젠지로의 대각선 뒤에서 점잖게 서 있던 북대륙의 공주님이 한 발짝 앞으로 나왔다.

"프레야 웁살라입니다. 따님이신 루신다 양의 결혼을 축하합니다, 가질 변경백."

프레야 공주는 심플한 블루 스커트 자락을 살짝 들고 정중하게 인사했다.

웁살라 왕국식 예법이 카파 왕국의 그것과는 조금 달랐지만, 그런 부분을 나무랄 수 없을 만큼 세련된 동작이었다.

"정중한 말씀 감사합니다, 프레야 전하. 보시다시피 아무것도 없는 시골 마을입니다만, 모쪼록 내 집처럼 편하게 지내시기 바랍니다."

가질 변경백은 무척이나 공손히 맞대응했다. 그러나 그녀가 '북대륙 공주님'이라서인지, 아니면 '카파 왕국 국서의 측실 후보'라서 그런 건지, 젠지로의 내공으로는 쉽게 간파할 수 없었다.

"고맙습니다. 변경백. 세심하게 살펴 주시는 덕분에 별관에서 쾌적하게 지내고 있습니다. 그렇지요? 젠지로 폐하."

"아, 그렇소."

그녀가 애써 젠지로를 대화에 끌어들인 건, 자신이 젠지로와 같은 건물에 머물고 있음을 주위에 알리려는 의도이리라.

"하하, 그리 말씀해주시니 조금은 마음이 편해집니다. 잘 해 주었다, 니르다."

프레야 공주의 속셈을 아는지 모르는지, 가질 변경백은 쾌활하게 웃으며 뒤에 대기하고 있던 딸의 이름을 불렀다.

"네, 아버님. 황공하옵니다, 프레야 전하."

작은 소녀는 커다란 눈동자를 굴리며 꾸벅 고개를 숙였다. 다소 긴장한 기색이었지만, 여전히 태생적으로 사람 좋아하는 작은 동물과 같은 우호적인 분위기를 내뿜었다.

고개를 돌려 딸을 바라보는 가질 변경백의 표정도 부드럽게 풀어져 있었다. 적어도 젠지로의 눈에는 그 시선에 꺼림칙함이나 어두운 음모의 그림자 따위 보이지 않았다.

(결혼식에도 당당히 니르다를 신부 측 혼주석에 앉혔지. 가질 변경백은 니르다를 특별히 감출 생각이 없다는 얘긴가. 점점 모르겠네.)

왕가에서 파악하지 못한 소녀를 지방 영주가 공식적인 자리에서 당당히 자기 딸이라며 내보이고, 나아가 왕족의 보좌역으로 임명했다.

이 일의 진상은 의미도 벌것 아닌, 단순한 착오가 아닐까. 젠지로는 어쩐지 그런 생각이 들었다.

이 일이 모종의 계략이라기엔 니르다라는 소녀도 가질 변경백이라는 남자도 지나치게 순진해 보인다.

"그러고 보니, 니르다 양은 사비에르 경과 루신다 양의 이복동생이라 들었는데."

그래도 혹시나 하는 생각에 슬쩍 떠보았다. 그러자 초로의 영주귀족은 백발이 섞인 머리를 긁으며 겸연쩍어하면서도 솔직하게 대답했다.

"예, 그렇습니다. 사비에르, 루신다는 지난 대전에서 전사한 장남, 그리고 차남과 마찬가지로 정실의 자식입니다. 니르다는 젊은 혈기에 그만…… 이라기엔 다소 늦은 나이에 얻었습니다만, 제가 평민 여인 사이에서 낳은 아이입니다."

그렇게 말하고 가질 변경백은 옆에 선 딸의 머리를 가볍게 쓰다듬었다.

"후후……"

아버지의 손길을 받은 소녀는 강아지처럼 기분 좋아했다.

자신의 출생에 대해 '젊은 혈기 탓'이라는 말을 듣는다면, 현대인의 감각에서는 아무리 부모라 해도 기분이 나쁠 터인데, 니르다는 전혀 신경 쓰는 기색이 없었다.

이쪽 세계는 신분의 벽이 그만큼 높아서일까. 아니면 거칠고 서툰 표현에 상처받지 않을 만큼 부녀지간의 정이 각별해서일까.

니르다의 모습을 보아 젠지로는 후자라는 생각이 들었다.

"프레야 전하도 말했지만, 니르다 양이 많이 애써 주었소. 그녀

는 늘 밝고 명랑해서 함께 있으면 나도 모르게 기분이 좋아지더
군. 덕분에 즐겁게 시간을 보냈소. 이 자리를 빌려 감사의 말을 전
하지. 고맙소, 니르다 양."

"이런, 황공하옵니다, 젠지로 님."

어쨌든 젠지로는 니르다 가질에 대해 아우라에게 판단을 구하
지도, 더 캐묻지도 않기로 하고 적당한 선에서 대화를 끊었다.

젠지로와 프레야 공주가 중요한 손님이지만, 신부 측 혼주인 가
질 변경백이 언제까지나 두 사람 곁에만 머물러 있을 수는 없다.

가질 변경백이 물러가자 예상했던 대로 젠지로 앞에 참석자들
의 인사 행렬이 이어졌다.

카파 왕국의 예법을 따르면 신분이 낮은 자가 높은 사람에게
먼저 말을 걸어서는 안 되지만, 결혼식이나 장례식은 예외다.

결혼식 참석자는 신랑 신부를 축하한다는 면에서, 장례식 참석
자는 고인을 기린다는 면에서 대등하기 때문이라고 한다.

덕분에 젠지로는 입식 파티임에도 거의 먹을 틈이 없을 정도로
쉬지 않고 귀족들을 응대해야 했다.

"처음 뵙겠습니다, 젠지로 님. 저는 아우라 폐하로부터 분에 넘
치는 자작 작위를 받은 프리모 기젠입니다. 신랑 푸죠르는 제 형
의 아들입니다."

"젠지로 님. 오늘은 제 오빠 푸죠르를 위해 이렇게 참석해 주셔
서 감사합니다."

쉰 전후로 보이는 남자와 키 큰 소녀가 함께 머리를 조아렸다.

자기소개한 대로, 남자는 푸죠르 장군의 숙부 프리모 기젠이고, 소녀는 푸죠르 장군의 여동생 파티마 기젠이다.

"프리모 경, 만나서 반갑소. 아우라 폐하의 반려자, 젠지로요. 파티마 양도 오랜만이오."

프리모 기젠은 기젠 가문 사람답게 늘씬하게 키가 큰 사내다.

2미터에 가까운 푸죠르에 비하면 한참 작지만, 옆에 선 파티마보다는 훨씬 크니, 적어도 185센티는 될 것이다.

하지만 푸죠르 장군처럼 일어서기만 해도 주위를 압도하는 느낌은 풍기지 않았다.

다소 무례하게 말하면 그저 키 큰 보통사람이라는 인상이다.

오히려 그의 옆에서 자신만만하게 황록색 드레스 차림을 뽐내고 있는 파티마 쪽이 훨씬 시선을 끈다.

"네, 젠지로 님. 당주인 오빠가 결혼해서 동생인 저도 겨우 마음을 놓을 수 있게 됐답니다."

파티마는 웃으며 그렇게 말했지만, 주의 깊게 살펴보면 남모르게 얼굴을 찡그리고 있음을 알 수 있었다.

(하긴, 오빠를 몹시 따르는 여동생이니 푸죠르 장군의 결혼을 진심으로 기뻐할 수만은 없겠지.)

게다가 결혼상대인 루신다는 만 스물여섯. 스무 살만 넘겨도 노처녀 취급하는 남대륙에서 그 나이면 이미 중늙은이에 속한다.

가뜩이나 파티마는 오빠를 '남대륙 최고의 남자'라고 맹신하는데, 그런 오빠의 정실이 중늙은이 노처녀라는 점이 몹시 불만스러울 터이다.

그래도 최대한 내색하지 않으려고 노력하는 건, 루신다를 맞이해 가질 변경백 가문과 사돈을 맺는 일이 얼마나 중요한지 이해하기 때문이다.

하긴, 아무리 불만스러워도 오빠의 결정에 반발할 수 없었겠지만.

"그러면 젠지로 님, 잠시 실례하겠습니다."

"인사를 드릴 수 있어서 영광이었습니다, 젠지로 님."

프리모 기젠과 파티마 기젠이 물러가자 곧바로 다음 손님이 모습을 드러냈다.

"오랜만입니다, 젠지로 님. 발렌티아에서는 신세가 많았습니다."

카파 왕국의 민족의상을 꼼꼼히 차려입은 청년이 사람 좋은 미소를 지으며 젠지로에게 인사했다.

"아아, 라파엘로 경. 발렌티아에서는 내가 신세를 졌지."

마르케스 백작가의 차기 당주 라파엘로 마르케스의 등장을 젠지로도 미소로 맞았다.

동시에 젠지로는 라파엘로 마르케스의 뒤에 선 '라파엘로의 약혼자'에게로 시선을 향했다.

재빠르게 젠지로의 시선을 살핀 라파엘로는 쾌활하게 웃으며,

"소개해 드리겠습니다, 젠지로 님. 제 약혼자인 마사나 남작가의 키샤입니다."

그렇게 말하고 드레스 차림을 한 여성의 허리에 손을 둘러 젠지로의 앞으로 에스코트했다.

라파엘로의 에스코트를 받은 여인에게 젠지로는 살짝 눈길을 빼앗겼다.

매끄럽고 긴 흑발을 아름답게 틀어 올리고 목에서 어깨로 이어지는 라인을 드러낸 붉은 드레스를 차려입은 모습은 자타가 공인하는 애처가 젠지로의 눈길조차 사로잡을 만큼 아름답고 섹시했다.

팔다리가 길고 굴곡 있는 몸매. 활기차고 자신감 넘치는 미소가 잘 어울리는 화려한 미모.

시녀복 차림일 때도 충분히 미녀였던 키샤의 고혹적인 드레스 모습에 젠지로는 눈을 가늘게 떴다.

"키샤. 시녀복 차림이 아닌 자네를 보는 건 처음인데, 실로 아름답구나. 후궁에 있을 때도 미모가 출중하긴 했지만, 이렇게 꾸민 모습을 보니 눈을 떼지 못하겠군."

얼마 전까지 주인으로 모시던 남자의 칭찬에, 요염한 미녀는 일부러 살짝 눈을 흘기며 토라진 듯 입술을 삐죽여 보였다.

"어머, 감사합니다, 젠지로 님. 그런데 의외네요. 젠지로 님께서 용모를 칭찬해 주시다니. 저는 젠지로 님께선 아우라 폐하가 아닌 다른 여성에게는 전혀 흥미를 못 느끼시는 줄 알았어요."

"나도 목석은 아니거든. 미녀를 보면 아름답다고 느끼는 마음은 있어."

편하게 지내던 전 후궁 시녀의 말에 젠지로는 쓴웃음을 감추지 않고 어깨를 으쓱했다.

그 반응에 주위에서 상황을 지켜보던 카파 왕국의 귀족들이 일제히 술렁였다.

젠지로가 여성에게 이렇게 풀어진 태도를 보이는 일은 지극히 드물다. 공식적인 파티에서는 특히 '빈틈없는' 대응으로 일관하는 젠지로다.

젠지로는 깨닫지 못했지만, 그의 행동이 '후궁 시녀'의 가치를 한 단계 끌어올렸다.

후궁 시녀는 국서 젠지로에게 닿는 '파이프'가 될 수 있다.

주위의 귀족들이 그런 인식을 새롭게 다지는 와중에, 전 후궁 시녀를 이미 약혼자로 맞은 라파엘로 마르케스가 상큼하게 웃으며 말했다.

"그러면 젠지로 님. 오늘은 이쯤에서 실례하겠습니다."

"그래, 라파엘로 경. 키샤를 잘 부탁하네."

약혼자를 내세워 얼마든지 대화를 이어나갈 수 있을 텐데도, 라파엘로는 담백하게 젠지로 곁에서 물러갔다.

오히려 다른 귀족들에 비해 젠지로와 접촉한 시간은 짧았다.

'괴물' 젠지로와는 당분간 거리를 둔다. 라파엘로는 일전에 아버지 마누엘 마르케스에게 충언한 대로, 자신의 위치를 지킨 것이었다.

신부 측 혼주인 가질 변경백 가문과 신랑 측 혼주인 기젠 가문, 그리고 마르케스 백작 가문.

모두 왕가로서 긴장을 늦출 수 없는 대귀족이지만, 그래도 국내 귀족이기에 어느 정도는 속내를 간파할 수 있고, 만약 대응에 문제가 있었다 해도 나중에 만회할 기회가 있다.

그러나 지금 젠지로 앞에는 그런 이해관계가 전혀 없는, 타국의 빈객이 서 있다.

나바라 왕국 대표사절단의 마르틴 나달 장군과 그를 모시는 크리스티아노 핀트 기사장이다.

누구나 척 보면 알 수 있을 만큼 단련된 타국의 무사들이 다가오자, 젠지로와 프레야 공주의 뒤에서 호위 기사 나탈리오와 스카디가 바짝 긴장했다. 평온해 보이는 사람은 시녀 이네스뿐이었다.

"처음 뵙겠습니다, 젠지로 폐하. 나바라 왕국에서 장군직에 있는 마르틴 나달입니다. 이렇게 폐하를 직접 뵐 기회가 닿아 황공하기 이를 데 없습니다. 그리고 이쪽은 제 부대의 젊은 기사 크리스티아노입니다."

"핀트 후작가의 장남 크리스티아노 기사장입니다. 뵙게 되어 영광입니다, 젠지로 폐하."

40대의 장군과 10대 후반의 젊은 기사가 나란히 젠지로에게 고개를 숙였다.

참고로, 마르틴 장군과 크리스 기사장은 예외적으로 파트너 여성을 대동하지 않고 식장에 들어왔다.

결혼식에는 최대한 남녀가 한 쌍이 되어 참석함이 바람직하지만, 한 쌍이 아니라고 해서 절대 참석할 수 없는 건 아니다.

일정이 넉넉지 않아 강행군으로 산을 넘어와야 했기에 여성을 데려올 수 없었다든가 하는 명백한 사정이 있다면 한 쌍이 아니더라도 문제없이 참석할 수 있다.

"이런, 마르틴 장군, 만나서 반갑소. 카파 왕국 국왕 아우라 폐하의 반려자, 젠지로요. 장군의 명성은 익히 들어 알고 있소. 그리고 이쪽은 북대륙 웁살라 왕국의 제1 공주, 프레야 웁살라 전하요."

"프레야입니다. 저는 북대륙 출신이라 아쉽게도 장군의 명성을 알지 못했습니다만, 이렇게 만나 뵈어 영광입니다."

젠지로의 소개를 받고 프레야 공주는 인사를 건넨 뒤 살짝 고개를 숙였다.

젠지로는 프레야의 허리에 두른 왼손을 거두며 마주한 두 남자를 바라보았다.

(이 사람이 나바라 왕국의 영웅, 마르틴 장군인가. 역시 거대하군. 게다가 분위기가 살벌해.)

젠지로는 애써 미소를 유지하며 마음의 동요를 드러내지 않으려 했지만, 속으로는 눈앞의 남자에게 본능적인 공포심을 느꼈다.

신장으로 치면 20센티 가까이, 체중으로 치면 두 배나 차이 나는 역전의 무사가 눈앞에 있다. 뒷걸음질치지 않고 서 있기만 해도 대단한 일이다.

일단 왕족인 젠지로는 의례용 장식 동검을 허리에 찼고 타국

의 장군인 마르틴은 비무장 상태지만, 그런 건 아무런 의미가 없었다.

"처음 뵙겠습니다, 프레야 전하. 만나 뵈어 영광입니다."

"잘 부탁합니다, 프레야 전하."

마르틴 장군과 크리스 기사장은 나란히 프레야 공주에게 인사했다.

"그나저나 마르틴 장군이 올 줄이야, 놀랐소. 장군 정도의 거물이 이웃 나라의 결혼식에까지 참석하다니, 역시 푸죠르 장군 때문인가?"

사실 젠지로는 얼마 전까지 마르틴 장군의 이름조차 알지 못했지만, 그런 얘기는 굳이 꺼내지 않는다.

게다가 젠지로의 지적은 타당했다.

이웃 나라 지방영주 일족의 결혼식에 타국이 사자를 보내는 경우가 드물지는 않지만, 그 사자가 대장군이라면 이례 중의 이례다.

지난 대전에서 있었던 푸죠르 장군과 마르틴 장군의 일화를 아는 자라면, 누구나 당연히 마르틴 장군이 푸죠르 장군 때문에 왔다고 생각할 것이다.

주위의 귀족들도 흥미진진하다는 듯이 귀를 쫑긋 세우고 있었다.

주위의 반응이 그러니 대장군도 어쩔 수 없다는 듯 어깨를 으쓱하고는, 태연하게 웃으며 수긍했다.

"그렇지요. 솔직히 말씀드리면 그게 가장 큰 이유이긴 합니다.

하지만 나바라 왕국에 카파 왕국은 소중한 이웃 나라입니다. 제가 아니었더라도 동등한 지위의 인물이 왔을 겁니다."

정확히 말하면 마르틴 장군이 걱정한 건 푸죠르 장군의 성격이다.

푸죠르 장군이 야심가라는 사실은 삼척동자도 안다.

자국의 영토에 인접한 영주 일족과 유능한 야심가인 장군이 혼인으로 맺어진다. 나바라 왕국 처지에서 마음 편할 수 없다.

대장군이 직접 상황을 살피러 나서기에 충분한 '위협'이다.

그런 의미를 내포한 마르틴 장군의 대답에 젠지로는 일부러 간파하지 못한 척, 웃으며 대답했다.

"아아, 이웃 나라와 사이좋게 지내면 더할 나위 없는 일이오. 서로 그 점을 잊지 않고 노력하기로 하지."

"전적으로 젠지로 폐하의 말씀대로입니다."

어디까지나 타국의 중진 사이에 오가는 뻔한 대화이다.

젠지로도 국내에서라면 몰라도, 외국과의 관계에서는 아직 적절한 밸런스 감각을 갖추지 못했기에, 최대한 무난한 대화로 일관할 수밖에 없었다.

대화는 자연스럽게 정치적인 요소를 피해 개인적인 관심사로 이동했다.

"그런데 나바라 왕국과 카파 왕국은 바로 옆에 붙어 있어서 음식문화에 큰 차이가 없겠구려? 항간에는 국경만 넘어도 문화가 달라진다는 얘기도 있소만."

"글쎄요, 저도 자세히는 모릅니다만, 눈에 보이는 부분에서는 큰 차이가 없습니다. 군이 꼽자면 과일주 정도일까요? 카파 왕국의 과일주는 우리나라에 비교하면 달달한 편입니다. 덕분에 오늘은 크리스 기사장도 술을 꽤 마시는군요. 안 그런가? 크리스."

"가, 각하, 그건!"

느닷없이 대화의 표적이 된 젊은 기사장은 눈이 휘둥그레져서 경애하는 장군의 웃는 얼굴에 원망의 눈빛을 쏘아댔다.

단 것을 좋아하는 남자는 왠지 자신의 취향을 부끄러워하는 경향이 있는데, 크리스 기사장도 그런 부류인 모양이다.

개중에는 공적인 자리라고 해서 쓴 술을 맛있는 척 들이키는 사람도 있는데, 다행히 그런 허세는 없는 사람 같다.

"취향은 사람마다 다르니까. 나도 약간 어린애 입맛이라서 향신료 중에 입에 대지 않는 종류가 있다네."

젠지로가 일부러 자신의 약점을 드러내며 감싸 주었지만, 크리스 기사장은 그 마음을 순순히 받아들일 만큼 어른스럽지 못했다.

"……황송합니다."

그는 머리를 조아리면서도 원망스러운 눈빛을 젠지로에게 향했다. 크리스 기사장은 마르틴 장군과 젠지로가 자기의 취향을 술안주 삼아 희롱한다고 여기는 모양이다.

젊은 기사장의 표정을 보고 젠지로는 화제를 다른 쪽으로 돌리는 편이 낫겠다고 판단했다.

"그러면 이 술은 마르틴 장군의 입맛에 맞으려나. 이건 최근에 수도에서 생산하고 있는 술인데, 맛은 변변찮아도 꽤 강하다오.

푸죠르 장군은 꽤 마음에 들어 하던데."

젠지로는 수도에서 챙겨온 '증류주'가 담긴 은잔을 마르틴 장군에게 권했다.

"호오, 그렇습니까. 폐하께서 친히 권하시니 감사히 맛보겠습니다. ……흐음, 확실히 목구멍이 타는 느낌이군요. 강한 술이지만 다소 풍미가 약한 듯합니다."

"역시? 우리나라에서도 그런 의견이 많다오. 더 개량해서 깊은 맛을 낼 필요가 있겠어."

"호오오, 흥미롭습니다. 완성되면 한번 마셔 보고 싶군요."

"그때 마음에 들면 고국에 널리 퍼뜨려 주게. 언젠가 우리나라의 특산품으로 만들고 싶으니까."

젠지로와 마르틴 장군이 대화를 나누는 동안 평정심을 되찾은 크리스 기사장이 살짝 고개를 갸웃하며 젠지로에게 물었다.

"젠지로 폐하는 마치 장사꾼처럼 생각하시는군요. 혹시 폐하의 출신이 그쪽이십니까?"

젊은 기사장의 말투에 마르틴 장군은 약간 미간을 찡그렸다. 젠지로가 왕가에서 태어나지 않은 건 사실이지만, 장사꾼 같다는 표현은 불경스러웠다.

그러나 젠지로는 개의치 않았다.

"그렇군, 틀리지도 맞지도 않다고나 할까."

그렇게 불쾌한 기색 없이 긍정에 가까운 대답을 했다.

원래 젠지로는 영업직을 겸한 샐러리맨이었다. 장사꾼이라는 표현이 아주 틀린 것만은 아니다.

"그러고 보니 젠지로 폐하께서 얼마 전에 용류를 상대로 커다란 무훈을 세우셨다고 들었습니다만."

젠지로의 속마음이야 어쨌건, 마르틴 장군은 이웃 나라의 왕족을 깎아내리는 부하의 발언을 무마하기 위해 젠지로를 추켜세울 만한 화제를 던졌다. 그러나 안타깝게도 오히려 역효과를 일으켰다.

"아아, 그건 그냥 전장에 서 있었을 뿐이오. 원체 전쟁에 관해서는 문외한이라서. 그나마 걸리적거리지 않은 것이 내가 세운 가장 큰 공이었소. 아무것도 안 했는데도 간담이 서늘해져서 원. 두 번 다시는 하고 싶지 않다오."

"아…… 그렇습니까."

젠지로의 대답에 마르틴 장군은 당혹한 표정을 감추지 못하고 말꼬리를 흐렸다.

"…………"

옆에 서 있는 기사장으로 말할 것 같으면, 대놓고 경멸하는 표정을 드러냈다.

하지만 크리스 기사장을 나무랄 일은 아니다. 오히려 이쪽 세계에서는 스스로 당당하게 "나는 전쟁이 싫다, 지긋지긋하다."고 선언하는 젠지로가 별난 존재이다.

귀족계급 이상의 장년 남성으로서 전투능력을 갖추지 못한 사람이 지극히 드문 데다, 혹여 있다 해도 그 사람은 항상 자신을 부끄럽게 여긴다.

그런 이쪽 세계의 가치관에 비추면 젠지로는 부끄러움도 모르며 허세를 부리는 사람으로 보인다.

"젠지로 폐하는 평소에 단련하지 않으십니까?"

크리스 기사장이 대놓고 젠지로의 손을 쳐다보며 물었다. 젠지로는 쓴웃음을 지으며 오른손을 크게 펼쳐 보였다.

"그렇다오. 지금에 와서 무예를 익힌다 한들 큰 소용도 없을 테니까. 포기했지."

그 말을 증명하듯이, 젠지로의 손바닥은 마치 여자나 어린아이처럼 얇고 굳은살이 전혀 없었다.

만약 젠지로가 학창시절에 야구부나 검도부 활동을 했다면 오해의 소지가 있는 흔적이 남았겠지만, 아쉽게도 축구부였다. 손바닥에 굳은살이 잡힐 만한 과거는 없었다.

"초보적인 수준이라도 무예를 익혀서 손해 볼 일은 없을 텐데요. 폐하도 싫다고만 여기지 마시고 한 번 도전하시는 게 어떻습니까?"

크리스 기사장은 마치 상대방을 독려하듯이 말했지만, 그 시선과 말투에서 젠지로에 대한 감출 수 없는 경멸의 감정이 배어 나왔다.

젠지로도 그걸 눈치채지 못할 만큼 둔하지는 않다. 하지만 구태여 무례를 지적하면 상황이 성가셔진다는 점도 잘 알고 있다.

"하하, 그렇군. 형편이 허락하면 생각해 보지."

잠시 생각한 후 젠지로는 애써 둔감한 척, 크리스 기사장의 비아냥을 눈치채지 못한 척했다.

"……예, 부디 한 번 고려해 주십시오."

"………."

무례한 태도를 거두지 않는 크리스 기사장 옆에서 마르틴 장군은 젠지로의 관용에 감사를 표하듯 눈을 내리깔았다.

'피로 의식'을 마친 신랑 신부는 응접실로 돌아와 입식 파티에 참석하게 되어 있다.

결혼식과 달리 편안한 분위기의 파티장에서는 신랑 신부가 직접 내빈들과 인사를 나눌 수 있다.

결혼식을 외교 목적으로 이용하고 싶은 자에게는 오히려 이 파티가 본격적인 무대라고 할 수 있다.

신랑 신부에게 축복의 말을 건넨다는 명목으로 다소 신분의 격차가 있어도 상대에게 접근할 수 있기 때문이다.

그러나 웬일인지 모처럼 신랑 신부가 입장했는데도, 신랑 푸죠르에게 선뜻 다가가는 사람이 없었다.

파티장이 쥐죽은 듯 조용해졌고, 모두가 미동도 없이 상황을 지켜보았다.

입가에 미소를 머금은 푸죠르 장군의 시선 끝에 같은 의미의 미소를 지은 마르틴 장군이 있었다.

지난 대전의 영웅인 두 사람의 해후. 이 장면에서 파티장 안의 다른 사람들은 그저 엑스트라에 불과했다.

"오랜만이군, 마르틴 장군. 건재해 보이는구먼."

느릿한 걸음걸이로 거리를 좁히며 푸죠르 장군이 먼저 입을 열었다.

왼손으로 눈썹 위의 상처를 쓰다듬은 건 과연 일부러였을까, 무의식이었을까.

"물론 나야 건재하지, 푸죠르 장군. 귀공과 마주치지 않았으니까. 귀공을 상대하지 않는 한 내 신상에 변이 생길 일이 없지 않은가, 응?"

그렇게 대답한 마르틴 장군 또한 명백히 의식적으로 오른손을 그의 두툼한 가슴팍에 올렸다.

예복 아래에 상처가 있다. 두툼한 가슴팍을 얕게, 그러나 길게 베인 그 상처는 푸죠르 장군이 만든 것이다.

물론 푸죠르 장군도 마르틴 장군도 지난 대전에서 용맹을 떨친 역전의 용사다. 그들의 몸에는 무수한 상처가 새겨져 있다.

그러나 대부분은 활이나 투석에 의한 상처이고, 근접무기에 의한 상처도 거의 난투 중에 입었다.

일대일로 대결하다가 입은 부상은 푸죠르 장군에게는 오로지 얼굴의 상처, 마르틴 장군도 오로지 가슴팍의 상처뿐이다.

제아무리 용맹한 영웅이라 할지라도 전쟁터에서는 늘 죽음과 함께다. 그런 의미에서는 푸죠르 장군도 마르틴 장군도 특별한 존재가 아니다.

그러나 완벽한 준비, 철저한 훈련, 특별한 불운이 없는 상황에서도 눈앞의 상대가 얼마든지 나를 죽음에 이르게 할 수 있는 자라면 어쩔 수 없이 상대방을 '특별한' 존재로 의식하지 않을 수 없다.

"…………."

"…………."

2미터에 가까운 키에 100킬로가 넘는 푸죠르 장군과 190센티의 키에 100킬로가 넘는 마르틴 장군.

푸죠르 장군이 10센티 정도 크지만, 몸집은 마르틴 장군 쪽이 크다.

마치 호랑이와 곰이 서로 노려보는 형상이다. 파티장 안의 공기가 쇠처럼 무거웠다.

"단련을 게을리하지 않은 모양이군. 장군직을 수행하느라 몸을 단련할 여유를 갖기도 쉽지 않았을 텐데, 대단하오, 푸죠르 장군."

"덕분에. 그 일 이후 조금 더 강해진 느낌이오. 그쪽이야말로 쉬지 않고 단련한 듯하군. 안심했소, 마르틴 장군."

"나야 줄곧 현장에 있었으니까. 내 실력이 통솔력에 직접 영향을 끼치기 때문에 방심할 수 없거든. 그래도 이 나이엔 현상유지가 최선이네만."

"호오, 그게 사실이라면 지금은 귀공과 호각으로 대결할 수 있을지도 모르겠소."

"흐음, 겸손이 지나치군. 자네는 그때 이미 나와 호각이었잖나. 지금이라면 자네 쪽이 명백히 강하지. 물론 그렇다고 자네가 이긴다는 보장은 없지만."

"호오……."

"흐음……."

평소에는 과묵한 편인 두 영웅이 대화를 거듭할수록 그 표정에 미소가 더욱 깊어졌다. 그러나 두 사람 사이에 흐르는 긴장감과 투지 또한 미소에 비례해 더욱 높아졌다.

설마 이 자리에서 한판 벌일 작정일까?

혹시 두 사람이 농담으로 시작한 대화가 돌이킬 수 없는 사태로 번지는 건 아닐까?

주위의 하객들이 그런 걱정으로 마른 침을 삼킨 그때, 신랑 옆에 서 있던 여인, 즉 신부가 나섰다.

"푸죠르 님, 옛 친구분과의 대화가 즐거우시겠지만, 이런 날에 신부를 너무 오래 내버려두시면 곤란합니다. 슬슬 저도 소개해 주세요."

루신다 가질, 이제는 새로운 성을 갖게 된 신부 루신다 기젠은 그렇게 말하며 온화한 미소를 짓고 재촉하듯이 남편이 된 남자의 소매를 잡아당겼다.

그녀의 표정은 어디까지나 부드러웠고, 태도에서 그 어떤 긴장감이나 공포도 느낄 수 없었다.

겉으로 보면 '남편의 관심을 빼앗긴 신부가 토라져서 분위기 파악도 못 하고 남자들 사이의 대화에 끼어든' 것처럼 보이지만 실상은 그렇지 않다.

오히려 누구보다 정확하게 분위기를 읽고 더 이상은 위험하다는 판단으로, 짐짓 분위기 파악 못 하는 척하며 제지에 나선 것이다.

물론 이 자리에서 푸죠르 장군과 마르틴 장군이 정말로 결투를 벌일 생각은 없었으리라.

다만 서로 양보 없이 호전적인 대화를 거듭하다 보면, 주위 사람들에게 '쌍방에게 교전 의사 있음'이라는 인식이 생기고, 나아가 양국 관계에 불필요한 긴장을 가져올 가능성이 있다. 루신다는 그것을 염려했다.

"당신의 농담은, 농담인 줄 알면서도 약한 여자의 귀에는 무섭게만 들립니다. 푸죠르 님, 이제 그만 저와 어울려 주시지요."

'농담'이라는 단어를 강조하며, 신부 루신다는 남편이 된 사내의 눈을 올려다보았다.

"……흠, 그렇군. 미안하게 됐소. 워낙 여인에게 무심한 것이 무사의 성정이지만, 조금 도가 지나쳤구려. 용서하게, 루신다. 마르틴 장군, 소개하지. 오늘 내 아내가 된 루신다요."

"처음 뵙겠습니다, 마르틴 장군님. 가질 변경백 가문의 장녀이자 오늘부터 기젠 가문의 당주 푸죠르 기젠의 아내가 되기로 맹세한 루신다라고 합니다. 장군의 명성은 익히 들었습니다. 만나 뵙게 되어 영광입니다."

온화한 목소리와 침착한 말투. 그리고 수줍은 표정.

그 어떤 무리한 방법도 쓰지 않고, 오로지 대화만으로 이 자리의 분위기를 바람직한 방향으로 이끈 신부에게 마르틴 장군도 태도를 바꿔 공손히 대응했다.

"아름다운 새신부로군요. 나바라 왕국의 장군 마르틴 나달이라고 합니다. 푸죠르 경, 귀공은 전장에서만 행운아가 아니로군. 이렇게 완벽한 반려자를 맞이하다니."

"그렇소. 지금까지 독신이어서 천만다행이라고 여기는 참이오."

"과찬이십니다."

신랑 신부와 이웃 나라의 장군 사이에 화기애애한 공기가 흐르기 시작하자, 파티장 전체에 다시금 즐거운 담소가 퍼져 나갔다.

[막간1] **수도의 여왕**

　요즘 젠지로는 전과 비교하면 왕족으로서의 업무를 그럭저럭 잘 해내고 있다.

　그런데 젠지로가 자리를 비웠다는 것은 본래 그가 맡아 하던 업무가 미뤄지고 있음을 의미한다. 젠지로가 자리를 비운 약 한 달 동안 잠시 중단하면 그만인 일도 있지만, 그렇지 않은 일에는 대체 인력을 투입하는 수밖에 없다.

　특히 대국 샤로와 지르벨 쌍왕국의 프란체스코 왕자와 보나 왕녀를 접대하는 일은 젠지로가 없는 이상 여왕 아우라가 직접 챙길 수밖에 도리가 없었다.

　"이야, 무척 오랜만에 뵙습니다, 아우라 폐하. 카를로스 전하는 별일 없으시고요?"

　마치 내 집인 양, 프란체스코 왕자는 소파 위에서 편안한 자세를 취하며 마주 앉은 여왕에게 말했다.

　금발 왕자의 가벼운 언동에도 여왕 아우라는 태연히 웃으며 끄덕였다.

　"덕분에 문제없이 지내고 있소. 프란체스코 전하에게는 늘 신세만 지는군. 이 자리를 마련하기 위해 보나 전하에게도 폐를 끼쳤고."

아우라가 면목없다는 듯이 말했다.

"그리 생각하신다면 나중에 보상해 주시지요."

"그렇게 하지."

보나 왕녀는 프란체스코 왕자의 감시역이다. 그렇기에 원칙적으로 프란체스코 왕자는 보나 왕녀를 대동하지 않고는 공식 석상에 출석할 수 없다.

그런 전제를 깨뜨리기 위해, 아우라는 일부러 체류비 대신 받기로 되어 있는 마법 도구를 특수한 물건으로 만들어 달라고 보나 왕녀에게 주문했다.

아우라가 요청한 물건은 '야외용 장식촛대'이다. 그 이름대로 세공에 품을 들인 조명기구일 뿐이지만, 문제는 그 마법 도구에 세 가지 마법을 넣어야 한다는 점이다.

즉, 조명의 본체가 될 '화염' 마법, 그 불꽃을 야외에서도 흔들림 없이 지켜줄 '바람벽' 마법, 그리고 불빛을 환상적으로 반사해 줄 '물조작' 마법이다.

셋 다 하급 마법이라서 마법 도구화하는 데 오랜 시간이 걸리지는 않는다. 그러나 필요한 마법은 셋인데 반해 사용할 수 있는 구슬은 하나뿐이라는 문제가 있다.

메인 마법인 '화염'을 구슬을 매개로 부여하면 하루 만에 완성이지만, 나머지 '바람벽'과 '물조작' 마법은 통상적인 방법으로 부여해야만 한다.

그러자면 아무리 애써도 최소한 각각 한 달 이상 시간이 필요하다. 촛대의 장식에 걸리는 시간과 노력까지 계산에 넣으면 완성까지 대략 3, 4개월은 족히 걸릴 터이다.

덕분에 보나 왕녀는 당분간 꼼짝할 수 없는 상황이다.

물론 아무리 마법 도구 제작에 총력을 기울인다 해도 온종일 작업에만 매달리지는 않는다. 하지만 완성될 때까지 적어도 하루에 반나절은 옴짝달싹할 수 없다.

그 틈을 타, 프란체스코 왕자는 모처럼의 자유를 만끽하고 있다.

"그러고 보니 젠지로 폐하는 지금쯤 결혼식에 참석하고 계시겠군요. 그나저나 깜짝 놀랐지 뭡니까? 설마하니 북대륙의 공주님을 젠지로 폐하의 파트너로 인정하시다니요."

역시 아우라 폐하는 대담하신 분이라며 금발의 왕자가 파안대소했지만, 붉은 머리 여왕은 태연한 미소를 유지했다.

"아무리 왕후 귀족이라 해도 마음을 함부로 가둬둘 수는 없다오."

"과연. 역시 아우라 폐하. 마음이 넓으십니다."

아우라는 그 일이 어디까지나 프레야 공주의 젠지로에 대한 마음을 배려한 결과임을 강변한 셈이지만, 프란체스코 왕자는 몇 번이나 과장되게 끄덕였다.

여전히 알 수 없는 반응만 보이는 금발의 왕자에게 여왕 아우라는 약간 엄숙하게 물었다.

"그대야말로 괜찮은가? 아내가 아닌 여자를 결혼식 파트너로 데려간다는 의미를 프란체스코 전하도 모르지는 않을 터. 서방님의 측실 문제에 관해서 카파 왕가와 샤로와 왕가 사이에 밀약이 있으니, 뭔가 할 말이 있을 것 같은데?"

"아하하, 별소리를 다 하세요, 아우라 폐하. 그딴 밀약, 지켜질 거라고 누가 믿겠어요?"

프란체스코의 대답이 지나치게 노골적이어서 오히려 의심스러웠다.

어쨌거나 왕자의 말은 사실이다.

밀약은 '젠지로의 측실을 제한'한다는 내용이 아니라, 오히려 '측실에게 아이를 낳게 했을 때의 대응'에 대한 내용이다.

"그렇다면 역시 보나 왕녀는 그런 의미도 가진 포석으로 이곳에 보내졌다고 봐도 되겠지?"

아우라가 핵심에 접근한 질문을 던진 까닭은, 프레야 공주로 말미암아 상황이 크게 달라졌기 때문이다.

카파 왕국의 국내 귀족들 사이에서는 이미 프레야 공주를 측실로 확정한 분위기다.

동시에 '한 명이나 두 명이나 마찬가지'라는 듯이, 젠지로에 대한 측실 공세를 재개하기 시작했다.

젠지로의 측실을 늘리려면 '밀약'이 있는 이상, 샤로와 왕가의 심기를 살필 필요가 있다.

"글쎄요, 적어도 보나와 젠지로 폐하가 친밀해지는 데 대해서 샤로와 왕가가 간섭하는 일은 없겠지요. 뭐, 젠지로 폐하가 쌍왕국을 방문한 다음이 본 게임이라고 생각합니다만."

"…………"

왕자가 담담한 표정으로 자국의 속내를 훤히 드러내 보이자, 여왕 아우라도 한동안 침묵을 지켰다.

거짓이나 속임수라고 여기기엔 지나치게 일리 있다. 그렇다고 있는 그대로 받아들이는 건 위험하다.

어쨌든 경계 속에서 대응하는 수밖에 없다.

"호오, 샤로와 왕가는 서방님의 쌍왕국 방문을 환영한다는 말인가."

"네, 그야 물론, 국왕 폐하를 비롯한 모두가 '쌍수를 들고' 환영할 준비가 되어 있지요."

"……어쩐지 환영이라기보다 포획이나 포식의 뉘앙스로 들리는데."

"아하하, 역시 아우라 폐하. 명민하십니다."

프란체스코 왕자의 대답이 맞습니다, 라는 단언에 가까웠기에, 아우라도 표정을 숨기지 않고 미간에 주름을 모았다.

(이건 뭐, 실체 없는 괴물을 상대하는 기분이 드는군.)

여왕이 의도적으로 불편한 기색을 드러내도 금발의 왕자는 전혀 반응을 보이지 않고 그저 헤헤거릴 뿐이다.

"서방님에게 신변의 위협을 느낀다면 언제든 돌아오라고 말해두지."

"그게 좋을 겁니다. 아, 젠지로 폐하가 쌍왕국을 방문하실 때 편시를 맡겨노 될까요? 조국의 부모님과 형제들에게 가끔은 연락을 넣고 싶거든요."

프란체스코 왕자는 '쌍연지'라는 연락수단을 갖고 있지만, 수량의 제한이 있다. 사적인 연락에는 사용할 수 없는 물건이다.

프란체스코의 부탁에 아우라는 순간 허를 찔렸다는 듯이 한 번 눈을 깜빡였다.

"응? 그 말인즉슨 프란체스코 전하는 귀국하지 않는 건가? 서방님이 쌍왕국을 방문할 때 두 분 전하도 같이 귀국하는 줄 알았는데."

아우라가 추측하기에, 프란체스코 왕자가 카파 왕국에 온 이유는 카를로스 젠키치의 혈통마법 소질을 확인하고, 아우라 부부에게 카를로스 젠키치가 두 가지 혈통마법을 사용할 가능성이 있는 특별한 존재라는 점을 주지시키기 위함이다.

한편, 보나 왕녀를 보낸 다른 이유는 젠지로에 대한 허니 트랩일 것이다.

전자의 목적은 이미 달성했으니 후자의 목적을 달성하기 위해서는 젠지로와 함께 귀국하는 편이 유리하다.

그러나 프란체스코 왕자는 아우라의 추측을 한 방에 날려 버리듯 힘차게 고개를 저었다.

"아니요, 저한테는 오히려 이곳이 지내기 편한 걸요. 거기는 잔소리꾼이 워낙 많아서."

"여기도 보나 왕녀가 있지 않은가?"

"보나 뿐이잖아요. 거긴 훨씬 많아요. 저한테 잔소리를 해대는 사람들이 한둘이 아니라니까요. 그래도 뭐, 근황 보고랄까, 잘 지내고 있다는 소식 정도는 가족한테 알리고 싶으니까 편지를 부탁하려고요. 안 되나요?"

"…………."

아우라는 무심한 듯 내뱉는 프란체스코 왕자의 이야기 속에서 본심을 꿰뚫어 보았다. 그래서 눈을 가늘게 뜨고 왕자의 오류를 지적했다.

"음. 그러니까 더욱 일시 귀국을 제안하는 것이 아니오? 서방님이 쌍왕국으로 향할 때는 이미 '순간이동' 마법을 습득했다는 이야기니까. 즉, 이곳과 쌍왕국을 당일치기로 왕래할 수도 있다는 말씀. 그쪽으로 갈 때는 나의 '순간이동'으로. 돌아올 때는 서방님의 '순간이동'으로. 물론 그에 따른 대가는 받겠지만."

"아, 그렇군요."

프란체스코 왕자는 허를 찔렸다는 듯이 손바닥을 마주쳤다.

확실히 아우라의 말대로 '순간이동' 마법을 익힌 젠지로가 쌍왕국에 도착하면 카파 왕국과 쌍왕국 사이에 횟수 제한이 붙은 워프게이트가 열리는 것과 마찬가지다.

눈 깜짝할 새에, 심지어 안전하게 왕복할 수 있다면 프란체스코 왕자도 일시 귀국을 선택하지 않을 이유가 없다.

"그렇다면 꼭 부탁합니다. 아, 일정을 맞춰서 저만이 아니라 보나도 함께 보내 주셨으면 합니다. 대가는 현금으로 드리면 될까요?"

희색이 만면한 프란체스코 왕자에게 여왕 아우라는 평정심을 가장하며 말했다.

"대가는 마법 도구가 좋겠군. 매개체로 쓸 유리구슬은 이쪽에서 준비할 테니 '순간이동' 마법 도구를 하나 만들어 주면 고맙겠소."

"………."

프란체스코 왕자는 차마 예상하지 못한 제안에 놀라 한동안 말을 잊었지만, 곧 환하게 웃으며 대답했다.

"그건 저희에게도 상당히 고마운 일이로군요. 하지만 '순간이동' 4회에 대한 대가치고는 조금 비싼데요? '순간이동'에 대한 대가는 현금으로 치르고, '순간이동' 마법 도구를 두 개 만들면 어떨까요? 그중 하나는 저희에게 대가로 지불하시고요."

'순간이동'은 카파 왕가의 근간을 지탱하는 마법이다. 때문에, 지금까지 쌍왕국이 여러 차례 '순간이동'의 마법 도구화를 제안했지만, 카파 왕국에서는 절대 허용하지 않았다.

지금까지의 금기를 깨는 아우라의 말에 프란체스코 왕자는 함박웃음을 지으며 덤벼들었지만, 여왕은 턱도 없다는 표정으로 고개를 저었다.

"아니, 하나만. 그것도 딱 한 번 사용하고 버리는 '일회용'으로. 싫으면 됐고. 그때 '순간이동'의 대가는 통상적으로 현금이라도 상관없소."

밀당을 하려는 것인지, 아니면 정말로 처음부터 그럴 생각이었는지, 아우라는 협상의 여지가 없는 단호한 말투로 거절했다.

"으~음, 그렇군요. 으음, 아아~ 그래도 갖고 싶네요. '순간이동' 정말 안 될까요? 으~음……."

프란체스코 왕자는 팔짱을 끼고 미간에 주름을 잡으며 한참을 고민하며 웅얼거렸다.

이윽고 결론을 내렸는지, 금발의 왕자가 자기 다리를 탁 치고는 입을 열었다.

"알겠습니다. '순간이동'은 포기하지요. 대신 그 보석을 주세요. 아직 꽤 많이 남아 있지요? '순간이동' 마법 도구로 만들 한 개를 포함해서 세 개, 어떻습니까?"

"욕심이 지나치군. 두 개라면 생각해 보지. 단, 다른 하나로 어떤 마법 도구를 만들지 사전에 알려줘야 하오. 그게 무엇인지에 따라 얘기가 달라질 테니."

지극히 당연한 논리다.

프란체스코 왕자는 현재 카파 왕궁의 별궁에서 지내고 있다. 위험한 마법 도구를 만들지 못하게끔 체크할 필요가 있다.

그러나 프란체스코 왕자는 부당하다고 느꼈는지 한동안 천장을 노려보았다.

"무엇을 만들지, 말입니까? 으~음, 역시 말하지 않으면 안 되나요……?"

"안 되오."

"안 돼요?"

"안 돼."

"으~음……."

프란체스코 왕자는 한동안 갈등하는 눈치였지만 이내 결심한 듯 청명한 표정으로 돌아왔다.

　"알겠습니다. 폐하를 믿고 털어놓지요. 다른 사람에겐 비밀입니다. 왕족에게도요."

　"음, 젠지로에게 말하지 말라는 게로군."

　"아뇨, 젠지로 폐하뿐만이 아닙니다. '다른 왕족 모두'입니다."

　"다른 왕족?"

　아우라는 고개를 갸웃했지만 잠시 생각하고 나서 프란체스코 왕자의 말뜻을 이해했다.

　카파 왕국에서 아우라와 젠지로를 제외하면 남은 왕족은 젖먹이 카를로스 젠키치밖에 없다. 설마 아직 말도 못 하는 젖먹이 아이에게 말하지 말라는 뜻은 아니리라.

　프레야 공주처럼 제3국의 왕족에게는 굳이 다짐을 두지 않아도 말하지 않는다.

　그렇다면 남은 가능성은 단 하나. 즉, 쌍왕국의 왕가에 대한 입단속이다.

　"……보나 전하에게 비밀로 하라는 말이로군?"

　아우라가 눈을 가늘게 뜨고 일부러 두루뭉술하게 묻자 프란체스코 왕자는 빙긋, 의미심장한 미소로 답했다.

　"보나만이 아닙니다. 본국의 아버님이나 할아버님께도 비밀입니다. 아니, 그 두 사람에게는 특히 비밀이죠. 본국에서 한 번 만들려다가 된통 혼났거든요."

　그땐 정말 식겁했다니까요, 라며 프란체스코 왕자는 태평하게

너스레를 떨었지만, 여왕 아우라는 어쩐지 불온한 낌새를 느꼈다.

그래도 이제 와서 듣지 않을 수는 없다.

"좋아, 우리끼리만의 얘기로 하지. 아무에게도 말하지 않겠소. 그러니 가르쳐 주시오, 프란체스코 전하. 그대는 무엇을 만들고자 하는가?"

"네, 그건, '부여마법'의 '마법 도구'입니다."

그렇게 대답하는 프란체스코 왕자의 눈동자는 억누를 수 없는 호기심의 빛을 강하게 뿜어내고 있었다.

◆

"…………."

프란체스코 왕자가 물러간 응접실에서 여왕 아우라는 소파에 깊숙이 앉아 한숨을 쉬었다.

"그 문제아 왕자 놈, 순진한 얼굴로 엄청난 정보를 흘리다니……."

'부여마법'의 '마법 도구.' 만약 그것이 가능하다면 이 세계의 문화가 근본부터 뒤집힐 수 있다.

예측할 수 없는 위험부담을 생각하면 허락하지 않아야 한다.

"하지만 '순간이동' 마법 도구는 필요해. 빈손으로 젠지로를 외국으로 보내기는 불안하니까. 쌍왕국이라면 그나마 안심할 수 있

지만, 웁살라 왕국에는 절대로 그냥 보낼 수 없지."

이것이 아우라의 본래 목적이다.

쌍왕국과의 일이 일단락된 다음에 결혼 허가를 받기 위해 프레야 공주가 귀국하기로 되어 있다. 그때, 돌아가는 '황금나뭇잎호'에 젠지로를 동행시킬 생각이다.

처음 한 번만 가면, 다음부터는 그곳에 자유롭게 '순간이동'으로 왕래할 수 있다.

앞으로 웁살라 왕국과의 대륙 간 무역이 본격적으로 이루어지고, 프레야 공주가 정식으로 젠지로의 측실로 들어올 터이다. 사람이 직접 '순간이동'으로 웁살라 왕국을 왕래할 수 있으면 그보다 더 좋은 것은 없다.

그러나 프레야 공주가 타고 온 대형 범선 '황금나뭇잎호'가 아무리 훌륭해도, 대륙 간 항해는 몹시 위험한 일이다.

젠지로는 아우라의 사랑하는 남편이기도 하지만, 그전에 여왕 아우라에게 있어서 국서 젠지로는 이 나라의 유일한 성인 남성 왕족이다.

아무리 북대륙과 '순간이동' 왕래가 커다란 이익을 가져온다고 할지라도, 젠지로의 존재가치에 비할 바가 아니다.

젠지로의 신변 안전을 보장할 수 없다면 그를 북대륙에 보낼 수 없다.

젠지로의 신변 안전을 보장할 물건. 그것이 '순간이동'의 마법 도구다.

'순간이동' 마법은 사실 긴급 피난용으로 사용하기 어렵다. 다른 마법에도 해당하는 얘기지만, 정확하게 효과의 이미지를 떠올리지 못하면 마법을 발동시킬 수 없기 때문이다. 위험이 닥친 상황에서 마법을 발동시키기 위해서는 상당한 배짱이 필요하다.

"젠지로에게는 그런 배짱이 없으니까."

아우라는 젠지로라는 남자를 마음 깊이 사랑하지만, 그의 능력을 과대평가할 만큼 콩깍지가 덮이지는 않았다.

젠지로의 배짱과 근성 가지고는 옆에서 누가 칼만 빼 들어도 마법 발동률은 0에 가까울 것이다.

사실상 '순간이동' 마법은 이동에는 유용해도 긴급탈출에는 무용지물이다.

그래서 아우라는 '순간이동' 마법 도구가 욕심났다.

마법 도구라면 긴급 상황에서도, 공포에 휩싸인 상황에서도 최소한의 이성과 판단력으로 사용할 수 있다.

예를 들어 배가 난파해서 침몰할 때나, 상륙 후 사절단이 어떤 전투 상황에 휘말리게 되었을 때, 그리고 만약 웁살라 왕국 측이 젠지로의 신병을 구속하려 할 때 젠지로 혼자서 그 상황을 탈출할 수 있다.

"그래서 '순간이동' 마법 도구를 어떻게든 손에 넣고 싶은데 대체 어디까지 양보해야 한담. 설마 했더니 '부여마법'의 마법 도구라는 엄청난 기밀 정보가 나올 줄이야. 보아하니 프란체스코 왕자가 독단으로 개발하려 하는 모양인데. 역시 천재 마법 도구 제작자임에는 틀림없나 보군."

동시에 그 밖의 면에는 생각 없는 바보임이 틀림없다.

"우리나라, 쌍왕국, 그리고 웁살라 왕국. 어디에서 어디까지 빚을 지우고 어디에서 어디까지 이익을 취할 것인가. 고민해야 할 일이로군."

아우라는 내정과 외교에서 모두 균형을 중시하는 위정자이다.

물론 자국의 권익을 최우선으로 생각하지만, 단기적인 손익만을 추구하느라 상대에게 악감정을 심거나 반대로 상대방을 지나치게 치켜세워 콧대를 높이는 결과를 극력 피하고자 한다.

아우라가 한창 숙고의 시간을 보내던 그때, 문을 노크하는 소리가 들렸다.

"들어와."

"실례합니다, 아우라 폐하."

아우라가 노크 소리로 추측한 대로, 좁은 얼굴을 한 중년 사내——파비오 비서관이 들어왔다.

"폐하. 가질 변경백령의 젠지로 님이 소비룡 편지를 보내왔습니다. 여기입니다."

좁은 얼굴의 비서관이 평상시처럼 무표정하게 새끼손가락만큼 가느다란 나무통 세 개를 아우라 앞에 늘어놓았다.

아우라는 그중 하나를 집어 들고 안에서 작은 용피지를 꺼내 지면에 시선을 집중했다.

"음……응? 니르다 가질? 파비오, '니르다 가질'이라는 인물을 아나?"

여왕의 물음에 충실한 비서관이 즉답했다.

"아니요, 기억이 없습니다. 그자가 누굽니까?"

"서방님의 보고에 의하면 가질 변경백 가문의 '차녀'라는데. 올해 막 성인이 됐다 하니, 열다섯 살이군. 가질 변경백이 백성 여인 사이에서 낳은 서출이라고."

여왕의 말을 들은 비서관은 잠시 시선을 천장으로 향하고 생각에 잠겼지만, 이내 단호하게 고개를 저었다.

"역시 들은 적이 없습니다. 가질 변경백의 자식은 넷. 아들 셋에 딸 하나. 장남과 차남은 전사하고 현재 셋째 아들인 사비에르 경과 장녀 루신다 양뿐입니다."

"틀림없나?"

"네. 적어도 '명부'에는 이름이 없습니다. 확실합니다."

"그런가⋯⋯. 자네의 기억력을 의심하지는 않지만, 혹시 모르니 다시 한 번 '명부'를 확인해 볼까."

"그게 좋겠습니다."

여기서 말하는 '명부'란, 말 그대로 왕가가 관리하는 국내 귀족 전원의 이름을 적어 놓은 서류이다.

그곳에 이름을 올린 자만이 귀족이고, 그렇지 않으면 귀족이 아니다.

즉, 니르다 가질이라는 소녀는 가질 변경백의 딸이 확실하다고 해도 '공식적인 귀족'으로 인정받지 못한다.

"그런데 가질 변경백이 그 니르다에게 젠지로의 접대를 맡긴 모양이야. 비록 친자식이라 해도, 귀족이 아닌 처녀에게 왕족의 접대를 맡기다니 상식적으로 있을 수 없는 일. 사실이라면 제재를 가해야 마땅한데……."

아우라의 뒤를 이어 파비오 비서관도 단호하게 말했다.

"있을 수 없습니다. 적어도 가질 변경백 본인이 직접 상황을 주도하지 않았음은 분명합니다. 그분은 그럴 위인이 못 되니까요."

비서관의 말에 여왕 아우라는 쓴웃음을 지으면서도 동의했다.

"말투가 불경스럽군, 파비오. 뭐, 그래도 자네 말에는 동의해. 그 영감이 성가신 계략을 세웠다고는 생각하기 어렵군. 그렇다면 일단 사정을 들어보는 편이 좋을까, 파비오?"

"예."

"수도에 있는 가질 변경백 집안의 저택에 사자를 보내라. 결혼식 때문에 대부분 영지로 돌아갔겠지만, 자리를 지키는 자가 있을 터. 그 책임자를 불러들여라. 뭔가 사정을 알고 있을지도 몰라."

"알겠습니다. 곧 수배하겠습니다."

여왕의 명령에 비서관은 인간미 없는 완벽한 동작으로 머리를 숙였다.

[제3장] 사사로운 불씨

　지방에서 열리는 대귀족의 결혼식이란 식을 마쳤다고 끝난 간단한 행사가 아니다.

　왜냐하면, 수도는 물론 각 지방과 일부 외국에서까지 권력자들이 모여들기 때문이다.

　식이 끝나고 삼삼오오 흩어진다고 해도, 현실적으로 도로나 숙박시설이 그들을 수용할 수 있을 만큼 정비되어 있지 않다.

　이런 자리를 기회 삼아 연줄을 만들고자 일부러 장기 체류하는 자도 있다.

　그뿐만 아니라 이후, 신랑 푸죠르 장군이 신부 루신다를 데리고 대대적으로 수도로 돌아간다는 대형 이벤트가 기다리고 있다.

　하객들이 먼저 돌아갈 수는 없는 노릇이다. 국서인 젠지로도 마찬가지다.

　그래서 결혼식에 참석한 귀족들은 아직도 전원이 가질 변경백령 안에 머물고 있었다.

　예의에 충실한 젠지로는 배정받은 별관에서 거의 움직이지 않고 매일 시간을 보냈다.

　전자제품이 일절 갖춰지지 않은 생활은 역시 불편하지만, 이미 발렌티아에서 한 번 겪은 일이다.

젠지로는 지난번의 경험을 살려, 휴대용 음악 플레이어와 두 대의 휴대용 게임기를 완벽하게 충전해서 가지고 왔다.

덕분에 아직은 한가한 저녁 시간이 심심하지 않았다. 안타깝게도 후궁 밖에서는 재충전할 수 없기에, 기계당 하루 한 시간으로 사용을 제한하고 있지만, 그래도 할 일 없는 저녁 시간을 죽이기에는 충분하다.

음악 플레이어는 특히 중요했다. 그 안에 아우라가 녹음해 준 '순간이동'의 주문이 들어있기 때문이다.

녹음 데이터를 반복해서 들으며 먼저 정확한 '순간이동' 주문의 발성을 익히는 것이 현재 젠지로의 과제이다.

"르, 아바롸아아아이아이아, 하스티오베라궈오베라……. 틀렸나?"

손전등과 휴대용 음악 플레이어의 백라이트가 유일한 조명인 방안에서 젠지로가 커다란 한숨을 내쉬었다.

"크으……. 각오는 했지만 어려워! 발음도 갑자기 어려워진 느낌이야."

휴대용 음악 플레이어를 책상 위에 놓고, 젠지로는 투박한 의자에 앉아 크게 기지개를 켜며 말했다.

그의 말대로 '순간이동' 마법은 마법어의 발음만으로도 어렵다. 이동 중에도 틈만 나면 연습했지만, 아직 한 번도 성공하지 못했다.

젠지로에게는 '순간이동'을 습득하기가 하늘의 별 따기처럼 느껴졌다.

"정말 할 수 있을까? '순간이동' 같은 굉장한 마법을 어떻게 내가……."

불평이기도 하고 약한 소리이기도 했다. 휴대용 음악 플레이어의 전원을 끄고 젠지로는 책상 위에 놓인 은 종을 울렸다.

신속하게 반응이 왔다.

"네, 부르셨습니까."

시녀복을 꼼꼼하게 차려입고 옆방에 대기하던 중년의 시녀——이네스가 들어왔다.

손전등의 불빛이 너무 약해서 젠지로가 앉아 있는 책상 외에는 칠흑같이 깜깜했지만, 이네스의 발걸음에는 일말의 망설임도 없었다.

조명기구가 전혀 발달하지 않은 이쪽 세계의 사람은 젠지로에 비할 수 없을 정도로 밤눈이 밝았다. 젠지로라면 주저 없이 조명을 밝힐 정도의 어둠이 이쪽 세계 사람인 이네스에게는 거의 지장을 느끼지 못할 만큼 밝게 느껴지는 모양이다.

오히려 등잔불 같은 조명기구를 들고 걷는 편이 더 위험해서 조금이라도 시야가 확보되는 시간대에는 등불을 사용하지 않는다. 젠지로가 예외 중의 예외인 셈이다.

언제나처럼 미끄러지는 듯한 걸음걸이로 다가온 시녀에게 젠지로는,

"프레야 전하는 어떡하고 있을까?"

라고 편하게 물었다.

같은 방에서 편하게 대할 수 있는 후궁 시녀와 단둘이기에 가능한 태도다.

질문을 받은 이네스도 익숙하다는 듯이,

"네. 프레야 전하는 니르다 님의 안내로 본관에 가 계십니다."

그렇게 거리낌 없이 대답했다.

"호오, 친해졌다고는 들었지만, 그 정도였어? 좀 의외네."

"나이도 비슷하고, 니르다 님이 전혀 모난 데가 없는 분이니까요. 프레야 전하도 싫지는 않으신 모양입니다."

철이 들 때까지 농촌에서 자란 니르다는 프레야 공주의 화려한 무용담을 듣고 존경의 시선을 금치 않으며 진심으로 더 듣고 싶어 했다.

프레야 공주도 나이 어린 친구가 보내는 동경의 시선이 뿌듯하고 신선했으리라.

"그거 잘 됐군. 친한 사람과 함께 있으면 그나마 덜 심심할 테니까."

"젠지로 님도 프레야 전하와 꽤 가까워지신 것 같습니다만."

"뭐, 조금."

살짝 웃는 이네스에게 젠지로는 쑥스러워하며 쓴웃음을 지었다.

젠지로는 자신에게 적극적으로 다가오는 프레야 공주가 영 불편했지만, 니르다의 천진난만함에 전염되어 함께 웃는 그녀의 모습에 살짝 호감을 느꼈다.

의자에서 일어난 젠지로는 책상 위에 걸어 놓은 손전등을 손에 들고 자신의 발밑을 비추면서 이네스에게 말했다.

"그럼 프레야 전하를 마중 나갈까. 슬슬 저녁을 먹을 시간이니까. 이네스, 본관까지 안내해 주겠어?"

"알겠습니다. 그런데 저 혼자서 프레야 전하를 모셔 와도 됩니다만."

"그럴 수는 없지. 프레야 전하와 서먹하다는 소문이 나면 곤란하니까."

결혼식 파트너로 데려온 탓에, 주위 사람들은 이미 프레야 공주의 측실 맞이를 기정사실로 받아들이고 있다.

그런 상황에서 젠지로와 프레야 공주가 서먹한 사이로 보이면 국익을 해칠 위험이 있다.

"그리고 본관에 가 보는 것도 기분전환이 되니까."

상황판단이 빠른 젠지로는 자신의 희망과는 반대 방향으로 사태가 움직이고 있음을 느끼면서도, 그 흐름을 막으려 하지는 않았다.

━━━━━━◆━━━━━━

그 무렵, 프레야 공주와 니르다는 본관의 어두운 복도를 나란히 걷고 있었다.

호위 여전사 스카디는 두 사람의 세 발짝 뒤를 따랐다.

"프레야 전하, 발밑을 조심하세요. 괜찮으십니까?"

"고마워, 니르다. 괜찮아. 이래 봬도 밤눈이 밝은 편이니까. 야간에 다니는 경험도 나름대로 했고."

그 말처럼 프레야 공주의 걸음걸이에 위태로운 구석은 없었다.

젠지로와 같은 현대인이 볼 때는 상당히 어두운 석조 통로지만 프레야 공주와 스카디는 충분히 밤눈이 밝았고, 니르다에게는 익숙한 내 집이다. 희미하게나마 시야가 확보되면 감각으로 걸을 수 있다.

"대단하시네요, 프레야 전하는. 그런 훈련도 하신 거예요?"

"의식적으로 훈련했다기보다 자연스럽게 몸에 뱄다는 편이 맞죠. 사냥이나 래프팅, 그리고 먼 바다를 항해할 때는 아무래도 밤에 이동할 일이 생기니까. 결과적으로 밤눈이 밝아졌겠지요."

별것 아닌 듯이 말하지만 사실 굉장한 말괄량이 짓이다. 적어도 공주님이 할 행동은 아니다.

뒤를 따르던 스카디의 입가에 쓴웃음이 번졌다. 호위의 임무상 스카디는 프레야 공주의 말괄량이 짓에 늘 휘둘려 왔으리라.

"공주님, 앞에 꺾어지는 곳입니다."

"고마워, 스카디. 괜찮아. 나도 보여."

신뢰하는 호위 여전사에게 등을 향한 채 그렇게 대답한 은발의 공주님은 정확하게 커브를 돌았다.

옆에서 걷던 니르다도 뒤를 쫓았다.

맨 처음 발견한 건, 역시 가장 밤눈이 밝고 주위를 경계하던 여전사 스카디였다.

"어라? 저 앞에 누가 있는 것 같습니다. 사람이 보입니다."

그 말에 앞서 걷던 프레야 공주와 니르다도 발을 멈추고 초점을 모았다.

"아아, 정말이네요. 저 통로에서 나왔다면 우리 집안 병사일 거예요."

가장 밤눈이 어두운 니르다가 그렇게 말했지만, 프레야 공주는 고개를 갸웃했다.

"그런가요? 거리가 멀어서 나도 분명하게는 모르겠지만, 복장이 '나바라 왕국' 사람으로 보였습니다만."

나바라 왕국의 사절단은 이번 결혼식에 참석한 유일한 국외 세력이기에, 프레야 공주도 나름대로 눈여겨 봐 두었다.

그래서 그 나라의 복장을 기억했고, 실루엣만 보고도 알아차릴 수 있었다.

"엇?"

프레야 공주의 말에 니르다는 놀라서 소리를 질렀다.

"잠깐만 실례하겠습니다."

니르다는 종종걸음으로 사람 그림자를 향해 다가갔다.

"저기요, 잠깐만요."

니르다가 큰 소리로 부르자 그 사람은 순간 몸을 움찔하더니 발걸음을 멈췄다.

어둑한 탓에 자세히는 알 수 없지만, 덩치로 보아 남자임이 틀림없었다.

"……무슨 일입니까?"

되돌아온 목소리로 유추하건대 젊은 남성 같았다.

실루엣과 목소리로부터 적어도 가질 변경백의 가신이 아님을 확신한 니르다는 어둠 속에서 소속을 밝혔다.

"저는 가질 변경백의 차녀, 니르다라고 합니다. 당신의 이름을 알려주시겠습니까?"

"……예, 저는 나바라 왕국 사절단의 호위 기사 라이몬드라고 합니다."

어둑한 가운데 기사의 예를 취하며 그 사람은 어딘가 긴장이 감도는 평탄한 목소리로 말했다.

"그러면 라이몬드 님이라고 부르겠습니다. 실례지만 라이몬드 님은 지금 거기 중앙통로에서 나오셨지요?"

직설적인 질문이 오히려 역효과를 가져왔다.

"……아닙니다. 니르다 님이 잘못 보셨겠지요. 제가 지나온 곳은 그 위쪽 통로입니다."

그렇게 말하고 나바라 왕국의 기사는 니르다 일행이 왔던 반대쪽, 본관에서 봤을 때 바깥쪽 통로를 가리켰다.

그 부근의 통로는 다소 복잡한 구조다.

니르다 일행 셋이 지나온 통로와 나바라 왕국의 기사가 나온 통로, 그리고 나바라 왕국의 기사가 가리킨 통로 셋이 나란히 평행을 이루고 있었다.

지금 일행이 서 있는 지점은 그중에 좌우의 통로가 직각으로 꺾이며 가운데의 통로로 합류하는 작은 십자로이다.

주위가 어둡다고 대충 둘러대기에는 무리가 있다. 니르다는 그가 가운데 통로에서 나오는 모습을 확실하게 보았다. 그가 멈춘 위치도 가운데 통로의 정면이다.

니르다는 곤란하게 웃으며,

"저기, 그리 말씀하셔도 제가 똑똑히 보았습니다만."

그렇게 가볍게 추궁했다.

그러나 추궁을 당하고서도 기사는 태도를 바꾸지 않았다.

"이렇게 어두우니 잘못 보신 게 아닐는지요? 그러면 니르다 님, 저는 이만 실례하겠습니다."

기사는 니르다를 뿌리치듯이 잰걸음으로 그 자리를 떠났다.

"앗."

니르다가 황급히 손을 뻗었지만, 허공을 가르는 데 그쳤다.

"……어떡하지? 역시 아버님께 보고드려야겠지?"

니르다가 곤란한 표정으로 고개를 갸웃하자, 그때까지 조금 떨어진 곳에서 상황을 주시하던 프레야 공주와 스카디가 다가왔다.

"괜찮습니까, 니르다? 조금 전의 상황을 보아하니, 그자가 출입 금지 구역에 무단 침입한 모양이군요?"

프레야 공주에게는 남대륙의 문화 자체가 생경하고, 현재의 입장 역시 어디까지나 젠지로의 파트너일 뿐이다.

이 나라의 상식을 잘 모르기도 하거니와 입장마저 모호하기에, 프레야 공주는 조금 전의 상황을 멀리서 지켜보기만 했다. 하지만 대략 심상치 않은 사태임은 눈치챘다.

프레야 공주의 말에 니르다는 곤란한 표정으로 미소를 지은 채 끄덕였다.

"네. 중앙의 통로는 이 저택의 군사시설로 통해 있거든요. 그렇긴 해도 저 끝에는 거의 기능을 잃은 작은 감시탑이 있을 뿐이라 그다지 큰 문제는 아니지만요. 그래도 외국, 타 영지 사람의 출입을 철저히 금지하고 있어서 경계하지 않을 수 없었어요."

지방영주의 관저에는 아무리 귀한 손님일지라도 출입을 허용하지 않는 구역이 있기 마련이다.

그것은 영주 일족의 사적인 공간이거나 영지의 재산을 쌓아둔 보물창고, 영지를 지키는 군사시설 등이다.

니르다의 말대로 나바라 왕국의 기사가 들어갔던 저 통로의 끝에 있는 것은 대단한 군사시설이 아니다.

만약 손님이 흥미를 보이며 '꼭 들러보고 싶다'고 한다면 쉽게 허가할 수도 있다.

그러나 '무단으로 침입한 자'를 이대로 모른 척할 수는 없다.

이번에 모른 척하면 다른 금지 구역에도 출입해도 된다고 암묵적으로 승인하는 꼴이다.

"역시 내일 아버님이나 오라버니께 말씀드려서 주의를 줘야겠어요."

니르다는 그렇게 말하고 살며시 한숨을 쉬었다. 니르다는 공적으로 인정받은 입장이 아닌데다가, 서출이라서 그녀를 향한 주위의 시선이 곱지 않다.

"필요하면 저도 함께 증언할까요?"

"네, 번거로우시겠지만 부탁합니다, 프레야 전하."

니르다와 프레야 공주가 그런 대화를 나누고 있는데, 니르다의 뒤쪽에서 강한 백광이 비췄다.

"공주님, 니르다 님. 뒤로 물러서십시오."

"어머, 벌써 시간이 이렇게 됐네요."

"아, 젠지로 님이군요."

프레야 공주와 니르다는 순순히 여전사 스카디의 뒤쪽으로 이동하면서 긴장감 없는 목소리로 말했다.

마치 달빛을 수백 배, 수천 배 압축한 듯한 백색 불빛. 그런 물건을 가지고 있는 사람은 이 땅에 젠지로뿐이다.

그래서 스카디의 경고도 반쯤은 형식적이었고, 실제로 무의미했다.

"아아, 여기 계셨군요. 프레야 전하, 니르다 님. 별관으로 돌아갑시다. 저녁 준비가 다 된 듯합니다."

예상대로, LED 회중전등을 손에 든 젠지로가 별관으로 통하는 바깥쪽 통로에서 모습을 드러냈다. 뒤에는 언제나처럼 호위 무사 나탈리오와 시녀 이네스가 따르고 있다.

"어머, 젠지로 폐하. 번거롭게 여기까지 나오시게 해서 죄송해요."

"젠지로 님, 감사합니다."

손전등의 하얀 불빛이 비치는 가운데 프레야 공주와 니르다는 미소를 지으며 젠지로에게 예를 갖췄다.

요 며칠 사이에 세 사람은 스스럼없이 대화를 나눌 만큼 편안한 관계가 되었다. 인력 부족의 결과가 좋은 방향으로 나타난 셈이다.

인력이 부족한 만큼 의사소통 과정에 끼어드는 사람이 적었기 때문이다. 또한, 시골이라 보는 눈이 많이 않았기에 젠지로는 어느새 프레야 공주에게도 니르다에게도 어느새 충분히 편안한 태도를 보이게끔 되었다.

"아니요, 별말씀을. 이렇게 바깥바람을 쐬면 기분전환도 되니까요. 그래도 너무 늦으면 요리사에게 실례죠."

"그러믄요, 어서 돌아가지요."

"네, 젠지로 님."

그렇게 무사히 합류한 3인은 담소를 나누며 별관으로 돌아갔다.

◆

니르다가 발견한, 나바라 왕국 기사가 출입 금지 구역을 무단 침입한 사건.

그 자체는 사실 큰 문제가 아니다.

적어도 가질 변경백 측은 상대방이 '미안하다. 길을 잃었다'라고 사과해 온다면, '다음부터 조심하세요'라고 웃으며 끝내려고 했다.

작은 문제를 크게 만든 건, 작은 문제를 '없었던 일'로 만들고 싶었던 당사자와 그의 주장을 전면적으로 수용한 당사자의 상관이었다.

"그럼 크리스티아노 경, 당신은 끝까지 인정하지 않겠다는 말이오?"

가질 변경백의 3남이자 차기 당주인 사비에르 가질이 냉엄한 목소리로 말했다.

젊은 차기 변경백의 말에 나바라 왕국 기사장 크리스티아노 핀트는 여유를 과시하려는 듯이 입가에 꾸며낸 미소를 유지한 채 수긍했다.

날이 밝은 다음 날 아침, 여동생 니르다로부터 사정을 전해 들은 사비에르 가질이 곧바로 나바라 왕국 사절단을 방문해 일의 진상을 추궁하는 참이었다.

"예. 제 부하인 기사 라이몬드가 어제 저녁 늦은 시각에 니르다 님과 마주친 건 사실이라고 합니다. 그러나 그 자리에서 답한 것처럼, 라이몬드는 중앙 통로가 아니라 바깥쪽 통로에서 나왔다고 주장하고 있습니다."

"어디까지나 니르다가 잘못 봤다는 말씀이오?"

사비에르의 눈빛이 험악해졌음에도 불구하고, 크리스 기사장은 미소를 지우지 않고 대답했다.

"워낙 날이 어두웠으니까요. 여성분의 눈으로 잘못 볼 가능성은 얼마든지 있지 않습니까? 여성이란 원래 어둠을 두려워하는 존재니까요."

"……니르다뿐만이 아닙니다. 프레야 전하도, 전하의 호위 무사인 빅토리아도 같은 증언을 하고 있습니다."

"모두 여성이군요. 두려움이나 놀람은 전염성이 강한 감정이니, 처음 한 명이 소리를 질렀을 때 다른 사람들이 같은 반응을 보이는 게 드문 일은 아니지요."

크리스 기사장의 표정에는 자신감이 넘쳐흘렀다. 적어도 표면상으로는 자신의 말에 추호의 의심도 없어 보였다.

"…………."

"…………."

마주 앉은 사비에르와 크리스 기사장은 한동안 말없이 서로 노려보았다.

크리스 기사장은 살집은 없어도 180센티 정도로 키가 컸다.

170센티에 못 미치는 사비에르와는 눈에 띄게 신장차가 있어서, 이렇게 마주 앉아 마주 볼 때 시선의 높이에 확연한 차이가 있었다.

나이도 크리스 기사장이 약간 많은 탓에, 누가 봐도 '대드는 사비에르'와 '나무라는 크리스 기사장'이라는 구도로 보였다.

사비에르는 전사인 크리스 기사장이 자신보다 훨씬 노련하다는 인상을 받았다. 그래서 협상의 주도권을 잡기가 쉽지 않았다.

몸 안에 새로운 공기를 불어넣으려는 것처럼 사비에르는 천천히 심호흡한 후, 눈에 힘을 주고 입을 열었다.

"알겠습니다. 이 자리는 아무래도 평행선이군요."

"평행선이 아니라 이미 결론이 나오지 않았나요?"

엷게 웃는 크리스 기사장을 보며 사비에르는 어금니를 꽉 물었다.

"적어도 나는, 목격자가 셋이나 있는데 잘못 봤다고 생각하기 어렵습니다."

"그러면 사비에르 경. 당신은 우리나라의 기사가 거짓말을 했다는 겁니까?"

"네, 그렇습니다."

"뭣!?"

단호하게 잘라 말하는 사비에르에 대해 크리스 기사장은 이날 처음으로 얼굴을 찡그렸다.

"사비에르 경, 본인이 무슨 말을 하고 있는지 이해하고 있습니까?"

목소리의 톤을 조금 낮춘 크리스 기사장에게, 사비에르는 애써 목소리의 떨림을 억누르며 대답했다.

"네. 만약 사실이 아니라면 대단한 실례를 저질렀다고 생각합니다. 만약 사실이 밝혀지고, 내가 부당하게 귀국의 기사를 의심한 것이라면 정식으로 사죄할 용의가 있습니다."

"…………."

사비에르가 이렇게까지 작정하고 정면으로 반박하리라고는 예상하지 못했으리라. 크리스 기사장은 한동안 말을 잃었다.

그러나 객관적으로 보면 사비에르가 꼬리를 내릴 이유가 전혀 없었다.

대국 카파 왕국의 차기 지방영주라는 지위를 가진 사비에르 가질과 중견국가 왕가의 혈통을 이어받은 명문가 자제, 크리스티아노 핀트.

언뜻 보면 두 사람은 거의 같은 급이다.

물론 공식적으로 카파 왕국과 나바라 왕국이 서로의 주권을 인정하는 독립 국가이기 때문에 사비에르가 크리스 기사장에게 한발 양보하는 편이 일을 수월하게 하겠지만, 이렇게 의견이 정면으로 엇갈릴 때 사비에르가 뒤로 물러나야 할 만큼 격이 낮지는 않다.

"그런데 크리스티아노 경은 조금 전에 이미 결론이 났다고 하셨는데, 그 말씀은 이쪽의 주장을 인정하신다는 말씀인가요?"

"······아니오, 아무래도 평행선인 듯하군요."

크리스 기사장은 무표정을 가장하면서도 불쾌감을 감추지 못한 얼굴로 고개를 가로저었다.

나바라 왕국 사절단의 일원, 기사 라이몬드가 출입 금지 구역을 침범했다.

목격자는 니르다 가질, 프레야 웁살라, 빅토리아 크론크비스트 세 사람.

프레야 공주는 젠지로의 파트너이며 빅토리아, 즉 여전사 스카디는 그녀의 호위. 그리고 니르다는 젠지로가 머무는 동안의 접대 담당이다.

셋 다 젠지로와 밀접한 관계에 있는 인물들이다.

결국, 젠지로는 필연적으로 이 사건에 휘말릴 수밖에 없는 운명이었다.

"죄송합니다, 젠지로 님. 우리 집안의 문제에 프레야 전하를 끌어들여서 뭐라고 사죄드려야 할지 모르겠습니다."

창문으로 비쳐 들어오는 아침 햇살 아래에서 진심을 담은 미안한 얼굴로 머리를 조아리는 니르다 가질. 젠지로는 애써 부드럽게 웃으며 응대했다.

"아니, 일련의 사건을 들은 바, 니르다 양에게는 잘못이 없어. 프레야 전하도 같은 생각이고. 조금 운이 나빴을 뿐이지. 상대가 나바라 왕국 사절단인 만큼 이미 국내 문제가 아니다. 국제 문제다. 그렇다면 아우라 폐하의 대리인 나에게도 남의 일은 아니니까. 가능한 한 협력하지."

"고맙습니다, 젠지로 님."

젠지로의 말에 니르다는 금세 밝은 미소를 지었다.

귀족 신분에 이래도 될까 걱정이 들 정도로, 니르다는 감정을 풍부하게 표현했다.

"프레야 전하. 일이 이리 되었으니 당분간 니르다 양을 도와주시지요. 만약 곤란한 일이 생기면 내 이름을 내세워도 상관없습니다."

"네, 맡겨 주십시오, 젠지로 폐하. 니르다 양은 저의 친구이기도 하니까요. 그리고 어젯밤 일에 관해서는 개인적으로 주장하고 싶은 내용도 있어요."

"내가 이래 봬도 밤눈이 얼마나 밝은데요."라고 말하며 프레야 공주는 턱을 세웠다. 그 표정이 언뜻 장난스러워 보였지만 눈은 전혀 웃고 있지 않았다.

여자라는 이유로 무시당했다.

조국에서도 몇 번이나 그런 취급을 당했지만, 익숙해질 수 없었다.

보기와는 달리 기가 센 프레야 공주는 자신의 능력을 과소평가

당했다는 점에 분노를 느낀 모양이다.

"네, 잘 부탁합니다, 프레야 전하."

"네, 알겠습니다."

젠지로의 말을 받고 프레야 공주는 강인한 미소를 지은 채 숙녀답게 예를 갖췄다.

프레야 공주 일행이 물러간 후, 젠지로는 자세를 무너뜨리며 쓴약을 삼킨 표정으로 중얼거렸다.

"우아아…… . 일이 엄청나게 성가셔졌어."

현재 이 방에는 젠지로 외에 시녀 이네스뿐이다.

시녀라는 존재는 지금 젠지로에게 닥친 문제를 상의할 상대로 그다지 적절하지 않지만, 지금 이곳에 믿고 털어놓을 수 있는 사람은 그녀뿐이다.

"이네스. 좀 상의하고 싶은데. 물론 어디까지나 참고만 하고 모든 결정은 내 의사와 책임으로 할 테니까, 사양하지 말고 기탄없이 의견을 들려 주면 좋겠어."

"알겠습니다, 젠지로 님."

중년의 시녀는 예상하고 있었다는 듯이 바로 대답했다.

젠지로는 한 번 끄덕이고는,

"고마워. 그럼, 일단 상식 차원에서 기본적인 확인이야. 이번 사건, 만약 '니르다가 귀족이 아니'라면 문제가 심각해질까?"

그렇게, 가장 심각한 우려를 입 밖에 냈다.

니르다 가질은 귀족이 아니다. 젠지로는 그럴 가능성이 매우 크다고 생각했다.

이유는 두말할 필요 없이 여왕 아우라가 니르다의 존재를 들은 적이 없기 때문이다.

귀족은 왕이 관리하는 '명부'에 이름을 올린다.

반대로 말하면 '명부'에 이름이 오르지 않은 자는 아무리 제대로 된 혈통이라 해도 공식적인 귀족이 아니다.

아우라가 니르다의 존재를 모른다면, 니르다의 이름이 명부에 없을 가능성이 크다.

젠지로의 물음에 중년의 시녀는 침착한 표정으로 수긍했다.

"아마도 틀림없이 큰 문제가 되겠지요. 이번 경우에는 국제 문제입니다."

나쁜 쪽으로 예상했던 답이 나오자 젠지로는 한숨을 내쉬었다.

"역시 그런가. 혹시나 해서 확인하는데, 니르다의 말이 전면적으로 옳고, 저쪽 기사의 말이 거짓말이라도?"

"네. 신분의 차이가 먼저이기 때문에 사실관계는 상관없습니다. 상대방이 기사이고, 출입 금지 구역에 무단 침입했다는 내용이니까요. 만약 평민이라도 남자 병사였다면 조금 다르겠지만요."

"아, 역시 여자라서 불리하다는 얘기로군. 그런데 병사라면 왜 다르지? 전투 능력이 있으면 평민이라도 어느 정도 존경받는다는 말인가?"

주인의 물음에 중년 시녀가 자세하게 설명했다.

"아닙니다. 이번 사건이 야간에 일어났기 때문입니다. 일반적으로 전문가가 전문 분야에 관해 한 발언이라면 평민의 말도 설득력이 있습니다."

예를 들어, 기사가 무기를 산 후에 불량품이라고 대장장이를 추궁할 때라면, 대장장이의 반론에도 귀를 기울일 수 있다.

무기에 관해서는 기사보다 대장장이가 전문가이기 때문이다.

그러나 이번 사건은 야간에 출입 금지 구역에 무단 침입한 일이다.

넓은 뜻으로 보면 전투에 관한 일이다. 당연히 기사가 전문가이고 일개 소녀에 불과한 니르다는 문외한이다.

더구나 젠지로의 우려대로 만약 니르다가 귀족이 아니라면 사건이 한층 복잡해진다.

"우와, 큰일 났네. 만약 우려가 사실이라 해도 하는 행동을 보면 니르다는 자신이 귀족이 아니라는 점을 인식하지 못하는 것 같은데. 가질 변경백한테 이 상황을 설명하고 협력 태세를 갖춰야 할까?"

"그건 조금 위험하지 않을까 합니다. 가능성은 작지만, 니르다 님의 지위가 불분명한 이유가 가질 변경백의 책략일 수도 있고요. 누군가의 책략이 아니라 단순한 실수라고 한다면, 카파 왕가가 실수를 범했을 가능성도 있습니다. 그런 상황을 고려하면 안이하게 변경백에게 모두 밝히는 건 위험하지 않을까요?"

"아, 그런가. 확실히. ······그런데 말이야, 이 문제는 국제 문제잖아? 왕가와 영주 사이의 일은 국내 문제. 왕가가 피해를 볼지도 모르는데 국제 문제를 못 본 척할 수는 없어. 우선순위를 착각하면 안 돼. 그래도 만에 하나 가질 변경백의 책략이라면 정말로 최악 중의 최악이겠지. 가능성은 거의 없지만, 0이 아닌 이상 무시는 못 하겠고……."

고민에 휩싸인 젠지로는 의자에 앉은 채 천장을 올려다보았다.

니르다의 이름이 '명부'에 있는 경우와 없는 경우. 없는 경우라면 누군가가 의도적으로 일을 꾸몄거나 단순한 절차상의 실수이거나. '명부'에 이름이 있다면 아무런 문제가 없다.

문제는 '명부'에 이름이 없는 경우다.

누군가의 책략이고 만약 가질 변경백이 그 누군가일 때, 그에게 상황을 전부 밝힌다면 최악의 사태를 부를 수 있다.

그러나 반대로 명부에 이름이 없는 이유가 단순한 업무상 과실이라면 한시라도 빨리 가질 변경백에게 보고하는 편이 좋다.

(단순한 실수일 가능성이 가장 크지만, 만에 하나라도 책략이면 최악이야.)

젠지로의 선택지. 한 발짝만 잘못 디뎌도 나락이다.

젠지로의 성격상, 아무리 가능성이 작아도 최악의 상황과 이어질 수 있는 루트는 선택할 수 없다.

"아, 진짜. 니르다도 참 운이 없는 건지, 타이밍이 나쁜 건지……."

"아니요, 젠지로 님. 운도 아니고 타이밍도 아닙니다. 문제는 니르다 님의 태도입니다."

"뭐?"

놀라서 고개를 갸웃하는 젠지로에게 이네스가 설명했다.

"아무리 여자 쪽의 출신이 고귀하다 해도, 상대방이 '아니다'라고 하면 표면상으로나마 상대방을 존중함이 맞습니다. 그리고 남모르게 말 속에 이쪽의 의도를 담아 대책을 세우게끔 하지요."

즉, 이번 사건에서는 기사가 아니라고 한 시점에서 니르다가 '그렇습니까, 실례했습니다'라고 사과해야 했다.

그러고 나서, '그런데 이처럼 애매한 장소에 계시면 저같이 밤눈 어두운 여인은 착각하기 쉽지요. 앞으로는 제가 착각하지 않도록 해 주시면 좋겠습니다' 정도의 표현으로 견제해야 했다.

그렇게 하면 기사도 '그렇군요, 애매한 장소에 있던 제게도 책임이 있습니다. 앞으로 조심하겠습니다. 충고 감사합니다'라고 대답함으로써 일이 무난히 수습되었을 터이다.

요컨대 표면적으로는 기사의 '그쪽의 착오'라는 발언을 받아들이면서 '사실은 아니지? 이번엔 봐줄 테니 앞으로 조심해'라는 의미를 담아 충고했어야 한다는 얘기다.

하지만 니르다는 그런 세심함 따위 휙 날려 버리고 직설적으로 '아니, 무슨 소리? 내가 다 봤는데. 왜 거짓말이야?'라는 식으로 나갔다. 상대 기사는 짐짓 놀라면서도 자존심을 세우느라 '그쪽의 잘못'이라는 입장을 굽히지 않았다.

그런 의미에서는 니르다의 실책이다. 물론 사건의 원인은 어디까지나 출입 금지 구역에 무단으로 들어간 기사에게 있지만.

"아아, 확실히 니르다는 꽤 오래 마을에서 자랐다고 했지. 귀족으로서 교육이 부족했군."

"아마도요. 철이 들 때까지 평민으로 자랐기에 평민 신분으로서의 상식이 몸에 배어 있지요. 그 위에 귀족의 상식을 덧쓰기는 쉽지 않은 일입니다."

"이중으로 위험하잖아, 이 상황."

사실은 귀족이 아닌 소녀가 귀족으로서 해서는 안 될 행동을 했다. 아무리 근본적인 원인이 나바라 왕국의 기사에게 있다 해도 이쪽의 입장이 상당히 취약하다.

"…………프레야 전하에게 부탁해서 전면에 나서 달라고 할까?"

고민 끝에 쥐어짜 낸 결론은, 젠지로 본인에게도 다소 뜻밖으로 느껴졌다.

"프레야 전하께, 말씀입니까?"

살짝 고개를 갸웃하며 묻는 시녀에게 젠지로는 자기 생각을 설명했다.

"응. 프레야 전하도 현장에 있었으니까, 주인공을 바꾸면 어떨까 생각했어. 이미 일이 커졌으니 가질 변경백 측도 지금에 와서 주장을 뒤집지는 않겠지. 그렇다고 니르다를 정면에 세운 채 밀어붙이다가는 나중에 니르다가 귀족이 아니라는 사실이 판명됐을 때 상황이 아주 고약해져. 그렇다면 니르다를 뒤로 빼고 프레야 전하가 완고하게 지적한 사람이라고 하는 편이 수습하기 쉽지 않을까?"

"확실히 그렇게 하면 우려스러운 부분이 대폭 개선됩니다만, 괜찮으십니까? 이곳에서 프레야 전하의 입장을 보증할 수 있는 분은 젠지로 님뿐입니다. 프레야 전하와 젠지로 님 사이에 강한 유대가 존재함을 만방에 알리는 셈입니다만."

"그렇겠지……."

이네스의 지적에 젠지로는 한숨을 쉬었다.

덧붙이자면, 프레야 공주에게 쉽지 않은 부탁을 하는 만큼 젠지로가 그녀에게 큰 빚을 진다는 얘기다.

젠지로의 측실 자리를 노리고 있는 프레야 공주가 기회를 놓칠 리 없다.

하지만 젠지로가 생각할 수 있는 가장 무난한 해결책은 이 방법뿐이다.

그리고 젠지로는 평범한 수준의 책임감과 남들보다 조금 심한 소심함을 겸비했다. 그가 가장 무난한 해결책을 선택할 수밖에 없었다.

"프레야 전하에게 협력을 구하지. 오늘 중으로, 가능한 한 빨리 본인에게 말한다. 니르다 양의 귀에 들어가지 않도록, 조심해서 프레야 전하만 나한테 데려오도록."

"알겠습니다."

젠지로의 지시에 이네스는 머리를 숙였다.

사건의 발단은 나바라 왕국의 기사 라이몬드와 가질 변경백의 둘째 딸 니르다 사이의 사사로운 마찰이었지만, 양측의 대리인으로 교섭에 임한 크리스티아노 기사장과 사비에르 가질이 서로 한 치의 양보도 보이지 않음으로써, 작은 불씨가 순식간에 커졌다.

　이대로 불길이 번지면 예상도 하지 못한 피해를 뒤집어쓸지도 모른다.

　조금이라도 선견지명이 있는 사람이라면 이 시점에서 '일이 성가셔졌다'는 느낌을 받는다.

　그리고 다행히도, 선견지명을 지닌 사람 중에 양 진영의 총책임자인 가질 변경백 미겔과 마르틴 나달 장군이 포함돼 있었다.

　"먼저 이런 자리를 마련해 주신 가질 변경백의 도량에 감사하오. 덕분에 무리 없이 해결될 듯하오."

　"아니, 이쪽이야말로, 딸자식의 행동이 명민하지 못해 일이 커져서 미안하외다, 마르틴 장군. 게다가 이 자리를 만든 건 내가 아니라오. 예를 표한다면 내가 아니라 내 딸…… 기젠 부인에게 하시게나."

　"그렇군. 루신다 님에겐 나중에 따로 인사하겠소."

　마르틴 장군은 그렇게 말하고 몇 번이나 끄덕였다.

　두 사람의 대화에서 알 수 있듯이 이 자리를 세팅한 사람은 푸죠르 장군에게 시집간 새신부 루신다이다.

두 사람이 마주 앉은 이 방은 푸죠르 장군과 루신다를 만나기 위한 대기실이다.

마르틴 장군은 결혼식 후에 신랑 신부에게 새로이 면회를 청했는데, 루신다가 '깜빡하고' 아버지인 가질 변경백과의 면담 시간과 겹치도록 잡아 버렸다는 것이다.

그래서 신랑 신부가 일정을 다시 조정하는 동안, 그 사이에 마르틴 장군과 가질 변경백은 '같은 방'에서 대기하게 되었다.

그리고 지금 마르틴 장군과 가질 변경백은 '우연히' 같은 방에 있게 된 기회를 이용해 비공식 회담을 열고 양측의 의견을 조율하고 있다.

능청스럽게 짝이 없지만, 귀족사회에서는 이런 표면적인 원리원칙이 매우 중요하다.

만약 이 자리가 어느 한쪽이 다른 한쪽을 방문한 공식 회담이라면 각자의 명분을 세우느라 속내를 꺼낼 수 없을 것이다.

비공식이기 때문에 거리낌 없이, 초로의 귀족과 중년의 장군은 의견을 나눴다.

간단한 인사를 나눈 후, 먼저 가질 변경백이 본론으로 들어갔다.

"나는 이번 사건이 사소한 오해라고 생각하오. 솔직히 바보스럽기 짝이 없으니 가능한 한 일을 크게 만들지 않고 끝내고 싶소."

"동감이오. 간단한 주의와 사과면 끝날 문제요. 이쪽도 적당히 마무리되길 바라오."

　초로의 가질 변경백과 중년의 마르틴 장군의 나이는 상당히 차이가 났지만, 대화를 나누는 태도는 대등했다.

　신분으로 치면 큰 차이가 없고, 가질 변경백은 무인으로서 자신보다 월등히 뛰어난 마르틴 장군에게 존경을 품고 있었다. 마르틴 장군 또한 자신이 철들기 전부터 전쟁터에서 활약해 온 가질 변경백의 화려한 경력에 경외심을 가졌다. 때문에, 서로 존중하는 평화로운 관계를 쌓을 수 있었다.

　그렇다 해도 국경을 맞댄 이웃 나라의 장군과 영주다.

　상대방에 대해 좋지 않은 감정이 없을 리 없다. 그것을 표면에 드러내지 않을 만큼의 경의를 서로에게 표하고 있는 셈이다.

　덕분에 이 자리의 얘기는 순조롭게 진행됐다.

　"사비에르는 나쁜 의미로 젊은 시절의 나를 닮았소. 융통성이 없고 원칙적으로만 문제를 해결하려 하지. 이번 사건도 사실이야 어쨌건 표면상으로는 니르다가 잘못 본 걸로 했으면 끝인데."

　"변경백도 자식들 때문에 고생이구려."

　그렇게 맞장구를 치면서도 마르틴 장군은 쓴웃음을 감출 수 없었다.

　가질 변경백이 마치 이제는 융통성이 넘친다는 듯이 말하지만, 실제로는 그렇지도 않기 때문이다.

　사실 미겔 가질은 어떻게 귀족 사회에서 살아남았는지 감탄스러울 만큼 권모술수에 약하고 속이 없는 사내다.

"하하하, 이거야 원. 부끄러운 모습을 보였군. 이 자리에서 괜히 빙빙 돌릴 필요 없으니 단도직입적으로 묻겠소. 당신 쪽 기사, 라이몬드인지 뭔지는 출입 금지 구역에 들어갔지?"

아무리 비공식 자리라지만 노귀족이 뻔뻔할 만큼 거침없이 파고들자, 마르틴 장군은 그의 곰 같은 얼굴에 쓴웃음을 짙게 떠올리고 살짝 끄덕였다.

"그렇소. 크리스가 대충 처리하는 바람에 아직 본인 입으로 확실하게 밝히지는 않았지만, 태도를 보아하니 틀림없는 듯하오."

비공식――원래는 존재하지 않는 자리이기 때문에 할 수 있는 솔직한 고백이다.

마르틴 장군의 대답에 가질 변경백은 놀라지도 않고 화내지도 않고, 그저 담담한 목소리로 대답했다.

"역시 그렇군. 하긴, 니르다가 그런 일로 거짓말을 할 아이는 아니니까. 목격자가 셋이나 있으니 잘못 봤을 가능성도 거의 없고."

"하지만 니르다 양도 조금 배려해 주면 좋았을 것을. 우리 쪽 기사가 빌미를 제공하긴 했지만, 꽤 몰아붙인 모양이더군. 그처럼 도망칠 틈새도 주지 않고 추궁하면 이쪽으로서는 전면적으로 수긍하거나 모른 척하거나, 둘 중 하나밖에 선택할 수 없잖소?"

마르틴 장군은 그렇게 말하며 슬쩍 얼굴을 찌푸렸다.

"그건 딸아이 잘못이라기보다 내 잘못이오. 교육이 덜 됐어. 미안하오. 눈치챘겠지만, 그 녀석은 정실의 자식이 아니라서. 아홉 살까지 마을에서 자랐다오."

"호오, 그런 것치고는 야무진데. 아까 한 말은 취소하겠소. 변경백은 자식 교육에도 대단한 능력을 갖추셨군."

"취소할 필요 없소. 니르다가 야무진 건 내가 아니라 루신다의 공적이니까. 니르다의 교육이 부족한 건 내 잘못이고."

가질 변경백은 그렇게 말하며 고개를 옆으로 저었다.

이런 말을 술술 내뱉는다는 점에서 가질 변경백은 순수한 인간이지만, 귀족으로서는 부족했다.

방금 했던 말로 인해 마르틴 장군에게 한 가지 중요한 정보를 흘리고 만 것이다. 가질 변경백이 루신다를 상당히 높게 평가하고 있다는 정보를.

"과연, 딸에 대한 자부심이 대단하군."

긴장한 표정으로 중얼거리며, 마르틴 장군은 푸죠르 장군에 대해 경계심을 더욱 높였다.

"루신다 님 얘기는 여기서는 넘어가도록 합시다. 지금은 니르다 양과 기사 라이몬드 간의 사건이 우리 주제니까. 간단히 사과하고 주의를 주면 끝날 문제였지만, 우리 크리스 기사장과 그쪽의 사비에르 경이 정면으로 맞부딪히고 말았구려. 간단히 끝낼 수 없게 돼 버렸소."

"그걸 가능한 한 작은 불씨로 마무리 짓기 위해 이 비공식 회담이 열린 것 아니오?"

확인하듯이 그렇게 말하는 가질 변경백에게 마르틴 장군은 조금 짓궂게 웃으며 부추기듯이 말했다.

"그건 그렇소만. 이렇게 나와 변경백이 의사를 타진한 순간 큰 불은 끈 셈이니까. 그런데 말이오, 조금 욕심이 생겨서 말이지. 상의하고 싶은데, 이번 사건, 서로 양보할 수 없는 최소한의 조건만 정하고 그에 저촉하지 않는 선에서 젊은이들에게 맡겨 보는 건 어떨지? 사비에르 경에게도 좋은 경험이 될 텐데."

"으음……. 무슨 말을 하고 싶은지 알겠소만……. 아들을 속이는 방법이 내키지 않는군. 하지만 좋은 경험이긴 하지……. 으으음."

마르틴 장군의 제안에 가질 변경백은 불안하게 눈썹을 찡그리면서도 생각에 잠겼다.

마르틴 장군이 말은 그리 어려운 얘기가 아니다.

"모처럼의 기회니까 우리는 뒷짐 지고 서서 젊은 애들한테 경험을 쌓게 해 주자."는 제안이었다.

실제로 이 상황은 절호의 기회다.

젊은 두 사람의 의견이 정면으로 충돌하여 날카롭게 대치한 가운데, 양쪽의 상관인 마르틴 장군과 가질 변경백은 이렇게 큰 사달 없이 마무리 짓고자 의견을 모으고 있다.

단언컨대, 이 상황은 상당한 호재다.

크리스 기사장과 사비에르는 실전 못지않게 긴장감 넘치는 협상을 경험할 수 있으리라. 상황이 과격해지는 순간에는 두 상관이 중재에 나서면 된다.

즉, 외국과의 협상에 익숙하지 않은 젊은이들이 안전이 보장된 가운데 값진 경험을 할 수 있는 절호의 기회다.

진짜라고 생각하고 임한 협상이 사실은 안전장치를 갖춘 게임 장이었다는 사실을 알면 크리스 기사장과 사비에르도 분명 기분 나빠하겠지만, 그 또한 '공부'에 포함된 부분이다.

"어떤가, 가질 변경백? 생각해 보겠소?"

"음⋯⋯."

이 기회가 얼마나 귀중한지 알면서도 가질 변경백이 떨떠름한 표정을 풀지 않는 이유는, 단순히 그것이 변경백의 취향이 아니기 때문이다.

날 때부터 무사인 가질 변경백은 적을 속이는 건 아무렇지 않아도, 내 편, 내 가족을 속이는 일에는 저항감을 느꼈다.

물론 현장에서는 부하들의 사기를 드높이거나, 적에 대한 방심을 막기 위해 거짓말을 할 때도 있다.

진짜 거짓말과 선의의 거짓말을 구분 못 할 만큼 머리가 딱딱한 사람은 아니다. 심사숙고한 끝에 초로의 지방영주는 떫은 표정을 풀지 않은 채 굵은 목을 한 번 끄덕였다.

"아, 알았소. 확실히 좋은 기회임은 틀림없으니까. 그런데 괜찮소? 크리스 기사장은 사건의 발단이 그쪽 기사의 거짓말이라는 것을 모른다면서. 잘못하면 궁지에 몰릴 수도 있소만?"

"그것도 경험이겠지."

마르틴 장군은 가질 변경백의 우려를 일축했다.

"섣불리 욱해서 덤비면 봐주지 않을 거요."

"알고 있소. 만약 그러면 이쪽에서 대처하지. 그런데 반대라면 어떡할 거요? 우리 크리스가 수완 좋게 그쪽의 실책이라는 결론으로 이끌 가능성도 충분히 있잖소."

"그 경우에는 표면상으로는 어쩔 수 없지만, 남모르게 그쪽 기사와 기사장을 나무라 주구려. 솔직히 기분 좋지는 않지만, 협상에서 '불합리한 패배'를 맛본 경험이 장래를 위한 밑거름이 될 테니까 이쪽은 내가 알아서 다독여 두지. 단, 감정은 별개니까. 아들과 딸이 그쪽을 섭섭하게 생각해도 나는 모르오."

그래도 상관없나? 라며 가질 변경백이 다짐을 두자, 마르틴 장군은 잠시 생각한 후 수긍했다.

"그렇군. 그때는 내가 비공식적으로 사비에르 경과 니르다 양에게 사과하지."

마르틴 장군으로서는 인접한 영지의 차기 영주의 원망을 사고 싶지 않았다.

그런 의미에서 마르틴 장군에게는 이번 사건이 크리스 기사장의 패배로 끝나는 편이 좋았다.

그래야만 크리스 기사장이 '이해할 만한 패배'라는 유익한 경험을 할 수 있고, 동시에 카파 왕국과도 마찰을 피할 수 있다.

반대로 이기면 이웃 나라의 차기 변경백에게 미움을 살 뿐만 아니라, 기사가 거짓말을 관철했다는 불명예가 남는다.

하지만 협상에서 거짓말을 진실로 탈바꿈시킨다면 그 또한 다른 의미에서 귀중한 체험이 될 터, 수지가 아주 안 맞는다고는 못 하지만, 그래도 비교하자면 역시 패하는 편이 이득이다.

어쨌든 이렇게 두 사람의 얘기가 순조롭게 진행됐다. 하지만 만약 이 대화를 젠지로가 들었다면 새파랗게 질려서 비명을 질렀으리라.

기사 라이몬드의 거짓말이 밝혀지고 크리스 기사장이 사죄하는 경우.

반대로 거짓말이 진실로 탈바꿈하여 비공식적으로 마르틴 장군이 사비에르와 니르다에게 사과하는 경우.

둘 다 무난한 해결로서 성립하기 위해서는 '니르다가 귀족'이라는 전제가 필요하다.

나중에 니르다 가질이 그 시점에서 정식 귀족이 아니었다고 판명되면 일이 복잡하게 꼬일 것이다.

그러나 대전제를 뒤집는 정보를 모르는 상태에서 그들이 다다른 결론은 지극히 타당하고 현실적이었다.

"음. 여하튼 유의미한 대화였소. 기젠 부인에게 반드시 예를 표해야겠군."

"그렇군. 일이 어떻게 흘러갈지 몰라도, 이걸로 큰 불씨는 잡은 듯하오."

대전제가 위태롭게 흔들리고 있다는 사실을 모르는 마르틴 장군과 가질 변경백은 그렇게 태평한 말을 나누며 쾌활하게 웃었다.

[막간2] **여왕의 신뢰**

"그러면 니르다는 틀림없는 변경백 집안의 사람이라는 얘기로군?"

거듭 확인하는 여왕에게 마주 앉은 통통한 중년 귀족이 식은 땀을 흘리며 끄덕여 보였다.

"예, 예. 틀림없습니다. 저는 줄곧 수도에서 근무해서 이 눈으로 확인한 바는 아닙니다만, '명부의 사본'도 있다고 합니다."

의심스러우시면 영지에 연락해 보십시오, 라며 중년 귀족은 강한 어조로 대답했다.

"아, 미안하지만 그건 나중에 확인하지. 가질 변경백 가문을 의심하는 건 아니지만, 이쪽의 '명부'에는 니르다 가질이라는 이름이 없다."

"그럴 리가……."

중년 귀족은 이중 턱을 이룬 둥근 얼굴을 부르르 떨며 경악했다.

"진정해, 세베로 경. 거듭 말하지만 가질 변경백 가문을 의심하는 게 아니야. 들자 하니 가질 변경백은 지난 대전의 와중에 니르다를 호적에 올린 모양이더군. 그렇다면 정신없는 전쟁 중에 전달에 착오가 생겼을 수도 있지."

애써 평정을 가장한 아우라는 그렇게 마주 앉은 둥근 얼굴의 중년 귀족――세베로를 다독였다.

세베로는 가질 변경백 가문에 종사하는 가신 귀족이다. 수도의 저택 관리라는 중책을 맡을 만큼 가질 변경백 집안의 가신 중에서 둘째가라면 서러운 중신이다.

에도시대 다이묘의 에도 저택에서 모든 정사를 주관한 가로(家老)와 같은 존재라고 말하면 이해하기 쉽다.

어쨌든 여왕의 말에 조금 침착을 되찾은 세베로는 손수건으로 이마의 땀을 닦으며 대답했다.

"그, 그렇군요. 잠시 정신이 혼미해서. 부끄럽습니다."

"무리도 아니지. 이쪽에서도 예상치 못한 일이니까."

"그리 말씀해 주시니 마음이 조금 편해집니다."

"음, 나도 일을 시끄럽게 만들 생각은 없어. 단지 '명부'의 누락은 결코 간과할 일이 아니라서. 가능한 한 서둘러 사태를 해결하려고 한다. 경우에 따라서는 내가 수도에서 가질 변경백에 사자를 '보낼'지도 모른다. 그리 알고 준비해 두게."

"예, 잘 알겠습니다."

세베로는 그의 둥그스름한 몸을 반으로 접듯이 머리를 숙였다.

탁, 소리를 내며 문이 닫히자마자, 아우라는 여유로운 표정을 지우고 목 안쪽에서 흡사 육식 동물과도 같은 신음을 토했다.

"……번거로워졌어."

"그러게 말입니다."

곁에 선 비서관의 냉정한 반응에 여왕은 순간 짜증을 버럭 낼 뻔했으나 간신히 정신을 추슬렀다.

"저 반응을 보아하니 이번 일, 가질 변경백 집안에는 완전히 아닌 밤중에 홍두깨겠군."

"아마 그럴 겁니다. 애초에 가질 변경백 가문 분들은 계략이나 권모술수에 밝지 않은 편이니, '명부'의 사본이 있다는 거짓말이 얼마나 위험한지 전혀 모르는 게 아닐까 합니다."

귀족의 신분을 보증하는 '명부'와 그 사본에 관한 위조, 위증은 그야말로 죽음을 면치 못하는 대죄이다. 지방영주로서는 최상위에 왕가의 신뢰도 두터운 가질 변경백 가문이 저지르기에는 지나치게 위험한 행동이다.

"그렇다면 이번 사건은 그 누구의 모략도 아닌 단순한 착오, 혹은 과실이라는 얘기지. 게다가 이쪽 '명부'에는 이름이 없고 저쪽의 사본에는 있다면 틀림없는 이쪽의 과실이야."

무슨 이유에서인지 왕가의 '명부'에 누락이 발생했다. 그리 생각할 수밖에 없는 상황이다. 그리고 곤혹스럽게도 아우라는 그 누락이 생긴 이유로서 상당히 짚이는 데가 있었다.

"가질 변경백이 니르다를 데려온 것이 아홉 살 때. 그 니르다가 올해 열다섯이라. 계산하니 '범인'이 누군지 쉽게 짐작되는군."

"산초 폐하로군요."

"그래, 산초야."

산초 1세. 카파 왕국의 선선대 국왕이자 아우라의 동생뻘인 인물이다.

별명은 '복수왕'으로, 경애하는 형――3대 전 국왕인 엔리케 4세의 원수를 갚기 위해 짧은 재위 기간의 대부분을 전쟁터에서 보낸 왕이다. 그의 마지막 또한 전사였다고 하니 철저하기 그지없다. 그의 시신은 복부를 깊게 관통한 창상, 가슴팍을 뚫은 화살, 목덜미를 뒤에서 가로로 벤 열상 등, 무엇이 치명상인지 구분할 수 없을 정도로 상처투성이였다고 한다.

니르다가 '명부'에 이름을 올렸다고 주장하는 시기는 그 산초 1세가 왕관을 쓰고 있던 시기와 일치한다.

황망한 전쟁 통에 '명부'의 일부가 손실됐을 가능성이 충분하다.

"그렇다고 하면 전면적으로 이쪽――왕가의 실책이야. 충분히 배려해서 대응해야 쓸데없는 반감을 사지 않겠군."

"게다가 일이 가질 변경백 가문에서 끝나지 않을 가능성도 있습니다. 폐하의 추측이 옳다면 니르다 님과 같은 처지에 있는 귀족들이 더 있다 해도 이상하지 않습니다."

산초 1세와 함께 전쟁 중에 잃어버린 '명부'의 일부. 그 잃어버린 부분에 적혀 있던 이름이 니르다 가질 단 하나뿐일 리 만무하다.

"……그렇겠지. 그래도 당장 문제는 니르다야. 결론은 당사자와 내가 함께 '명부'의 사본을 확인하고 그 이름을 새롭게 '명부'에 적어야겠지만, 문제는 언제 이 얘기를 꺼내느냐지."

"서류를 갖추고 사람에게 들려 폐하의 마법으로 보내면 순식간입니다만?"

비서관의 지적에 여왕은 잠자코 생각에 잠겼지만 결국 고개를 가로저었다.

"······아니, 역시 지금은 때가 안 좋아. 결혼식으로 수많은 귀족이 가질 변경백령에 모여든 지금, 이 정보가 새나가면 변경백 가문에 크게 먹칠을 하게 돼. 니르다는 상황도 모르고 변경백의 지시로 서방님을 보좌하고 있어. 이 상태에서 니르다가 실은 귀족이 아니었다는 사실이 발각되면 일이 너무 커져."

귀족도 아닌 첩의 딸이 왕족을 보좌했다고 하면 굉장한 스캔들이다. 물론 자세한 정황을 알리고 원인이 왕가 측에 있음을 이해시킬 수 있지만, 타이밍이 나쁘면 '가질 변경백 가문이 무례를 저질렀다'는 인상이 각인될 위험이 있다.

"확실히, 그 가질 변경백이 사실을 알고도 평정을 유지할 리가 없으니까요. 무슨 말씀인지는 알겠습니다. 그러나 변경백이 자초지종을 모르는 채 있다가는 언제 어디서 문제가 터질지 모르는데, 그 점은 어떻게 생각하십니까?"

비서관의 질문에 대한 여왕의 대답은 지극히 간단명료했다.

"서방님에게 맡긴다."

"호오?"

파비오 비서관이 흥미롭다는 듯이 눈을 빛냈다. 아우라는 살짝 어깨를 으쓱하고 젠지로가 보낸 소비룡 편지를 팔랑팔랑 흔들었다.

"이렇게 보고를 해 줬다는 건, 서방님도 니르다가 귀족이 아닐 가능성을 눈치챘다는 얘기지. 매사에 진중한 서방님이니까. 최악의 사태에 대비해서 '니르다는 귀족이 아니'라는 전제하에 움직이고 있을 터. 무슨 일이 터진다 해도 적당히 수습해 줄 거야."

"상당히 신뢰하고 계시군요."

비서관의 말에 여왕은 그 풍만한 가슴을 펴며 대답했다.

"당연하지. 능력은 둘째치고, 인격과 더불어 내 뜻을 존중한다는 점에서 서방님만큼 신뢰하는 사람은 없어. 최선을 추구하는 능력은 없지만, 최악을 피하는 능력은 최고야."

아우라에게 젠지로는, 아무런 지시를 내리지 않아도 자신이 생각한 방향으로 나아가 주는 주룡과 같은 존재다. 속도는 빠르지 않지만, 이쪽의 의도에 반하는 방향으로는 절대 나아가지 않는다. 그러려면 차라리 그 자리에 서서 움직이지 않으리라는 신뢰가 있다.

아우라는 젠지로를 그만큼 신뢰하기 때문에 애써 가질 변경백령에 사람을 보내지 않겠다고 결정한 것이다.

'순간이동'으로 사람을 보낸다면 그만큼 중요한 사안이 있음을 주위에 알리는 셈이다. 필요 이상으로 관심과 이목이 집중할 수밖에 없다.

또한, 정보를 전달받을 대상인 가질 변경백은 빈말이라도 배짱 좋게 처신할 타입이 아니다. 잘못하면 괜히 구멍을 들쑤셔서 뱀이 튀어나오게 될 위험이 상당히 크다.

"그러면 이 일에 관해서는 젠지로 님께 일임한다, 는 말씀이군요?"

"그래. 발렌티아에서처럼 목숨의 위기에 처하지 않는 한, 서방님의 판단력을 믿으니까. 우리는 섣불리 움직이지 않는 편이 좋겠어."

"알겠습니다. 그러면 이 일에 관해서는 젠지로 님이 수도에 돌아오신 다음에 다시 논의할 수 있게끔 준비를 해 두겠습니다."

"그걸로 충분해. 부탁한다."

그렇게 여왕 아우라와 그녀의 심복은 젠지로가 들으면 '부담스럽다'며 비명을 지를 만한 결론을 이끌어냈다.

[제4장] 팽팽한 줄다리기

"그러니까, 제가 확실히 봤습니다. 라이몬드 경은 틀림없이 가운데 통로에서 나오셨어요. 얼마든지 반복할 수 있어요. 제가 잘못 봤다고 하신다면 합당한 근거를 보여주십시오."

"진정하십시오, 프레야 전하. 라이몬드는 확실하게 바깥쪽 통로에서 나왔다고 주장하고 있습니다. 저는 부하인 라이몬드의 말을 믿습니다. 그래서 몹시 죄송하지만, 그쪽의 착각이라는 결론에 이를 수밖에 없습니다."

"그러면 어떤 근거로 저의 착각이라고 주장하시는지? 반대로 라이몬드 경의 주장이 옳다는 증거라도 상관없습니다. 아무런 근거도 제시하지 않고 일방적으로 착각이라고 우기면서, 어떻게 진정하라는 말이 나오나요?"

"전하의 주장도 일리가 있습니다만 먼저 진정하십시오. 그리고 처음부터 싸우자고 덤비시면 제대로 얘기를 할 수 없습니다."

하늘색 눈동자에 분노를 담고 격분하는 프레야 공주에게 크리스 기사장은 곤란하다는 듯이 쓴웃음을 지어 보이며 그렇게 되받아쳤다.

입가에 미소를 매달고 여유로운 태도를 보이려 애쓰지만, 눈동자 안쪽에서 당혹감이 배어 나왔다.

당연한 일이다. 애초에 이번 일은 나바라 왕국의 기사인 라이몬드와 가질 변경백의 차녀 니르다 사이에 발생한 분쟁, 이라고 인식했기 때문이다.

그런데 당사자와는 한 발짝 떨어진 입장인 프레야 공주가 공공연히 물고 늘어지리라곤 예상치 못했다.

무엇보다, 아무리 왕가의 공주님이라고 해도 이런 공식 석상에서 여자가 남자에게 대드는 일은 남대륙의 상식으로는 도저히 있을 수 없는 일이다.

아우라처럼 왕위에 앉은 여성은 예외지만, 그 외에는 비록 신분이 높아도 여자가 남자를 몰아세우는 언동을 해서는 안 된다.

특히 프레야 공주는 젠지로라는 한 남자에게 잘 보여야 하는 처지기 때문에 일반적인 남자가 보기에 '얌전치 못하다'거나 '주제를 모른다'며 미간을 찌푸릴 만한 태도를 보이리라고는 상상도 못했다.

그런 마음이 행동으로 나타나, 크리스 기사장이 프레야 공주 옆에 앉은 젠지로에게 시선을 향했지만, 젠지로는 꿈쩍도 하지 않았다.

(좋아, 힘내. 그 기세로, 프레야 전하.)

오히려 내심 프레야 공주를 있는 힘껏 응원했다.

그도 그럴 것이 프레야 공주는 젠지로의 요청으로 전면 공세에 나섰다. 젠지로가 여기서 프레야 공주의 행동을 나무란다면 그냥 배신자일 뿐이다.

젠지로는 입가에 가식의 미소를 매단 채 추이를 지켜보았다.

"나는 분명 여자의 몸이지만 사냥이나 항해 등 야간 활동의 경험이 있습니다. 항해 중에는 비록 혼자서는 아니지만, 야간 경계를 한 적도 있습니다. 그러니 아무런 증거도 없이 '잘못 봤다'고 억지를 부리셔도 도무지 받아들일 수 없습니다."

프레야 공주가 펼치는 예상 밖의 활약에 당황한 건 나바라 왕국 측만이 아니었다.

원래 다른 한쪽의 주역을 맡을 예정이었던 가질 변경백 가문 측——니르다 가질과 사비에르 가질 남매도 당혹감을 감추지 못하고 황망하게 말했다.

"저, 저기, 프레야 전하? 저 때문이시라면 너무 신경 쓰지 마세요. 이렇게 전하께서 제 편이 돼 주시는 것만으로도 저는 충분해요."

"그렇습니다, 프레야 전하. 조금 진정하시고. 젠지로 님도 보고 계십니다."

처음부터 일을 크게 만들 생각이 없었던 니르다는 물론, 크리스 기사장과 한 판 붙을 각오로 나온 사비에르까지 어느새 중재자 역할을 하고 있었다.

사비에르가 젠지로를 향한 시선은 명백히 SOS 신호였으나 젠지로는 속으로 죄책감을 느끼면서도 줄곧 눈치채지 못한 척했다.

"…………"

젠지로는, 나에게는 전혀 신경 쓰지 마세요, 라는 뜻이 담긴 미소를 유지한 채 벙긋도 하지 않았다. 사비에르는 당혹스러운 표정을 짓고, 크리스 기사장은 경멸스럽다는 듯이 콧방귀를 뀌었다.

젠지로의 진의를 파악할 수는 없어도, 젠지로가 적어도 이 자리에서 프레야 공주의 언동을 제지할 생각이 없음을 모두가 간파했다.

시종일관 말없이 웃는 젠지로에게서 모두의 시선이 떠나고, 대화가 다시 시작됐다.

정신을 가다듬은 크리스 기사장은 헛기침을 한 번 내뱉고는,

"프레야 전하의 주장도 이해합니다. 확실히 프레야 전하는 여성치고는 밤눈이 밝은 분이죠. 조금 전에는 제가 경솔했습니다. 사과드립니다."

그렇게 말하며 소파에 앉은 채 꾸벅, 고개를 숙였다.

"…………."

사과를 받은 프레야 공주는 새삼 반박하지 않았지만, 그녀가 가늘게 뜬 하늘색 눈동자에는 명백한 노기가 차오르고 있었다.

젠지로가 볼 때 프레야 공주의 분노는 지극히 정당했다. 하지만 아무래도 그 감정에 공감하는 사람은 프레야 공주 외에는 뒤에 선 호위 여전사 스카디뿐인 듯했다.

나바라 왕국 측 사람들은 물론이고 이쪽 사람인 사비에르도, 게다가 같은 여자인 니르다조차도 크리스 기사장의 '사과'에 위화감을 느끼지 못했다. 오히려 대부분이 '크리스 기사장이 이렇게

사과하는 만큼 프레야 공주도 형식적으로라도 사과를 받아주면 좋을 텐데'라는 표정을 지었다.

(‘여성치고는’ 밤눈이 밝아서라니. 아주 대놓고 프레야 공주를 도발하는 군. 아무리 그래도 그렇지, 대륙 간 항해에 성공한 선장한테 지독하게 무례하잖아, 이거.)

사냥이나 항해를 통해 야간 활동의 경험을 쌓은 프레야 공주는 자신의 능력이 ‘실전에서 유효한’ 레벨임을 자부했다. 그것을 ‘여자치고는 대단하다’고 입에 발린 칭찬을 해 봤자, 오히려 조롱에 가까웠다.

젠지로도 프레야 공주가 크리스 기사장의 ‘사과’를 받아들일 아무런 이유가 없다고 생각했지만, 안타깝게도 남대륙의 일반적인 사고방식에는 맞지 않았다. 아니 완전히 정반대였다.

젠지로는 다소 불안해진 프레야 공주를 묵묵히 지켜봤다. 다행히 프레야 공주는 그 자리에서 분노를 폭발시키지 않을 만큼의 이성을 갖췄다.

프레야 공주는 크리스 기사장의 사과를 없었던 일로 치고 더는 언급하지 않았다. 그리고 이야기를 진행했다.

“아까부터 크리스티아노 님만 얘기하시는데, 본인의 목소리로 직접 대답해 주세요. 라이몬드 님, 당신은 그날 밤에 저를 만났지요? 그때의 일을 기억하고 있나요?”

갑자기 지목을 당한 젊은 기사는 놀라서 숨을 삼킨 후 굳은 목소리로 대답했다.

"네, 물론 기억하고 있습니다. 그날 밤, 프레야 전하는 아무 말씀을 하지 않으셔서 단정할 수는 없지만, 어둠 속에서 전하의 머리카락이 선명히 보였습니다."

기사 라이몬드의 말대로 프레야의 푸른빛을 띤 은발은 어둠 속에서도 상당히 눈에 띈다. 물론 완전한 어둠 속에서라면 흰색도 검정으로 보이겠지만, 아주 희미하게라도 빛이 있는 곳에서라면, 프레야 공주의 은발은 어두운 곳에서도 선명하게 드러난다.

젊은 기사의 대답에 만족했는지 프레야 공주는 살짝 표정을 누그러뜨리고 한 번 끄덕였다.

"기억하고 있다니 영광이군요. 그러면 내가 그 자리에 있었다는 틀림없는 전제하에 묻겠습니다. 라이몬드 님이 '중앙의 통로'에서 나오는 것을 봤습니다. 내 말을 번복할 의사가 없음을 이 자리를 빌려 선언합니다. 그래도 라이몬드 님은 인정하지 않으십니까?"

도전하듯 하늘색 눈동자를 가늘게 뜨는 프레야 공주에게 나바라 왕국의 젊은 기사는 반발심이 동했는지 무표정인 채 굳은 목소리로 대답했다.

"예. 내가 나온 곳은 바깥쪽 통로이지 중앙의 통로가 아닙니다."

일이 이렇게 커진 마당에 돌이키려 해도 그럴 수 없다. 비장감

마저 감도는 굳은 표정으로 젊은 기사는 단호하게 말했다.

정면으로 부딪친 상반된 주장. 피차 상대방의 주장을 반박할 증거는 없다.

그렇다면 토론으로 상대를 설득한다. 아니면 논파하는 수밖에 없는데, 현재 상태로는 아무리 대화를 거듭해도 밑 빠진 독에 물 붓기다.

"서로의 의사를 확인했으니 이쯤에서 잠시 해산할까요?"

때문에, 사비에르가 일시 해산을 제안했을 때 아무도 거절하지 않았다.

사비에르의 일시 해산 선언을 받아들이고 나바라 왕국 사절단 일행이 굳은 표정으로 방을 나갔다.

나바라 왕국의 크리스 기사장과 기사 라이몬드가 퇴실한 다음, 젠지로가 그때까지 굳게 다물었던 입을 열었다.

"사비에르 경, 이번 일에 내가 공연히 나서서 끼어든 모양새가 되었소. 물론 이곳이 가질 변경백령이고, 여기서 일어난 분쟁을 해결할 권리와 의무는 변경백에 있다는 점을 나도 잘 알고 있다오. 이 사건에 대한 최종 판정은 변경백이 내린다. 그리고 그 판정에 토를 달지 않겠다. 이 점만은 이 자리에서 약속하지."

"예, 젠지로 님의 배려, 감사합니다."

젠지로가 진지한 표정으로, 왕족이 신하에게 취할 수 있는 최대한의 정중함을 갖춰 사과하자, 사비에르는 안심한 표정으로 그 사과를 받아들였다.

이런 점이 봉건사회의 번거로운 부분이다.

카파 왕국은 봉건국가로서는 이례적으로 왕가의 권력이 강한 편이지만, 그래도 지방영주의 권리를 침범하는 행위는 지극히 위험하다.

일반적으로 지방영주의 영내에서 일어난 사건은 모두 영주가 관할할 권리를 가진다.

물론 왕족인 젠지로가 직접 관련됐을 때 젠지로의 신병을 마음대로 할 수 있는 권리는 없지만, 이번처럼 젠지로의 파트너——프레야 공주가 당사자인 경우, 최종 결정권자는 어디까지나 영주인 가질 변경백이다.

젠지로의 지위에서 가질 변경백에게 '배려를 구하는' 행위에는 아무런 문제가 없고, 가질 변경백도 당연히 그 요청에 응할 수 있다.

그러나 어디까지나 배려를 제공할 뿐, 결정권 자체는 영주에게 있다.

젠지로는 그 사실을 이해하고 있으므로 지방영주의 권리를 침해할 생각은 없다, 라고 선언한 것이다.

그렇게 살짝 분위기가 풀어진 가운데, 젠지로는 일부러 곤란하다는 듯이 눈썹을 찡그리며 옆에 앉은 북대륙의 공주에게 시선을 향했다.

"하지만 역시 나는 프레야 공주의 편이오. 그건 프레야 공주가 현재 나의 파트너이기 때문이기도 하지만, 프레야 전하의 주장이 옳음을 확신하고, 또한 그녀의 항의하는 바가 정당하다고 인식하기 때문이오. 이 점 또한 분명히 해 두겠소."

———————◆———————

그 후, 젠지로와 프레야 공주는 배정받은 별관으로 돌아왔다.

이네스가 문을 닫자마자 젠지로는 은발의 공주님 앞에 섰다.

"프레야 전하, 이번 일, 내 부탁을 들어 줘서 고맙습니다. 원래 숙녀께 부탁할 일이 아닌데, 내 뜻을 받아 주신 오늘 일, 반드시 어떤 식으로든 갚겠습니다."

그 말대로 프레야 공주가 조금 전까지 보인 험악한 태도는 모두 젠지로의 의도였다.

니르다 가질은 정식 귀족이 아닐 가능성이 크다. 때문에, 이번 사건을 니르다 가질 대 기사 라이몬드 구도로 가져가면 나중에 큰 국제 문제로 발전할 여지가 있다.

니르다가 사과하고 상대방의 거짓말을 받아들인다고 해도, '니르다가 상대 국가의 기사를 비난했다'는 사실은 지워지지 않는다.

반면 그 자리에서 있던 사람 중에 가장 신분이 높은 프레야 공주가 전면에 나서서 주인공 자리를 차지해 버리면 그나마 약한 상처로 남을 것이다.

프레야 공주가 협상에서 이겨 기사 라이몬드를 실토하게 하면 가장 좋다.

말할 필요도 없이 기사 라이몬드에게는 거짓말을 하고 그 자리를 회피한 일이 가능하다면 지워 버리고 싶은 오점일 터이다. 라이몬드의 주장을 그대로 받아들이고 그를 변호한 크리스 기사장도 마찬가지다.

따라서 '이번 일은 처음부터 없었던 일로 합시다'라고 제안한다면 받아들여질 공산이 크다.

처음부터 없었던 일로 만들면 나중에 니르다가 귀족이 아니었다고 판명되어도 상대방이 치고 들어올 틈새가 없다.

그렇게 예측하고, 젠지로는 프레야 공주에게 다소 미안한 마음으로 껄끄러운 역할을 부탁했다. 그런데 공주는 놀랄 만큼 흔쾌히 요청을 받아들여 주었다.

"젠지로 폐하의 부탁인데 거절할 리가 있나요. 게다가 이번 일에 관해서는 솔직히 말씀드려서 연기할 필요도 없으니까요. 오히려 하고 싶은 말을 할 기회를 주셔서 감사할 따름이에요."

그렇게 말하며 웃는 프레야 공주의 눈에서 의기양양하고 호전적인 기운이 배어 나왔다.

"그리 말씀해주시니 저도 고맙습니다. 안타깝게도 저간의 사정에 대해서는 전하께도 밝힐 수가 없어 무척 마음이 괴롭습니다만."

그의 말대로, 젠지로는 '니르다가 귀족이 아닐 가능성이 높다'는 추측을 프레야 공주에게 아직 밝히지 않았다.

당연한 판단이다. 젠지로의 측실이 되기로 했다 한들, 현재 젠지로의 파트너 역할을 하고 있다 한들, 프레야 공주는 어디까지나 타국의 왕족이다.

흉금을 털어놓고 모든 정보를 나눌 만큼의 신뢰는 없다.

"신경 쓰지 마세요, 젠지로 폐하. 저도 왕족의 끄트머리인지라 감정이나 성의만으로는 어쩔 수 없는 제약이 있음을 이해합니다."

"고맙습니다, 프레야 전하."

젠지로는 순간 안도하는 미소를 지었다. 이런 반응은 사실 본인도 의식하지 못한 사이에 프레야 공주에 대한 심리적 거리를 좁혔다는 증거이다.

'감정이나 성의만으로는 어쩔 수 없는'이라는 말의 이면에는 '입장만 허락하면 흉금을 털어놓고 모든 것을 공유하고 싶은 감정이 있다'는 의미가 감춰져 있다. 젠지로는 그런 프레야 공주의 말을 부정하지 않았다.

즉 젠지로는 적어도 '그녀에게 최대한 성실하게 대하고 싶다'는 생각이 들 만큼은 프레야 공주에게 정을 느낀다는 의미다.

젠지로는 그런 자신의 심경 변화를 알아채지 못했지만, 프레야는 그렇지 않았다.

"…………콜록."

프레야 공주는 기침을 가리려는 듯이 고개를 숙이고 오른손을 입가에 댔다. 손바닥 안쪽에서 작은 입술이 웃는 모양으로 일그러졌다.

"실례했습니다."

그러나 고개를 든 순간, 그녀의 입가에서 미소가 사라지고, 하늘색 눈동자에 어디까지나 성실함의 빛깔만이 감돌았다.

"그럼 앞으로의 일에 관해 확인해 두고 싶은데요, 저는 지금까지처럼 강한 태도로 '사실'을 주장하면 되나요?"

이야기가 실무 레벨로 옮겨가자 젠지로도 긴장한 표정으로 생각에 잠겼다.

"글쎄요…… 일단 전하는 그렇게 하시면 됩니다. 물론 지금 같은 교착 상태가 이어지면 좋지 않습니다. 최대한 빨리 결론을 지을 필요가 있어요."

지금은 이쪽과 상대의 주장이 정면으로 대치하고 있고, 서로 상대를 굴복시킬 만한 증거 및 증인을 제시하지 못하고 있다.

교착 상태가 계속되면 곤란하다. 이 점은 아마 나바라 왕국의 사절단도 공감할 것이다.

아무리 사소한 분쟁이라도 경우에 따라서는 국가 사이의 전쟁으로 비화할 가능성이 있다. 그것이 미성숙한 세계의 약점이다.

과거에도 국경을 넘어가 숨이 끊긴 육룡 한 마리를 둘러싸고 시작한 사냥꾼들의 싸움이 번지고 번져 국가 간 전쟁으로 번진 예가 있다.

그러나 무조건 갈등을 피하고 상대방의 말을 늘 받아주기만 하면 국력과 국위가 훼손된다.

그래서 나라를 대표하는 사람은 '일을 크게 만들고 싶지 않다'고 속으로 생각하면서 '상대방도 마찬가지'라는 전제 아래 양쪽 모두가 원하지 않는 치킨 레이스를 시작하곤 한다.

이번 사건도 벌써 치킨 레이스가 시작될 조짐이 여기저기 보인다.

그 전에 결판을 낼 필요가 있다. 그리고 젠지로의 머릿속에는 그때를 위한 작전도 들어 있다.

다만, 그 작전은 아직 허점투성이라서 도무지 꺼내 놓을 자신이 없었다.

그래서 젠지로는 프레야 공주에게 다시 한 번 협력을 요청했다.

"어쨌든 저쪽이 전면적으로 거짓을 주장하고 있다는 사실에는 변함이 없습니다. 그걸 입증할 만한 증거가 없지만요. 하지만 증거가 없어도 발뺌할 수 없는 증언을 이끌어내면 됩니다. 그러기 위한 계획은 있습니다. 전하에게 협력을 부탁하고 싶은데 괜찮을까요?"

젠지로의 말에 프레야 공주는 짧은 은발을 찰랑거리며 고개를 기울였다. 그리고 젠지로를 똑바로 바라보며 물었다.

"물론이지요. 그런데요, 인제 와서 확인하는 것도 이상하지만, 젠지로 폐하는 어째서 저쪽 기사가 거짓말을 한다고 확신하시는지요?"

물론 젠지로는 사실 여부와 상관없이 전면적으로 프레야 공주 편이겠지만, 그의 말투에는 그 이상의 확신이 깃들어 있었다. 프레야 공주의 주장이 옳고 나바라 왕국의 기사가 의도적으로 거짓말을 하고 있다는 확신.

프레야 공주의 물음에 젠지로는 한 번 눈을 깜빡인 후 부드러운 미소를 지으며 대답했다.

"아아, 그 이유는 지극히 단순합니다. 나도 사실상 현장에 있던 셈이니까요. 떠올려 보세요. 문제가 된 장소는 평행한 세 개의 통로가 합류하는 교차점이었지요? 그중에 '가운데 통로'는 감시탑으로 올라가는 계단과 통하기 때문에 출입 금지입니다. 본관으로 통하는 '안쪽 통로'를 지나온 프레야 전하 일행 세 명은 출입 금지 구역인 '가운데 통로'에서 나온 나바라 왕국의 기사 라이몬드를 우연히 발견하고 주의하라고 했고요. 그런데 기사 라이몬드는 자기가 '가운데 통로'가 아닌 별관과 연결된 '바깥쪽 통로'에서 나왔다고 주장했습니다. 여기까지 틀림없나요?"

"네, 틀림없어요."

고개를 작게 끄덕이는 프레야 공주에게 젠지로도 한 번 끄덕여 보였다. 그리고 살짝 득의만만한 표정으로 말을 이었다.

"기억 안 나십니까? 그로부터 얼마 지나지 않아 내가 프레야 전하 일행에게 다가갔지요? 그때 내가 어떤 통로로 왔다고 생각해요?"

"앗?"

젠지로의 지적에 프레야 공주는 화들짝 놀랐다.

"그래요. 나는 '바깥쪽 통로'를 지나왔습니다. 그러니까 만약 기사 라이몬드의 주장이 사실이라면 그가 내 앞을 걸어갔다는 얘기지요. 그런데 나는 그때 그의 뒷모습을 보지 못했어요."

"그러고 보니 그렇네요."

젠지로의 설명에 프레야 공주는 무언가에 홀린 듯한 목소리로 대답했다.

생각해보면 간단한 이야기다.

기사 라이몬드가 지나왔다고 주장하는 통로를 젠지로가 뒤따라 지나온 셈이니까 엄청나게 둔하지 않다면 두 사람은 통로에서 서로의 존재를 인식했을 터이다. 기사 라이몬드가 지나왔다고 주장한 통로, 그리고 젠지로가 실제로 지나온 통로는 일자로 곧게 뻗은 길이기 때문이다.

기사 라이몬드가 그곳을 지나왔다면 서로 못 봤을 리 없다.

"그럼 젠지로 폐하가 증언해 주시면 되겠네요!"

젠지로의 증언을 듣고 승리를 확신한 프레야 공주가 기세등등하게 외쳤다. 그러나 젠지로는 냉정한 표정으로 고개를 저었다.

"현재로서는 무의미합니다. 이렇게까지 사태가 꼬여 버렸으니까요. 내가 말한다 해도 나바라 왕국 측은 절대 인정하지 않을 겁니다. 사실 내 증언에도 아무런 증거가 없으니."

기사 라이몬드가 자리를 뜨고 곧바로 젠지로가 바깥쪽 통로에서 모습을 드러냈다는 사실은 어디까지나 프레야 공주의 주관에 지나지 않는다.

기계식 시계가 존재하지 않는, 시간 감각이 지극히 둔한 세계다. 아무리 프레야 공주가 '라이몬드가 떠나고 나서 바로 젠지로가 왔다'고 증언해도 '당신이 그렇게 느꼈을 뿐, 생각보다 오랜 시간이 흐른 다음이겠지'라고 반박당하면 뾰족한 수가 없다.

"하지만 젠지로 폐하의 증언이라면 그들도 받아들이지 않을까요?"

젠지로는 다시 한 번 고개를 저으며, 희망적인 관측이 잔뜩 담긴 공주의 기대를 일축했다.

"유감스럽게도 어려울 겁니다. 나는 왕족이지만 '전사'는 아니니까요."

왕족인 젠지로의 말은 가볍지 않다. 그러나 그는 늘 '나는 전사가 아니'라고 공언하고 다녔다. 이번 일에서는 그 점이 마이너스로 작용한다.

젠지로가 아무리 '그날 밤 내가 그 통로를 지나갔지만, 앞에서 걷는 사람을 본 적 없다'고 증언한다 해도, 사람들은 겉으로는 어쨌거나 속으로 '밤눈도 어둡고 감각도 둔한 사람의 증언 따위 믿을 수 없다'고 여길 것이다.

특히 크리스 기사장은 이미 젠지로를 업신여기고 있다.

물론 신분으로 따지면 젠지로는 대국 카파 왕국의 왕족이다. 강압적으로 '내가 옳다. 내 의견에 이견을 내다니 무엄하다. 각오는 돼 있겠지?'라며 윽박지르면 지독하게 눈치가 없는 사람이 아닌 한 쉽게 제압할 수 있다.

그러나 두말할 필요도 없이 그건 가장 저급한, 최악의 수단이다.

그런 짓을 하느니 차라리 완전히 패배하고, 이번 일은 프레야 공주 일행의 착각이었다고 사과하는 편이 세계 평화를 위한 길이다.

젠지로의 지위를 이용하는 수단은 봉인할 필요가 있다.

(왕족의 지위를 사용할 수 없는 나는 일반인보다 못한 존재지……)

그렇게 자학에 가까운 감정을 느끼면서도 젠지로는 사태를 가능한 한 무난하게 봉합하기 위해 생각을 짜냈다.

　　(여기까지 온 이상 모든 일을 원만하게 마무리하기는 어렵겠지. 자업자득이니 그 기사 라이몬드를 희생양으로 삼을 수밖에 없겠어.)

　　"아무튼, 기사 라이몬드의 거짓말은 명백합니다. 그러니까 라이몬드의 말이 거짓임이 탄로나기만 하면 우리가 이길 수 있어요. 그래서 내가 살짝 야바위꾼 역할을 하려고 하는데, 전하의 협조가 필요합니다."

　　"어머, 그거 재미있겠네요. 물론 저도 돕겠습니다."

　　가슴 앞에서 손을 모으고 활짝 웃는 프레야 공주의 눈동자에서 적을 물리치며 희열을 느끼는 새디스틱한 감정이 비쳤다.

　　"그러면 그만 실례하겠습니다."

　　프레야 공주와 호위 여전사가 물러가고 젠지로와 시녀 이네스만이 남았다.

　　곧바로 젠지로는 소파 위에서 자세를 무너뜨렸다.

　　"후우…. 하아, 일이 엄청나게 복잡해졌어."

　　"수고하셨습니다, 젠지로 님. 목에서 땀이 흐르네요."

　　"응, 고마워, 이네스."

　　젠지로는 눈치 빠른 시녀가 내민 수건으로 목에서 얼굴까지 한꺼번에 닦아냈다. 그리고는 조금 상쾌해졌는지, 크게 심호흡을 했다.

　　"그런데 이네스. 아우라에게서 별다른 연락은 없어?"

"네. 아무 말씀도 없으십니다."

시녀의 주저 없는 대답에 젠지로는 미간에 주름을 잡았다.

"늦……네?"

"네. 이쪽에서 보낸 소비룡은 벌써 도착했을 겁니다. 답장을 보내시려 했다면 받고도 남았습니다."

'순간이동'으로는 한순간, 소비룡을 날려 보냈다 해도 이미 이곳에 도착했어야 할 만큼 시간이 흘렀다.

즉, 여왕 아우라에게 편지에 답할 생각이 없음을 의미했다.

젠지로는 팔짱을 끼고 그 의미를 생각했다.

"아우라는 이번 사건을 그다지 중요하게 여기지 않는다는 뜻일까? ……아니야, 그렇지 않아. 그렇다면 아마도 '문제없음. 신경쓰지 말 것'이라는 답을 줬겠지. 그러니까 반대인가. '순간이동'으로 사람을 보내거나 소비룡으로 편지를 보내서도 안 될 만큼 민감한 문제라고 받아들여야 하나."

얼마 지나지 않아 젠지로는 아우라가 의도한 결론에 이르렀다.

어느 정도의 지식과 최소한의 사고력이 있으면 누구라도 도출할 수 있는 결론이다.

'순간이동'으로 사람을 보내면 '긴급사태 발생'을 선전하는 꼴이고, 소비룡은 정보 유출의 위험이 크다.

남은 결론은 하나. '섣불리 답장할 수 없을 만큼 민감한 문제다'라는 뜻이다.

"······고립됐네. 이거야 원. 그러면 결혼식에 참석한 다른 귀족들과도 최대한 접촉하지 않는 편이 좋겠어."

머리를 감싸 쥔 젠지로에게, 곁에서 대기하던 중년의 시녀는 평온한 목소리로 조언했다.

"젠지로 님. 방침은 대략 그렇게 잡으시면 되겠지만, 미리 귀띔해 드려야 할 분도 계시지 않을까요? 적어도 푸죠르 장군께는 어느 정도 얘기를 전하시는 게."

예상치 못한 이름을 듣고 젠지로는 화들짝 고개를 들었다.

"푸죠르 장군!? 하필이면 왜 그 사람을? 푸죠르가 개입하면 가장 피곤해질 텐데."

젠지로의 반응을 예측하고 있었는지, 유능한 중년 시녀는 담담한 말투를 유지한 채 설명했다.

"바로 그렇기 때문입니다. 그분이 도중에 끼어들면 상당히 성가신 사태가 벌어지겠지요. 차라리 처음부터 귀띔해 두는 편이 최선의 예방 아닐까요? 이 사건은 니르다 님과 나바라 왕국의 기사 사이에 일어난 일입니다. 푸죠르 장군은 루신다 님과 결혼했으니 니르다 님의 형부입니다. '가족'이라는 명분으로 얼마든지 개입할 수 있다는 얘기지요."

"아아······. 진짜 그러네······."

젠지로는 마치 치통을 견디는 듯한 표정으로 머리를 감싸 쥐었다.

사건 당사자의 언니의 남편이라는 입장은 관계자를 자처하기에는 다소 억지가 있지만, 그러려고 하면 얼마든지 관계자가 될 수 있다. 그리고 푸죠르 기젠이라는 남자는 자신의 이익을 위해서라면 일반적인 관념 따위 아무렇지 않게 뭉개 버릴 위인이다.

"그 자식한테 휘둘리느니 처음부터 포섭하는 편이 차라리 낫다, 이건가."

젠지로가 그답지 않은 거친 말투로 뇌까렸다. 푸죠르 장군이 사랑하는 아내의 신랑 후보였기 때문만은 아니다.

젠지로와 푸죠르 장군은 일을 처리하는 방식이 완전히 다르다. 극과 극이라고 할 만큼 손발이 안 맞는다.

푸죠르 장군은 그 무엇보다 실리와 실익을 중시한다. 물론 어느 정도 장기적인 시야를 지녔기에 상황에 따라서는 일시적인 손해를 감수하는 배포는 있다. 하지만 상대방의 감정을 거의 배려하지 않는다.

예를 들어 이번 사건에서 나바라 왕국의 기사가 거짓말을 했음이 밝혀지면 젠지로는 모든 일을 없었던 일로 되돌리려 한다.

물론 그가 내린 판단의 이면에는 절대로 밖에 드러낼 수 없는 사정——니르다가 귀족이 아니다——이 있지만, 그런 사정이 없어도 젠지로는 상대방을 몰아세우거나 사죄를 요구하고 싶지 않았다.

상대방의 원성을 사는 행위는 장래에 실익을 날려 버릴 수도 있는 마이너스 요소일 뿐이라고 생각하기 때문이다.

어떤 의미에서는 평화로운 나라에서 나고 자란 일개 샐러리맨의 한계일지도 모른다.

하지만, 푸죠르 기젠은 사정없다.

이번 일에서 상대방이 저지른 잘못의 꼬투리라도 잡는 순간, 약점을 틀어쥐고 조금이라도 큰 이익을 취하기 위해 사정없이 몰아붙일 것이다.

일차적으로 배상금. 더 나아가 문제 기사의 신병 확보. 게다가 공식적인 사죄를 요구해 상대 국가의 국위 깎아내리기 등. 상대방의 프라이드나 심리 상태를 고려하지 않고 최대한 뽑아낼 것이다. 그 결과 원한을 산다 해도 개의치 않는다.

원한이 쌓이고 쌓여 한계에 도달한 적이 폭발하면 힘으로 제압하면 그만이다. 한 번 더 배상을 청구할 수 있으니 일거양득. 그 남자는 진심으로 그렇게 할 것만 같다.

"생각해 보니 확실히 문제네. 푸죠르 장군에게 먼저 귀띔해서 어떻게든 철저히 방관자로 있어 달라고 요구할 필요가 있겠어. ……그런데 나 혼자서 설득해야 하나?"

짐이 너무 무겁다.

한숨을 내쉬는 젠지로에게 이네스는 위로와 독려를 담은 듯한 말을 걸었다.

"젠지로 님만이 하실 수 있는 역할입니다. 하지만 너무 힘겨우시면 마르케스 가문의 라파엘로 경에게 도움을 요청할까요? 그분은 협상에 유능하시니까요."

"으음……. 아냐, 안 돼. 그건 안 돼."

이네스의 제안에 순간적으로 마음이 흔들렸지만, 젠지로는 결국 머리를 옆으로 흔들었다.

"니르다에 관한 문제인 만큼 가능한 한 관계자가 적은 편이 좋아."

젠지로는 싹싹한 라파엘로 마르케스에게 호감을 품고 있지만, 아우라는 '푸죠르 장군만큼 방심할 수 없는 인물'이라고 경고했다.

섣불리 의지해서는 안 된다.

젠지로는 라파엘로에게 죄다 맡겨 버리고 싶은 달콤한 유혹을 떨쳐냈다. 그리고 굳은 표정으로 이네스에게 고했다.

"내가 혼자서 푸죠르 장군을 설득한다. 무슨 수를 써서라도 이번 일이 마무리될 때까지 그 자식이 입도 뻥긋 못하게 만들어야지. 걱정돼 죽겠어. 일대일로 만나서 협상하고 싶은데 준비해 주겠어?"

"알겠습니다. 최대한 자연스럽게 비공식적으로 만나실 수 있도록 방법을 찾아보겠습니다. 그런데 젠지로 님. 푸죠르 장군은 그렇다 치고 가질 변경백은 어떻게 하실 생각인가요?"

이네스의 질문에 젠지로는 다시 난감한 표정으로 생각에 잠겼다.

"가질 변경백을 어떡한다. 어렵군. 으음, 당사자인 니르다의 아버지이고 이곳을 다스리는 영주니까 변경백을 제치고 내가 나서서 암약하지 않아도 되는데……. 니르다의 귀족 명부가 문제라서 말이야. 그 얘기를 쏙 빼고 말을 할 수도 없고, 참."

문제는 하나다. 국서이자 프레야 공주의 파트너인 젠지로가 직접 가질 변경백에게 얘기하면 아무래도 '국서 젠지로의 의도를 받들어 판단을 내리라'는 무언의 압력이 되고 만다.

충분히 왕족의 지방영주에 대한 권리 침해로 보일 수 있다.

젠지로는 여러 상황을 고려해서 가질 변경백에게는 사전 연락을 취하지 않기로 정했다.

"변경백에게는 연락하지 않는다. 최종 결정권을 가진 사람에게 정보를 주지 않으면 불리하지만, 먼저 연락을 취했을 때의 위험이 훨씬 커."

"알겠습니다."

충실한 중년 시녀는 국서의 명을 받들고 예의 바르게 머리를 숙였다.

[제5장] **결정의 순간**

　나바라 왕국의 기사 라이몬드와 가질 변경백의 둘째 딸 니르다 사이의 사사로운 마찰로 빚어진 일대 사건이 우여곡절 끝에 끝날 조짐이 보이기 시작했다.

　사건 당사자들과 함께 '쓸모없는 논쟁'을 수도 없이 반복하며 밑 빠진 독에 물 붓기를 며칠 동안 계속한 끝에 나바라 왕국 측, 가질 변경백 측 양쪽의 관계자가 일제히 넓은 방에 모였다. 가질 변경백이 오늘 밤 이 자리에서 최종 심판을 내리겠다고 선언했기 때문이다.

　한쪽 당사자의 육친——심지어 아버지가 최종 심판을 내리게 된다면 법치국가에서 나고 자란 현대인은 도무지 납득할 수 없겠지만, 봉건제 사회의 지방 영주에게는 지극히 당연한 권리일 뿐이다.

　실제로 나바라 왕국 측에서도 이 점에 대해 아무도 이의를 제기하지 않았다.

　물론 이제부터 내려질 최종 심판이 이해할 수 없을 만큼 불공정하다면 얘기가 달라지지만.

　긴장감에 휩싸인 양 진영이 서로 노려보는 가운데, 양측의 최고 책임자인 가질 변경백과 마르틴 장군이 냉엄한 표정 뒤에 차마 감추지 못한 곤혹감을 드러내며 눈빛으로 대화했다.

　(어이, 대체 어떻게 된 일이야?)
　(몰라, 나한테 묻지 마)

　굳이 문자로 옮기자면 이런 느낌일까.

　원래 이 두 사람은 뒤에서 짜고 이번 사건을 아들과 제자의 '실전 훈련'으로 활용하려 했지만, 그 계획은 물거품이 되어 버렸다.

　가장 큰 원인은 바로 프레야 공주다.

　"…………."

　지금도 '내가 주인공이다!'라고 주장하는 표정으로 떡하니 가운데에 자리 잡고 앉아 있다. 나바라 왕국 측의 가운데에 있는 크리스 기사장을 정면으로 대응하는 위치다.

　니르다는 끄트머리에서 서성일 뿐이고, 이 자리에서 협상의 칼자루를 쥘 예정이었던 사비에르도 일찌감치 주인공 자리에서 밀려났다.

　아까부터 사비에르가 '저기요, 이 사람 좀 누가 말려 줘요'라는 시선으로 뒤에 앉은 젠지로를 바라보았지만, 젠지로는 그저 빙긋빙긋 웃을 뿐이었다.

　사비에르도 깨닫지 않을 수 없었다.

　젠지로가 사비에르가 말 없이 보내는 SOS를 눈치채지 못한 것이 아니라 알면서도 모른 척했다는 사실을.

　전에 젠지로가 말했던 '나는 프레야 전하 편'이라는 말의 의미를 이제야 온전히 파악했다.

프레야 공주가 이따금 숙녀답지 못한 언동을 보여도 젠지로는 나무라지 않았다.

아마도 이 자리는 프레야 공주에게 휘둘리게 되리라.

아무리 여자의 지위가 낮다 해도 타국의 왕족이자 자국 왕족의 정식 파트너인 여성을 무시할 수는 없다.

프레야 공주의 존재만으로도 이미 가질 변경백과 마르틴 장군의 노림수는 실패다. 사비에르 vs 크리스 기사장의 실전 훈련을 기대하기는 어렵게 되었다.

그리고 방청석에 묵직하게 앉아 있는 남자의 존재가 결정타를 날렸다.

막 시집온 신부——루신다를 대동하고, 이 상황이 재미있다는 듯이 웃음을 감추지도 않고, 통나무처럼 굵은 팔을 팔짱 끼고 있는 사람. 다름 아닌 푸죠르 장군이다.

이번 사건에 대해 '니르다는 이제 내 처제. 남 일이 아니'라며 참석 의사를 밝혔다.

'별일이 없는 한 개입하지 않는다'고 약속했지만, 가질 변경백은 솔직히 그 말을 전혀 믿지 않았다.

강렬한 야심과 욕망, 또한 그것을 이룰 수 있는 행동력과 실행력을 겸비한 남자, 푸죠르 기젠.

껄끄러운 존재가 난입했다. 가질 변경백은 지금 자기 표정을 제대로 관리하고 있는지 도통 자신이 없었다.

지금이 밤이라서 천만다행이다.

방의 가장자리와 가운데 테이블 위에 수많은 등잔불이 불꽃을 번쩍이며 어둠을 밝히고 있었지만, 그래도 실내는 여전히 어둑어둑했다.

이런 늦은 시각에 행사를 주최한 이유는 이 시간이 아니면 참석하기 어렵다며 젠지로가 전에 없이 고집을 피웠기 때문이다.

가질 변경백은 웬일로 고집을 부려 준 젠지로에게 내심 감사하며, 주위 사람들에게 들리지 않도록 작게 심호흡을 하고 커다란 목소리로 말했다.

"모두 모인 듯하군. 그럼 지금부터 최종 토론을 개시한다. 사건 당사자와 책임자, 본인의 입장을 명확히 밝히고 자신의 양심에 따라 정당함을 주장하라. 의견을 모두 들은 다음, 나는 가질 변경백령의 책임자로서 이 사건을 심판하겠다. 판결에 이론, 반론이 있는 자는 후일 공식적인 루트를 통하도록. 알겠느냐?"

초로의 나이였지만 듬직한 풍채의 영주귀족이 위엄 있게 말하자, 그 자리에 있는 모두가 긍정을 표했다.

여기서 말하는 '공식적인 루트'란 양 왕가를 의미한다.

나바라 왕국 측이 가질 변경백의 판결에 승복하지 못할 경우 나바라 왕가를 통해 카파 왕가에 정식으로 항의하고, 카파 왕가로부터 가질 변경백 가문으로 하달해 달라는 말이다.

즉, 일을 정식으로 외교 문제로 삼겠다는 의미이다.

일개 기사가 금지 구역에 들어갔는지 아닌지를 놓고 벌어진 사소한 진실 공방 때문에 나바라 왕가가 대국 카파 왕국에 정식으로 항의한다니, 지나치게 비현실적이다.

한편 사비에르와 니르다는 가질 변경백령에 소속한 인간이므로, 애초에 '공식적인 루트' 따위 없다. 아무리 아들, 딸이라도 지방영주의 공적인 명령은 절대적이다. 반론할 권리조차 없다.

이쯤 되면 난입해 온 프레야 공주가 얼마나 까다로운 존재인지 가늠할 수 있으리라.

프레야 공주는 카파 왕국의 공식 내빈이다. 그녀가 가질 변경백의 판결이 마음에 들지 않으면 카파 왕가라는 '공식적인 루트'를 통해 항의할 수 있다.

(어째서 일이 이렇게 됐지?)

가질 변경백은 지끈거리는 관자놀이를 눌러 주고 싶은 충동을 참으며 낮고 맑은 목소리로 모두를 향해 선언했다.

"모두, 이견이 없으면 지금부터 각자의 입장과 주장을 확인하기 위해 먼저 사건 당사자 3인에게 묻겠다. 거짓 없이 대답하도록."

"네!"

"옛."

"알겠습니다."

이 지역의 전권을 쥔 지방영주의 말에 첩의 딸과 이웃 나라의 기사, 북대륙에서 온 공주님이 입을 모아 대답했다.

등잔불 위에서 춤추는 불꽃에 비친 세 사람의 머리가 아래위로 끄덕이는 모습을 확인하고, 가질 변경백은 일부러 엄중한 목소리로 먼저 자신의 딸에게 물었다.

"좋다. 그러면 니르다 가질부터 묻겠다. 그날 밤 너는 어디에서 무엇을 보았다고 주장하느냐? 알기 쉽고 간결하게 대답하거라.”

가장 먼저 아버지의 표적이 된 첩의 딸은 잔뜩 긴장한 채 입을 열었다.

“네, 변경백. 저는 그날 밤, 통로가 꺾어진 곳에서 기사님 한 분을 만났습니다.”

문답을 주고받는 형식이라서 이런 자리에 익숙하지 않은 니르다도 이내 막힘없이 대답했다.

“그 사람은 누구인가?”

“주위가 어두워서 저는 얼굴을 알아볼 수 없었습니다. 그러나 불러세웠을 때 그분이 ‘나바라 왕국의 기사 라이몬드’라고 이름을 밝혔습니다.”

대답을 들은 가질 변경백은 몸을 기사 라이몬드 쪽으로 향했다.

“나바라 왕국 사절단 소속, 기사 라이몬드여. 니르다의 말에 자네는 이견, 반론이 없는가?”

늙어서도 여전히 위엄을 잃지 않는 영주귀족의 시선에 젊은 기사는 침을 꿀꺽 삼키고 기백 넘치는 큰 목소리로 대답했다.

“예, 변경백 각하. 저는 분명히 그날 밤 그 장소에서 니르다 님의 부름을 듣고 이름을 밝혔습니다. 틀림없습니다.”

여기까지는 양쪽 진영의 인식에 차이가 없으므로, 젊은 기사는 딱히 반론을 제기하지 않고 긍정했다. 문제는 여기서부터다.

가질 변경백은 크흠, 하고 한 번 헛기침하고는 먼저 자신의 딸에게 물었다.

"그 장소는 세 갈래의 통로가 합류하는 교차점, 작은 교차로다. 니르다, 너는 그때 기사 라이몬드가 어느 통로에서 나왔다고 주장하느냐?"

"예, 라이몬드 님은 '가운데 통로'에서 나왔습니다."

니르다의 단호한 주장에 젊은 기사가 움찔 몸을 떨었지만, 이 자리에서 허가 없이 반론하지 않기 위해 자제심을 발휘했다.
"기사 라이몬드. 니르다는 이렇게 주장하는데, 이견이 있는가?"
발언권을 얻고 나서야 젊은 기사는 의자에서 일어나 주장했다.

"예 있습니다. 제가 지나온 곳은 '중앙의 통로'가 아닙니다. '바깥쪽 통로'입니다."

지금까지 몇 번이나 되풀이한, 니르다의 주장과 완전히 상반되는 주장을 기사 라이몬드는 이 자리에서도 반복했다.
정면으로 대치하는 주장에도 이제 아무도 놀라지 않았다. 지금까지 질질 끌어온 이야기인 만큼, 특별히 의외랄 것 없는 주장이다.
오히려 가질 변경백은 다음 '다른 한 사람'의 의견을 들어야 한다는 사실에 한숨이 나올 지경이었다.
그래도 초로의 영주귀족은 위엄 있는 표정을 무너뜨리지 않고 세 번째 당사자에게 질문했다.

"프레야 웁살라. 그때 니르다와 함께 있던 당신은 주장하고 싶은 것이 있는가?"

그 말에 북대륙의 공주님은 그녀의 푸른빛을 띤 은발을 불빛에 반짝이며,

"네, 저의 주장은 오로지 하나. 라이몬드 경이 '가운데 통로'에서 나오는 것을 분명히 보았다. 이것뿐입니다."

그렇게 강한 어조로 주장하고는, 당사자인 기사 라이몬드가 아닌, 마주 앉은 크리스 기사장의 얼굴을 노려보았다.

여러 번 토론을 거치면서 프레야 공주는 크리스 기사장을 메인 타깃으로 정한 모양이다.

젠지로도 충분히 이해했다.

크리스 기사장이 프레야 공주를 대하는 태도는 '말 안 듣는 여자를 다루는' 전형적인 태도였기 때문이다.

물론 겉으로 드러난 말과 행동은 왕족에 대한 예를 갖추었지만, 말 사이사이에 '어차피 여자가 하는 말'이라거나 '어째서 좀 더 여자답게, 잠자코 남자의 말을 듣지 않는가'와 같은 가치관이 배어 있었다.

젠지로의 눈에는 크리스 기사장이 먼저 싸우자고 덤비는 모양새였지만, 안타깝게도 크리스 기사장에게는 전혀 그런 자각이 없었다.

오히려 열의와 성의를 다해 프레야 공주를 잘 다독이겠다고, 그래서 매끄럽게 일을 처리하겠다는 마음으로 그런 언동을 취하는 듯 보였다.

(이쪽 세계 여자들은 힘들겠군.)

젠지로는 실례인 줄 알면서도 동정심과 경의의 시선을 프레야 공주에게 향하고 말았다.

지금까지 여왕 아우라라는 예외 중의 예외 곁에서 생활한 탓에, 젠지로는 이쪽 세계의 여자들이 사회 활동에 얼마나 많은 제약을 받는지 실감하지 못했다.

젠지로가 그런 생각을 하는 동안 가질 변경백은 모두를 둘러보며 말했다.

"당사자인 세 명의 주장은 들은 대로다. 추가 정보를 가진 자, 변호를 희망하는 자, 질문하고 싶은 자는 손을 들라. 내가 한 명씩 발언을 허가하겠다. 허가 없이 발언하는 자에게는 퇴장을 명할 테니 주의하도록."

그 말에 당사자인 세 명——니르다, 프레야 공주, 기사 라이몬드를 비롯해 모든 이가 고개를 끄덕였다.

참고로 정확히 말하면 당사자에 또 한 사람, 프레야 공주의 호위 여전사 스카디도 포함되지만, 원칙상 그녀에게는 발언권이 없다.

신분이나 성별의 문제가 아니라 순수하게 입장, 직무상의 문제다.

프레야 공주의 측근인 호위 무사 스카디는 프레야 공주의 수족, 분신이라 부를 만한 입장이다.

본인들끼리라면 몰라도, 공식 재판과도 같은 자리에서 주인에게 불이익이 될 발언을 할 리 없다.

그래서 사실상 프레야 공주 혼자 두 명의 발언권을 갖는 것과 마찬가지다.

'다수결에서 한 사람만 양손을 들 권리를 허용할 수는 없다'는 가질 변경백의 말을, 프레야 공주도 받아들이지 않을 수 없었다.

반대로 프레야 공주보다 스카디 쪽이 언변에 능하다면 스카디를 프레야 공주의 '대리인'으로 세우고 프레야 공주는 발언하지 않을 수 있다.

어쨌거나 손만 들면 누구라도 의견을 말할 수 있는 상황이 되었는데도 한동안 아무도 손을 들지 않았다.

사실 그다지 의외는 아니다.

나바라 왕국 측과 이쪽의 주장이 정면으로 대립하고 있는 데다가, 양 진영 모두 상대방의 주장을 확실하게 무너뜨릴 수 있는 증거를 확보하지 못했다.

그러니 섣불리 발언했다가 말꼬리를 잡히거나 함정에 빠질 위험이 있다. 먼저 발언하는 자가 불리하다.

근소한 차이라 해도 나중에 공격하는 편이 유리한 상황에서 선공을 선택하기란 좀처럼 쉽지 않다. 하지만 언제까지나 침묵을 지킬 수도 없는 노릇이다.

등잔불의 희미한 조명 속에서 서로 견제하는 무거운 공기를 걷어내듯이 나바라 왕국의 크리스티아노 핀트, 즉 크리스 기사장이 손을 들었다.

"크리스티아노 핀트의 발언을 허락한다."

가질 변경백의 허가를 받은 크리스 기사장은 느긋한 동작으로 의자에서 일어나 입을 열었다.

"예, 그럼 허가를 받들고 니르다 님께 묻겠습니다. 니르다 님은 당일 밤, 통로의 모퉁이에서 우리나라의 기사 라이몬드를 맞닥뜨렸다고 하셨는데, 그때 라이몬드가 신고 있던 신발을 기억하십니까?"

"예? 신발이요?"

예상 밖의 질문에 니르다는 저도 모르게 목소리를 냈다.

"허가 없이 발언하지 않도록. 니르다 가질. 크리스티아노 핀트의 질문에 대답하라."

아버지인 가질 변경백이 나무라자 니르다는 놀람과 당혹감에 잔뜩 움츠린 채 그 자리에서 일어났다. 그리고 그때의 일을 떠올리며 대답했다.

"그게…… 라이몬드 경의 신발은 확인하지 않았습니다."

"그렇습니까. 하기는, 어둠 속에서 우연히 만났으니 무리도 아니겠지요. 실은 라이몬드는 그날 밤 지금 신고 있는 기사용 가죽신을 신고 있었습니다. 변경백 각하, 참고를 위해 라이몬드를 자리에서 일어나게 하고 싶습니다. 허가 부탁드립니다."

"허가한다."

"감사합니다. 라이몬드, 일어서라."

가질 변경백의 허가를 받은 크리스 기사장은 부하인 라이몬드에게 그 자리에서 일어서도록 명령했다.

"예, 실례하겠습니다!"

젊은 기사장의 명령에 그보다 약간 연상인 라이몬드가 기세 좋게 일어섰다.

딱딱한 신발이 돌 바닥에 닿자 또각, 하는 둔탁한 소리가 방 안에 울려 퍼졌다.

"들으셨다시피, 기사용 신발은 바닥이 딱딱해서 돌 바닥 위를 걸을 때 큰 소리를 냅니다. 이런 넓은 방에서는 이 정도지만, 돌벽으로 둘러싸인 통로에서는 상당히 큰 소리가 울렸을 것입니다. 라이몬드, 걸어 봐라."

"예!"

크리스 기사장이 말하자 기사 라이몬드는 그 자리에서 또각또각 소리를 내며 제자리걸음을 했다.

등잔불빛이 희미하게 비추는 가운데 제자리걸음을 계속하는 젊은 기사.

그리고 그 광경을 말없이 지켜보는 왕후 귀족들.

어찌 보면 우스운 광경이건만, 그 누구도 웃지 않았다.

"니르다 님. 통로에서 이런 발소리가 들렸을 텐데요. 니르다 님은 언제쯤 라이몬드의 발소리를 들으셨습니까?"

"아뇨, 그건, 그⋯⋯ 저는 프레야 전하와 이야기를 나누며 걸었기 때문에 사람의 모습을 발견하기 전에는 발소리를 듣지 못했습니다."

솔직한 니르다의 솔직함에 화답하듯, 크리스 기사장은 한순간 입가에 득의양양한 미소를 지었다. 반면 프레야 공주의 얼굴에는 벌레를 씹은 듯한 표정이 떠올랐다.

"그렇습니까. 역시 니르다 님과 프레야 전하는 이처럼 '커다란 발소리'를 듣지 못할 만큼 대화에 집중하며 걷고 있었다는 얘기로군요."

"아······."

그 말에 니르다도 그제야 크리스 기사장이 말하고자 하는 바를 깨닫고 사색이 되었다.

사건의 핵심은 기사 라이몬드가 가운데 통로에서 나왔는가, 바깥쪽 통로에서 나왔는가이다.

니르다와 프레야 공주는 가운데 통로에서 나왔다고 주장하고, 라이몬드 자신은 바깥쪽 통로에서 나왔다고 주장하고 있다.

니르다와 프레야 공주의 주장이 옳다면 라이몬드가 거짓말을 한 것이고, 라이몬드의 주장이 옳다면 니르다와 프레야 공주가 '착각했다'는 결론에 이른다.

이런 상황에서 지금, 크리스 기사장이 니르다의 입에서 '큰 발소리를 듣지 못할 만큼 대화에 집중하며 걸었다'는 증언을 이끌어냈다.

요컨대, 니르다와 프레야 공주가 잘못 봤다는 나바라 왕국 측의 주장에 신빙성을 부여하는 새로운 정보인 셈이다.

커다란 발소리도 듣지 못할 만큼 대화에 빠져 있었다면 바깥쪽 통로에서 나온 라이몬드를 가운데 통로에서 나왔다고 잘못 봤을 수 있다는 논리다.

다소 억지스러운 면이 있지만, 설득력은 있다.

아주 미미하긴 해도 평행선이 살짝 기울었음을 느낀 사비에르가 초조한 표정으로 손을 들었다.

"변경백, 발언을 허가해 주십시오!"

"음, 사비에르 가질의 발언을 허락한다."

아버지인 변경백의 허가를 받고 사비에르는 희미한 불빛에도 알아볼 수 있을 만큼 흥분한 표정으로 일어섰다.

"라이몬드 경에게 질문하겠습니다. 그날 밤, 라이몬드 경은 니르다와 프레야 전하뿐 아니라 전하의 호위 무사인 스카디 님과도 마주쳤습니다. 니르다와 프레야 전하는 바닥이 부드러운 신발을 신고 있었지만, 스카디 님은 라이몬드 경과 같은 신발입니다. 라이몬드 경은 그 발소리를 들었습니까?"

사비에르의 논리는 필사적이었지만 단순했다.

니르다가 라이몬드의 발소리를 듣지 못한 것처럼 라이몬드도 스카디의 발소리를 듣지 못했다면 발소리에 대해서 논할 가치가 없다.

그런 방향으로 이야기를 전개하려 했으리라.

그러나 그의 논리는 허술했다.

사비에르의 물음에 나바라 왕국의 젊은 기사는 당황한 목소리로 대답했다.

"아니오. 듣지 못했습니다. 그, 아까도 말씀드렸다시피 니르다 님과 프레야 전하가 대화를 나누며 다가오셨기 때문에 그 소리에 발소리가 묻힌 게 아닐까요? 물론 두 분의 말소리는 들렸습니다."

"아……."

너무나도 당연한 지적에 사비에르는 할 말을 잃었다.

듣고 보니 당연하다. 아무리 발소리가 크다 해도 말소리에 비하면 작다.

라이몬드는 발소리가 아니라 말소리를 듣고 니르다 일행이 다가옴을 알았고, 니르다 일행은 대화에 빠져 있었기 때문에 라이몬드의 발소리를 듣지 못했다.

뜻밖에도 그날 밤 라이몬드가 니르다 일행보다 주위 상황을 정확히 파악하고 있었다는 정황이 드러났다.

"……윽."

까무잡잡한 얼굴을 새빨갛게 물들이고 할 말을 잃은 사비에르를 바라보며, 젠지로는 슬슬 침묵을 깨야 할 시간이 왔음을 깨달았다.

(아아, 가능하면 조금 더 상황이 무르익기를 바랐는데, 이대로 지켜보다가는 안 좋은 쪽으로 결론이 날 것 같네. 상당한 모험이지만 하는 수 없지.)

한 번 심호흡하며 각오를 정한 젠지로가 그 자리에서 스윽, 오른손을 들었다.

"가질 변경백. 발언을 허가해 주오."

젠지로의 목소리는 크지 않았지만, 방 안 전체가 놀라 술렁였다.

당연하다.

지금까지 젠지로는 파트너인 프레야 공주를 철저히 방관하며 관여하지 않겠다는 태도를 고수해 왔다.

젠지로 본인은 별 볼 일 없는 인간이라도, 국서라는 지위는 상당히 무겁다.

"……젠지로 카파의 발언을 허락한다."

발언 허가를 내리는 변경백의 표정에도 또렷하게 경계의 빛이 서렸다.

모두의 시선이 자신에게 집중하자 불쾌해서 등이 근질거렸지만, 젠지로는 그 자리에서 일어났다.

"나바라 왕국 기사장 크리스티아노 경에게 질문하겠소. 아까부터 줄곧 발소리가 들렸는지 아닌지를 문제 삼고 있는데, 그게 그렇게 중요한 문제인가?"

크리스 기사장은 느닷없이 자신이 지목되리라고는 예상하지 못한 듯, 순간 허를 찔린 표정을 보였지만, 이내 여유로운 미소를 되찾고 대답했다.

"예, 가장 중요하다고는 못 하지만, 이번 사건에서는 중요한 요소 중 하나라고 생각합니다. 젠지로 님은 전사가 아니셔서 이해하기 어려우실지 모르나, 전사는 훈련을 통해 무기 다루는 방법만큼 야간 시력이나 청음 같은 탐색능력의 단련에 힘쓰고 있습니다. 그런 전문적인 훈련을 받은 자와 그렇지 않은 자의 능력 차이를 명확히 함으로써 효과적으로 상황을 이해할 수 있습니다."

정중하고 상세한 그의 설명에는, 전사가 아닌 젠지로라는 남자를 업신여기는 속내가 담겨 있었다.

실제로 프레야 공주는 그의 모욕적인 의도를 민감하게 감지하고 눈빛으로 분노를 드러냈다. 또한, 뒤쪽에서 지켜보던 마르틴 장군도 곤혹스러운 표정으로 작은 한숨을 내쉬었다.

그러나 젠지로 본인은 젊은 기사장의 불경한 태도에도 아랑곳하지 않고 질문을 계속했다.

"과연. 그렇다면 내가 그날 밤 '바깥쪽 통로'에서 라이몬드 경의 모습을 보거나 발소리를 듣지 못한 것도 내 능력 부족 탓이다, 그런 얘긴가, 크리스티아노 경?"

아마도 이 질문은 완벽히 예상 밖이었으리라.

"예?"

크리스 기사장이 저도 모르게 멍청한 목소리로 되물었다. 젠지로는 진지한 표정을 누그러뜨리지 않고 상황을 설명했다.

"실은 그 날 밤, 나는 조금 뒤늦게 문제의 지점으로 향하고 있었소. '바깥쪽 통로'를 걸어서 말이지. 세 개의 통로가 합류하는 지점에 도착했을 때 프레야 전하 일행 셋이 그 자리에 우두커니 서 있었으니, 라이몬드 경이 자리를 뜬 지 얼마 지나지 않은 시간이었으리라 생각하오. 그렇다면 내가 '바깥쪽 통로'를 지날 때 바로 앞을 라이몬드 경이 지나갔다는 얘긴데, 그런데도 나는 앞에서 걸어가는 사람의 모습을 보지도, 발소리를 듣지 못했단 말이지. 아아, 물론 나는 걸으면서 누구와도 얘기를 나누지 않았소. 침묵을 지켰지."

다그치는 듯한 젠지로의 주장에 당사자인 기사 라이몬드는 얼굴에 땀을 흘리며 동요하는 모습을 보였다.

동요하는 부하의 모습을 본 크리스 기사장은 부하를 감싸듯이 자리에서 일어나 애써 웃는 얼굴로 대답했다.

"실례지만 젠지로 폐하의 능력에 문제가 있는 것이 아닙니까? 무례를 무릅쓰고 말씀드립니다만, 젠지로 폐하는 전사로서 훈련 받으신 적이 없으시지요? 그래서 어느 정도 거리를 두고 앞서 간 라이몬드를 못 보셨다 해도 어쩔 수 없지 않습니까?"

크리스 기사장이 젠지로를 깔보는 말투로 일관했지만, 젠지로는 평온한 얼굴로 고개를 끄덕일 뿐이었다.

"과연, 맞는 말이오. 그런데 그 반대라면 어떤가? 크리스 기사장이 지적한 대로 나는 전사가 아니오. 밤눈도 어둡고 청력도 떨어진다오. 무술 실력으로 치면 아녀자 수준이지. 그래서 어딜 나갈 때는 반드시 호위 기사인 나탈리오를 데리고 다닌다오. 나탈리오도 기사용 신발을 신고 있지. 당연히 발소리가 컸을 텐데, 자, 나바라 왕국의 기사 라이몬드 경. 귀공은 그날 밤 '바깥쪽 통로'를 지날 때 뒤에서 그런 발소리를 들은 기억이 있는가?"

"그건……."

땀에 젖은 얼굴로 말꼬리를 흐리는 기사 라이몬드. 이미 궁지에 몰린 모습이었지만 사실 젠지로가 노린 승부처는 바로 지금부터다.

여기서 라이몬드가 젠지로가 노린 대로 거짓말을 한다면 성공이다.

심장 뛰는 소리가 주위에 들릴 정도로 긴장한 기사 라이몬드가 무언가 결심한 듯이 입을 열었다.

"그러고 보니 생각났습니다. 걷고 있을 때 발소리가 들려 한 번 뒤돌아보았습니다. 하지만 그때는 제 발소리의 메아리라고 생각해서 더는 신경 쓰지 않았습니다."

젊은 기사는 그렇게 말하며 자신감 없는 동작으로 고개를 가로저었다.

'걸렸다!' 젠지로는 쾌재를 부르고 싶을 만큼 환희에 휩싸였다.

젠지로의 희색이 만면한 표정을 봤는지, 기사 라이몬드의 상사인 크리스 기사장이 벌떡 자리에서 일어나 큰 소리로 변론했다.

"젠지로 폐하. 라이몬드의 말대로 돌 바닥으로 된 통로에서는 발소리가 곧잘 되돌아옵니다. 아무리 훈련을 잘 받은 전사라 할지라도, 메아리치는 자신의 발소리와 멀리 떨어진 타인의 발소리를 얼마든지 착각할 수 있습니다."

들었을지도 모르고 듣지 못했을지도 모른다.

애매한 증언이지만 그래도 신빙성이 있다는 주장이다. 크리스 기사장이 그렇게 부하를 감쌌지만, 젠지로 처지에서 보면 완전히 초점이 어긋난, 무의미한 변론이었다.

젠지로가 문제로 삼으려는 부분은 발소리가 아니다. 그다음에 나온 '한 번 뒤돌아봤다'는 부분이다.

이미 사냥감은 완벽하게 미끼를 물었다. 이제 순서에 맞게 천천히 끌어올리면 된다.

젠지로는 평온한 미소를 지은 채 천천히 이야기를 시작했다.

"라이몬드 경, 그리고 크리스 기사장. 아까부터 몇 번이나 말했다시피 나는 전사로서의 훈련을 전혀 받지 않았소. 그래서 탐색 능력을 전혀 갖추지 못했다오. 그러니 내가 그때 그곳에서 내 앞을 걸어가는 사람의 모습이나 발소리를 알아채지 못했다 해도 이상하지 않겠지. 그런데 나의 신뢰하는 호위 기사 나탈리오도 아무런 지적을 하지 않았단 말이오."

젠지로의 말에 그때까지 잠자코 상황을 지켜보고 있던 재판장 역할의 가질 변경백이 끼어들었다.

"젠지로 카파. 이 자리에서는 호위 무사와 시종의 증언에는 효력이 없소."

프레야 공주의 호위 무사 스카디의 증언을 인정하지 않은 것과 같은 맥락이다.

주인에게 충성을 맹세한 호위 무사는 주인의 말에 절대적으로 순종하기 때문에 진실이라 여기기 어렵다. 따라서 원칙상 주인의 말을 긍정할 수밖에 없는 호위 무사나 시종의 발언을 인정하지 않는다.

젠지로도 그 점을 잘 알고 있었다. 일부러 호위 무사의 이름을 언급한 건, 자신의 주장과 나바라 왕국 측의 주장이 엇갈리고 있음을 조금이라도 더 강조하기 위해서였다.

"젠지로 폐하. 그 통로는 상당히 깁니다. 그리고 주위가 상당히 어두웠지요. 젠지로 님은 물론 동행한 기사님이 훨씬 앞에서 걷는 라이몬드를 알아보지 못했다 해도 이상하지 않습니다. 라이몬드가 간신히 알아채고서도 자신의 발소리라 여기고 착각할 정도였으니까요. 아마도 젠지로 님과 라이몬드가 상당히 멀리 떨어져 있었나 봅니다."

그러니까 모순은 없다. 그렇게 주장하는 크리스 기사장에게 젠지로는 일부러 크게 끄덕여 보였다.

"과연, 그리 말하니 그런가 싶기도 하군. 그런데 아무리 생각해도 의문이 남소. 전사로서 훈련받은 라이몬드 경이 어떻게 내가 뒤에 있는 줄을 몰랐을까?"

"그러니까 라이몬드는 알아챘다고 하지 않습니까? 다만 그 당시는 착각이라고 여겼을 뿐이지요……."

크리스 기사장이 질렸다는 표정으로 아까와 같은 주장을 반복했지만, 젠지로는 아랑곳하지 않고 이야기를 계속했다.

"나는 전사의 훈련을 받지 않았소. 그래서 밤눈이 매우 어둡지. 게다가 부끄럽게도 여염집 아녀자보다 겁이 많고. 그래서 말이지, 조금만 어두워도 조명이 없으면 바깥을 나다니지 못한다오."

"……!?"

젠지로의 말에 크리스 기사장은 오늘 밤 처음으로 낯빛을 바꿨다.

그가 이쪽이 하려는 말이 무엇인지 간파했다. 그렇게 확신한 젠지로는 일부러 입가에 웃음을 지으며 주머니에서 애용하는 '수동 충전식 LED 손전등'을 꺼냈다.

이 순간의 효과를 극대화하기 위해, 일부러 어두운 시간에 모이게끔 억지를 부렸다.

"이것은 내가 고향에서 가져온 물건인데, 자세한 설명은 생략하고 조명의 마법 도구라고 생각하면 되오. 그날 밤도 나는 이렇게 전방을 비추면서 걸었지."

그렇게 말하며 젠지로는 LED 손전등의 스위치를 켰다. 물론 사전에 핸들을 충분히 돌려 가득 충전해 두었다.

"윽!?"

"헉……!"

"이럴 수가!?"

"이건……?"

등잔불의 불꽃에 비할 수 없는 LED의 눈부신 백색광이 쏟아지자 방 안의 사람들은 경악을 금치 못했다.

"자, 라이몬드 경. 경은 조금 전에 발소리를 듣고 '한 번 뒤돌아봤다'고 했지? 다시 한 번 묻겠네. 경은 왜 뒤에서 걷는 나를 알아채지 못했나?"

젠지로는 그렇게 말하고 일부러 LED 손전등을 나바라 왕국의 젊은 기사에게 조준했다.

땀으로 범벅이 된 창백한 얼굴. 입술을 움찔거리는 젊은 기사의 모습을 인공적인 백색광이 어둠을 가르고 사람들 앞에 숨김없이 비췄다.

"아…… 저, 저는……."

당황하며 말을 더듬는 젊은 기사의 모습을 보자, 조금 전까지 젠지로의 온몸을 휘감던 희열이 순식간에 식어 버렸다.

(사람들 앞에서 도망갈 구석 없는 막다른 곳까지 몰아붙이고 말았군.)

이건 젠지로가 좋아하는 방법이 아니다. 사람들의 면전에서 호되게 창피를 당하는 결말을 내면 패자에게 원한을 품게 하기 때문이다.

그러나 이번 사건에서는 어떻게든 승리를 끌어내기 위해 이런 방법밖에 준비하지 못했다.

(라파엘로 마르케스라면 이렇게 거친 풍파를 일으키지 않고 마무리했을 텐데. 푸죠르 장군이라면 반대로 더욱 가혹하게 완벽한 승리를 거머쥐고도 패자에게 원한을 품을 엄두조차 못 내게 했겠지.)

의미가 없는 줄 알면서도 자꾸 뛰어난 사람과 자신을 비교하게 된다.

그 순간 방청석에서 입가에 슬며시 미소를 짓고 있는 푸죠르 장군이 보였다. 화들짝 제정신을 차린 젠지로는 이 사건의 막을 내리기 위해 최후통첩을 내렸다.

"그 직선 통로에서, 뒤에서 비추는 이 조명을 보고도 눈치채지 못하는 자가 누가 있을까? 심지어 도중에 한 번 뒤돌아봤다면 말이오. 반복하지만 나는 전사가 아니오. 아녀자보다 밤눈이 어둡

지. 그러나 이런 나라도 그 뻥 뚫린 통로에서 이런 불빛이 뒤에서 비춘다면 아무리 거리가 멀어도 알아챌 거요. 자, 기사 라이몬드 경. 전사로서 훈련을 충분히 받은 자네가 어째서 이 불빛을 알아채지 못했는지, 이 자리에서 납득할 수 있게끔 설명해 보게."

도망갈 구석 없는 추궁. 대답할 길 없는 질문. 그리고 표정조차 숨기지 못하게 만드는 강한 백색 불빛.

"…………"

더는 변명의 여지가 없음을 알면서도, 나바라 왕국의 기사 라이몬드는 패배를 인정하지 않으려는 듯, 의자 위로 무너져 내렸다.

그 뒤의 이야기는 매우 간단했다.

완전히 '꺾인' 기사 라이몬드가 문제의 근원이 된 자신의 거짓말──사실은 가운데 통로에서 나왔음을 인정하면 그만이다.

"그러면 나바라 왕국의 기사 라이몬드는 스스로 거짓말을 했음을 인정하는가?"

"…………예."

가질 변경백의 말에 나바라 왕국의 젊은 기사는 의자에 무너진 채 꺼질 듯한 목소리로 대답했다.

"흠, 이제 어쩐다……"

사건은 일단락됐지만 가질 변경백은 미간에 주름을 모으고 생각에 잠겼다.

누가 옳고 누가 잘못했는지, 결론은 나왔다. 하지만 잘못한 자를 어떤 형태로 어떤 대가를 치르게 할지 판단해야 했다.

뜻밖에 어려운 문제다.

애초에 기사 라이몬드의 죄는 출입 금지 구역에 무단 침입한 일이다.

대단한 잘못으로 들리지만 사실 가질 변경백 측은 그다지 중대한 사건이라고 여기지 않았다. 길을 헤매다 잘못 들어갔다 해도 어쩔 수 없는, 만약 누가 들어갔다 해도 큰 문제 없는 구역이다.

그래서 지은 죄에 대해서는 가볍게 주의하라고 하면 충분하다.

그러나 일이 이렇게까지 커진 이상 '가벼운 주의'만으로는 끝낸다면 납득하지 못하는 자가 있으리라.

가질 변경백은 슬쩍 그 '납득하지 못하는 사람'과, 그 사람이 노려보는 대상의 표정을 훔쳐보았다.

푸른빛을 띤 짧은 은발이 인상적인 소녀는 아니나 다를까 '자, 어떡하시겠습니까' 하는 공격적인 미소를 지으며 나바라 왕국의 젊은 기사와 기사장을 노려보고 있었다.

가벼운 주의만으로는 이 북대륙에서 온 공주 전하가 만족하지 못하리라.

그러나 반대로 나바라 왕국 처지에서 보면 실수로 길을 잘못 들었을 뿐인데 톡톡히 망신을 당한 셈이다.

여기에다 무거운 벌이 더해지면 방귀 뀐 놈이 성내는 격임을 알면서도 악감정을 품지 않을 수 없다.

실제로 당사자인 기사 라이몬드는 넋이 쏙 나갔지만, 그를 변호했던 크리스 기사장은 입술을 깨물며 굴욕을 견디는 표정이다. 아마도 '망신을 당했다'고 생각하고 있으리라.

쓸데없는 원한이 남지 않으려면 어찌해야 할까. 고민에 빠진 가질 변경백이 뒤에 앉은 마르틴 장군을 돌아보자, 거한의 장군은 눈을 감고 그 멧돼지처럼 굵은 목을 약간 끄덕였다.

(이제 됐어. 뒤는 이쪽에 맡겨.)

마르틴 장군의 의도를 담은 짧은 제스처에 가질 변경백은 안도의 한숨을 쉬었다.

부하를 다루는 데 정평이 나 있는 마르틴 장군이다. 뒷일을 책임져 준다면 문제의 반은 해결된 셈이다.

마음이 가벼워진 초로의 영주귀족은 이 사건을 마무리 지은 왕가의 남자에게로 시선을 향했다.

"그러면 이제 최종 판결을 내리겠다. 그 전에 젠지로 님, 하실 말씀 있으십니까?"

젠지로에게 '님'이라고 정중하게 경칭을 붙였다. '재판 중'과는 확연히 다른 대응이다.

즉, 최종 판결을 내리기 전에 왕족인 젠지로를 나름대로 '배려했다'는 증거를 남기기 위함이리라.

의도를 파악한 젠지로는 이쪽의 요구사항을 최대한 간략하게 전하기 위해 필사적으로 머릿속에서 단어를 골랐다.

"……그래. 우리가 이곳의 물정에 어둡다 보니, 아마도 여러모로 불필요한 혼란을 부른 부분이 있었다고 생각하오. 그러니 나바라 왕국 측이 이번 일에 대해 잘못을 인정한다면, 나는 그 이상 아무것도 바라지 않소. 애초에 이렇게 키우지 않았어야 할 일이오. 별것도 아닌 사사로운 오해가 이번 일의 발단이 아닌가."

　젠지로의 말을 해석하면, "프레야 공주가 무신경하게 상황을 어지럽혀서 미안해. 우리는 나바라 왕국 사람이 미안하다는 말 한마디만 해주면 그걸로 오케이. 그보다 아예 처음부터 없었던 일로 하면 어떨까?"라는 얘기다.

　그다지 복잡하게 돌려서 말한 편이 아니었기에, 귀족치고는 권모술수의 센스가 둔한 가질 변경백도 젠지로가 하고 싶은 말을 알아들은 모양이다.

　순간 주름이 깊게 팬 얼굴에 희색을 띄운 초로의 영주귀족은 일부러 한 번 헛기침했다.

　"으, 으음. 젠지로 님의 말씀 잘 들었습니다. 그러면 가질 변경백 영주가 이 사건에 대한 판결을 내리겠다."

　가질 변경백의 말에 이 자리에 있는 사람 모두가 시선을 떨구고 얌전히 입을 다물었다. 젠지로도 예외가 아니다.

　이 지역의 최고 권력자는 어디까지나 변경백이다. 왕족인 젠지로를 어쩔 권리까지는 없지만, 반대로 왕족일지라도 지방 영지 안에서는 영주의 결정을 뒤집을 수 없다. 조금 전에 가질 변경백이 한 것처럼 '조언을 구하고 배려하는' 정도가 최대한이다.

　"문제는 나바라 왕국 기사 라이몬드가 우리 관저의 금지 구역에 '길을 잃고' 들어간 점. 그리고 그 사실을 지적당했음에도 거짓말로 회피하려 한 점. 이상 두 가지다. 출입 금지 구역에 발을 들인 자체는 큰 문제가 아니다. 보초나 출입 금지 표식을 준비하지 않은 우리 쪽에도 잘못은 있다. 그러나 사실을 지적한 자의 '착각'으로 몰아세우고 무리하게 일을 봉합하려 한 행동은 간과할 수 없다. 나바라 왕국 사절단의 당사자는 잘못을 인정하고 사과하라."

"……알겠습니다."

나바라 왕국의 기사장 크리스티아노 핀트는 단정하고 잘생긴 얼굴에 가면 같은 무표정을 드리운 채 굳은 목소리로 대답했다.

크리스 기사장 입장에서는 부아가 나는 판결이지만, 이렇게 된 마당에 변경백의 결정에 반발하는 행동이 얼마나 바보 같은 짓인지 잘 알고 있었다.

크리스 기사장의 대답에 가질 변경백은 살짝 끄덕이고,

"좋다. 이번 사건은 해결됐다. 더 일을 확대하면 모두에게 해롭다. 당사자가 잘못을 사과하고, 다른 쪽 당사자가 사과를 받아들인 시점에서 사건 종료. 이후 절대로 이 사건을 들먹이지 말기로 제안하는 바, 모두의 의견은 어떤가?"

그렇게 살피는 듯한 말투로 제안했다.

마지막의 '제안'은 지방영주인 가질 변경백의 권리를 넘는 영역이다.

영지 내부에서 일어난 일에 관해서는 지방 영주에게 권한이 있지만, 이번 일에는 타국 사람과 자국의 왕족 관계자가 포함되어 있다.

타국 사람인 나바라 왕국 사절단은 고국에 '항소'해서 이 일을 나바라 왕국과 카파 왕국 간의 국제 문제로 발전시킬 수 있고, 자국의 왕족인 젠지로는 여왕 아우라의 허가를 받아 얼마든지 '반론'을 펼칠 수 있다.

물론 '항소'를 당하든 '반론'을 당하든, 재심의 심판권이 어디까지나 가질 변경백의 손에 있기에 별다른 영향을 받지는 않겠지만, 여러 가지로 귀찮아질 것이다.

다행히 크리스 기사장은 곧바로 가질 변경백의 제안에 찬성했다.

"알겠습니다. 그렇게 말씀하신다면 우리 쪽도 받아들일 수밖에요."

지금 드높은 자존심에 상처를 입어 감정적인 상태지만, 크리스 기사장은 원래 감정에 휘둘려 올바른 판단을 그르칠 인간이 아니다.

이 사건으로 말미암아 나바라 왕국 기사의 불명예스러운 행태가 드러났다. 없었던 일로 할 수 있다면 손해는 아니다.

기회를 놓치지 않고 젠지로도 동의했다.

"우리 쪽도 딱히 이견은 없소. 이웃 나라와의 우호를 위해서라도 없었던 일로 하는 편이 최선이라고 생각하오. 어떤가, 프레야 전하?"

"……젠지로 님이 그리 말씀하신다면."

은발의 공주님은 여전히 크리스 기사장을 쏘아보며 의도적으로 억양을 없애고 말했다.

한눈에 알 수 있을 만큼 그녀의 태도는 '정말로 화해하고 싶지 않지만, 젠지로 폐하의 말씀이니 화해해 준다'는 의미의 어필이었다.

겉으로 보기에는 젠지로가 프레야 공주를 제어하고 있는 것처럼 보인다.

숙녀답지 않게 저돌적으로 행동하던 여자가, 한 남자의 말에 억울하다는 표정을 감추지 않으면서도 고분고분 따른다.

프레야 공주가 젠지로라는 남자에게 결혼식 파트너로서뿐 아니라 진심으로 순종하는 모습을 보이고 있다.

젠지로는 이게 아닌데, 싫었지만 가질 변경백은 젠지로를 믿음직스럽다는 듯이 바라보았다.

"그러면 이 자리를 파한다."

종료를 알리는 지방영주의 목소리에서 드디어 귀찮은 일을 끝냈다는 해방감이 뚝뚝 묻어나왔다.

"프레야 전하, 니르다 님. 이번 일은 진심으로 죄송합니다."

나바라 왕국 사절단의 일원인 기사 라이몬드는 두 소녀 앞에서 깊이 머리를 숙였다.

젊은 기사의 초췌한 몰골을 보자 성격 좋은 니르다는 조금 전까지의 첨예한 대립을 잊어버리고 동정과 연민의 정을 품었다.

"앞으로 이런 일이 없도록 조심해 주시면 좋겠어요."

그러나 부족하나마 최소한의 귀족 교육을 받은 니르다는 섣불리 행동해서는 안 된다고 자각했다. 그리고 조용히 말로써 상황을 마무리했다.

한편, '성격 좋은' 프레야 공주는 이제까지의 대립을 떠올리며 승리와 성취감에 취했다.

"앞으로 이와 같은 일이 없도록 조심해 주시리라 믿습니다."

그러나 프레야 공주 역시 숙녀로서의 교육을 받은 몸이다. 이 자리에서 상대방의 이마가 땅에 닿도록 빌게 해 보았자 외교상 도움이 안 된다는 사실을 잘 알았다. 그래서 그 정도의 말로 끝냈다.

"그럼 저희는 이만 실례하겠습니다."

그녀들이 생각보다 간단히 사과를 받아 주자, 기사 라이몬드는 안도의 표정을 숨기지 못한 채 서둘러 물러가려 했다.

그러나 그들이 자리를 뜨려는 순간 제지하는 목소리가 들렸다.

"잠깐. 아직 얘기가 끝나지 않았다고 생각하는데."

그 목소리의 주인은 프레야 공주 옆에서 모든 상황을 지켜보던 젠지로였다.

예상치 못한 목소리에 발이 묶인 나바라 왕국 사절단은 물론, 곁에 있던 프레야 공주도 놀라서 눈을 동그랗게 떴다.

"가질 변경백의 판결은 '나바라 왕국 사절단의 당사자는 잘못을 인정하고 사과하라'일 텐데. 거짓말을 한 사람은 라이몬드 경이니 당연히 사과해야 하지만, 잘못된 인식으로 협상에 임한 당사자는 오히려 크리스티아노 경이 아닌가. 크리스티아노 경. 경은 사과할 필요까지는 없지만, 자신이 잘못된 인식을 품었다는 점을 인정하는 성명을 이 자리에서 발표해 주게. '프레야 전하는 보통 레벨의 전사에 버금가는 야간 시력을 지닌 분이다. 어둠에 대한 공포로 말미암아 판단을 흐릴 만큼 약하지 않다'라고."

"!?"

설마 이 시점에서 찬물을 뒤집어쓰리라고는 전혀 예상치 못했으리라. 크리스 기사장은 갑자기 옆에서 날아온 주먹에 맞은 듯한 표정을 지었다.

그 표정을 보자 젠지로는 속으로 역시 심한 요구인가 하고 후회했지만, 무리해서라도 이 요구를 하고 싶었다.

카파 왕국의 국익 문제가 아니라 젠지로 개인의 프레야에 대한 성의 문제다.

이번 사건에서 화살받이가 되어 준 프레야 공주는 자진해서 '악평'을 자초한 꼴이 됐다.

프레야 공주가 화살받이가 된 이유는 다름 아닌 젠지로가 그렇게 부탁했기 때문이다. 게다가 정치적인 문제 때문에, 프레야 공주에게 왜 그런 요구를 하는지에 대해 밝히지도 못했다(니르다가 귀족이 아니라는 정보는 아직 기정사실이 아니므로 절대 바깥으로 흘러나가서는 안 될 일이고).

요컨대 젠지로가 '저간의 사정'을 일절 밝히지 않았는데도 프레야 공주는 자신의 지시에 따라 주었고, 그 결과 혼자서 피해를 감수했다.

빚을 지면 최대한 빨리 갚아야 마음이 편했다. 일본인이라면 대체로 그러하듯, 젠지로도 빚지고는 못 사는 부류다. 빚을 진 상대방에게는 아무래도 의식적으로 굽히고 들어가는 경향이 있기 때문이다.

하지만 젠지로의 개인적 사정 따위 크리스 기사장과는 아무런 관계도 없다.

크리스 기사장의 입장에서는 부하를 지켜주지 못해 가뜩이나 속상한데, 젠지로가 자신까지 싸잡아서 비난하려 한다고밖에 생각할 수 없었다.

다른 이도 아니고 자신이 '전사'가 아니라고 깔봤던 남자에게 말이다.

짜증과 불쾌감, 분노와 패배감. 쌓이고 쌓인 부정적인 감정이 위험수위를 넘었다. 크리스 기사장은 반사적으로 오른손을 왼쪽 허리춤으로 뻗음과 동시에, 왼발을 반 보 뒤로 빼고…… 첨벙, 하는 물소리를 내며 얕은 '물웅덩이'를 밟았다.

"?"

기사용 신발이 튀긴 물방울이 발목을 적셨다.

어째서 이런 곳에 물웅덩이가? 의문을 품기도 전에 크리스 기사장은 차가운 물의 감촉에 냉정함을 되찾았다.

대국의 지방영주가 판결을 내리고, 대국의 왕족이 실행을 요구한 상황에서 저도 모르게 전투태세를 갖추려 했다. 그렇게 자신의 상태를 똑바로 인식했다.

　(대체 내가 무슨 짓을!)

　순식간에 머릿속이 차게 식은 크리스 기사장은 다음 순간 등에 흐르는 대량의 식은땀을 느꼈다.

　다행히도 전투태세를 취하려던 동작이 매우 조심스러웠고 눈깜짝할 새였기 때문에 아무도 눈치채지 못한 모양이다. 약한 등잔불 덕에 주위가 어둑해서 다행이었다.

　"역시 제 입으로 정정함이 옳겠군요. 제가 잘못 알았습니다. 프레야 전하, 당신은 전사 못지않은 탐색 능력과 어둠을 두려워하지 않는 담력의 소유자이십니다. 전하를 일반 여성과 똑같이 취급하다니, 제가 미련했습니다."

　크리스 기사장은 무언가에 쫓기듯 빠른 말투로, 젠지로의 지적대로 자신의 과오를 인정했다.

　실수는 인정해도 직접 사과하지는 않는다. 크리스 기사장은 그렇게 자존심의 경계선에서 위태로운 줄타기를 했다.

　가슴을 펴고 턱을 조금 들어 올린 자세 또한 의식적으로 취했으리라. 등을 굽히고 고개를 아래로 향하면 그만큼 반성과 사죄의 이미지가 강하니까.

　젠지로는 문득 기분이 이상했다.

　(왠지 부모나 선생한테 훈계를 듣고 억지로 사과하는 어린애 같군.)

　크리스 기사장이 들으면 분명히 격노할 만한 감상이다. 한편 프레야 공주는 젠지로 옆에 서서 승리의 미소를 머금고 대답했다.

"이해해 주셔서 다행입니다, 크리스티아노 님."

여기서 크리스 기사장이 말을 멈추고 곧바로 자리를 떴다면 모든 일이 순조롭게 마무리되었을지도 모른다.

그러나 정정의 말만을 남기고 가면 도망치는 기분이 들었는지, 아니면 뭔가 반박하지 않고는 못 배겼는지는 알 수 없지만, 크리스 기사장은 그 자리에 남아 젠지로를 상대로 미소를 지으며 이야기하기 시작했다.

"그러고 보니 저는 만나뵌 적이 없지만, 아우라 폐하는 지난 대전에서 굉장한 무공을 세운 용감한 분이라고 들었습니다."

"그래, 나도 직접 보지 않았지만 그런 얘기를 들었소."

사과와 정정이 끝난 마당에 뒤끝이 없는 젠지로는 아무렇지도 않게 젊은 기사장의 얘기를 들어 주었다.

"아우라 폐하에 프레야 전하. 두 분 모두 상당히 매력적인 데다가, 여성으로서는 드물게 용맹하시군요. 역시 사람은 '내게 없는 것을 지닌 자'에게 끌린다더니, 맞는 말인가 봅니다."

그 발언은 말할 필요도 없이 젠지로를 향한 지독한 비아냥이었다.

곁에 서 있던 프레야 공주가 웃음기를 거두고 분노를 드러냈지만, 젠지로는 오히려 크게 웃으며 젊은 기사장에게 되받아쳤다.

"하하하, 그럴지도 모르지. 하지만 사람이 사람에게 끌린다는 건 그렇게 간단한 일이 아니라오. 만약 자네 말이 사실이라면, 크리스티아노 경, 자네는 대체 어떤 여성에게 끌리나?"

"어, 그건……."

젠지로의 반박에 크리스 기사장은 입을 다물었다.

크리스 기사장은 용모 단정하고 무예가 뛰어나고 머리 회전도 빠르고 건전하고 자긍심 높은 정신을 겸비한, 왕가의 혈통을 잇는 명문가 출신의 남자다.

그리고 자신에 대한 높은 평가를 자각하는 만큼 프라이드가 높다.

사람은 누구나 '내게 없는 것을 가진 자'에게 끌린다는 전제 위에서 연애 취향을 묻는다면, 크리스 기사장은 대답이 궁해질 수밖에 없다.

'아름다운 여성'이라고 답하면 자기 얼굴이 못생겼다는 의미가 되고, '총명한 여성'이라고 하면 자기 머리가 나쁘다는 소리가 된다. '마음 씀씀이가 바른 여성'이라고 말하면 자기 성격이 나쁘다는 얘기가 되니, 누워서 침 뱉기가 따로 없다.

그렇다고 해서 좋은 점을 하나도 갖추지 않은 여자가 좋다고는 도저히 할 수 없다.

젠지로는 농담으로 가볍게 던진 얘기건만, 대답에 궁해진 크리스 기사장은 멋대로 '또 당했다'는 패배감에 휩싸였다.

크리스 기사장의 유일한 결점은 이렇게 패배를 인정하지 않는 융통성 없는 성질머리일지도 모른다.

당하고 있을 수만은 없는 젊은 기사장은 얼굴에 미소를 붙들어 맨 채 더욱 신랄한 공격을 퍼부었다.

"확실히 젠지로 폐하의 말씀대롭니다. 제가 한 수 배웠습니다.

내게 없는 것을 가진 자에게 끌린다는 말은 명백한 결점이 있는 일부 인간에게만 해당하는 얘기일지도 모르겠습니다."

그 말에 천하의 젠지로도 약간 얼굴을 찡그렸다.

물론 아픈 곳을 찔려서라거나, 더는 화를 참을 수 없어서가 아니다.

젠지로의 속마음은 "으아아, 이 자리에서 그렇게까지 말하기냐?"라는, 당혹감과 놀라움에 가까웠다.

새삼스럽게 말할 필요도 없지만, 젠지로는 대국 카파 왕국의 왕족, 나아가 여왕의 반려자라는 왕족 중의 중추격인 인물이다.

왕족의 혈통을 잇는 명문가의 자제라 해도, 중견 국가 나바라 왕국의 기사장 따위와는 신분의 차이가 현격하다.

이쯤에서 한 번 지적해야 할까.

젠지로도 슬슬 그런 생각이 들기 시작했다. 그러나 안타깝게도 그의 결단은 한발 늦었다.

"나바라 왕국 기사장 크리스티아노 핀트. 너, 지금 뭐라고 했나? 감히 누구한테 지껄인 말이야?"

젠지로보다 먼저 벼락같은 호통을 날린 사람이 있었으니. 바로 카파 왕국이 자랑하는 영웅, 푸죠르 기젠 장군이었다.

"푸죠르 장군?"

젠지로가 놀라서 부르자, 거한의 장군은 공손하게 신하의 예를 취했다. 그리고는 빙글 몸을 돌리더니 온몸으로 노기를 뿜어내며 크리스 기사장을 상대했다.

"방금까지는 가질 변경백이 주도하는 재판 중이라서 아무 발언도 하지 않았지만, 지금은 그런 제약도 없으니."

넓은 등을 이쪽으로 향하고 푸죠르 장군이 낮고 큰 목소리로 뱉은 말이 실상은 자신을 향한 말임을 금세 깨달았다.

(그런 거냐, 젠장! 당했다!)

온 힘을 다해 표정을 관리하며 젠지로는 속으로 어금니를 앙다물었다.

이런 사태를 만들고 싶지 않아서 젠지로는 사전에 푸죠르 장군에게 정보를 흘렸다.

결과적으로 '이번 사건은 내가 해결하겠다. 너는 나서지 말라'는 젠지로의 암묵적 요구를 푸죠르 장군이 받아들이게 하는 데 성공했다.

덕분에 푸죠르 장군은 재판 중에 잠자코 있어 주었지만, 지금은 '사건이 해결된 후'다. '약속'의 유효기간은 끝났다.

(으아아, 크리스 기사장, 이 바보 같은 자식! 푸죠르 녀석도 바보! 하지만 역시 내가 제일 바보야!)

젠지로가 자신의 조심성 없는 행동을 후회하는 사이에 푸죠르 장군은 거침없이 젊은 기사장을 몰아붙였다.

"크리스티아노 핀트. 너는 뭘 모르는 모양인데, 여기 계신 젠지로 님은 우리나라의 왕족이자 여왕 폐하의 부군, 즉 엄청나게 고귀하신 분이다. 그런 분에게 지금 뭐라고 나불댔지? 내 앞에서 한 번 더 말해 봐라.”

추궁당하는 크리스 기사장은 어두운 조명 아래서도 한눈에 알 수 있을 만큼 낯빛이 파리했다.

지금까지 멋대로 비아냥거리고 유치한 언동을 계속해도 전혀 문제가 일지 않은 이유는 그저 상대방이 문제 삼지 않기 때문. 그 사실을 뒤늦게 깨달았다.

“죄송합니닷, 제가 말이 심했습니다!”

크리스 기사장은 무언가에 튕기듯 머리를 숙였다.

사방이 고요해지고 언제부턴가 모두 이쪽을 주목하기 시작했다.

(본격적으로 큰일이 났네. 적당히 끝나게 해야 할 텐데.)

젠지로는 갑자기 일이 커진 상황이 초조했지만, 사실 푸죠르 장군은 국서인 자신의 명예를 지키기 위해 타국 사람을 야단치고 있을 뿐이다.

지금 이 단계에서 푸죠르 장군을 제지하면 그의 뒤통수를 치는 행위나 마찬가지다.

(내 명예를 지키기 위해 애쓰는 사람을 타박할 수도 없고. 내가 방해하지 못하게 다 계산하고 하는 짓이 분명해, 이 자식.)

피해망상에 사로잡힌 듯 보이지만 결코 피해망상이 아니라고 일축할 수 있을 만큼, 젠지로는 푸죠르 기젠이라는 남자를 간파하고 있다.

젠지로가 꼼짝달싹 못하고 있는 와중에도 푸죠르 장군은 크리스 기사장을 몰아붙였다.

"사죄하라고 누가 말했나. 내 앞에서 한 번 더 말해 보라고 했다. 자, 말해. 일국의 직계왕족 앞에서 떠벌린 말을 신하 앞에서 못 할 리 없잖나. 말해."

"……죄송합니다."

공연히 괴롭히고 있다고밖에 보이지 않지만 실은 다 목적이 있다.

"그러니까 밑도 끝도 없이 사죄하지 말고. 용서를 빌고 싶으면 무엇을, 누구에게, 어떤 잘못을 저질렀는지 말해. 사과는 그 다음이다."

크리스 기사장은 머리를 숙이고 무조건 빌며 상황을 모면하려 했지만, 푸죠르 장군은 사정없었다. 본인의 입으로 자신이 어떤 의도를 갖고 누구에게 어떤 실언을 했는지 밝히게끔 집요하게 추궁했다.

크리스 기사장은 그걸 입 밖에 내면 돌이킬 수 없이 약점을 잡힌다는 점을 잘 알고 있었다. 그래서 필사적으로 그저 용서를 빌 뿐이다.

"죄송합니다. 제가 경솔했습니다. 부디 용서를."

이때, 예기치 못한 곳에서 위기에 빠진 크리스 기사장을 구원하러 온 사람이 있었으니. 당연하게도 그의 상관인 나바라 왕국 사절단의 최고 책임자 마르틴 나달 장군이었다.

"젠지로 폐하. 제 부하가 무례를 저질렀습니다. 죄송합니다."

마르틴 장군은 그렇게 말하며 곰 같은 거구를 반으로 접어 젠지로 앞에서 깊숙이 머리 숙였다.

"가, 각하……!"

경애하는 자국의 영웅이 초라하게 머리를 숙이는 모습에 크리스 기사장은 할 말을 잃었다.

마르틴 장군은 나바라 왕국에서 타의 추종을 불허하는 영웅이다. 지위로 따지면 푸죠르 장군과 동급이지만, 자국 내의 위상은 푸죠르 장군보다 몇 배나 높은 인물이다.

대국 카파 왕국에는 푸죠르 장군에 뒤지지 않는 인물로 라라 후작이 있고, 그보다 한 단계 아래에는 가질 변경백을 비롯한 인재가 수두룩하다.

한편 나바라 왕국에서는 마르틴 장군이 실력면에서도 국제적 인지도면에서도 군계일학이다. 어쩌면 현 나바라 국왕보다 커다란 존재일지도 모른다.

그런 모국의 기둥이나 다름없는 사람이 자신의 실책을 무마하기 위해 머리를 조아리고 있다.

"…………"

이미 늦었지만 크리스티아노 핀트는 자신이 얼마나 엄청난 실수를 저질렀는지 깨달았다.

"죄송합니다, 젠지로 폐하!"

경애하는 장군보다 몸을 낮추어, 크리스 기사장이 새삼 깊숙이 머리를 숙였다.

그의 필사적인 모습에서 조금 전까지 젠지로를 우습게 여기던 태도는 털끝만큼도 느낄 수 없었다.

무예가 없어도, 성격이 소심해도, 대국의 왕족은 단지 대국의 왕족이라는 이유만으로도 쉽게 멸시할 수 없는 강자이다. 젊은 기사장은 그 사실을 뼈저리게 느꼈다.

한편 사태를 최대한 평화롭게 마무리하고 싶은 젠지로는 좋은 기회라고 생각했다.

당사자와 그의 상관이 나란히 머리를 조아리는 상황. 젠지로는 이 기회를 놓칠세라 재빨리 입을 열었다.

"뜬금없는 질문이지만, 크리스티아노 경은 혹시 공무상 외국 방문이 처음인가?"

"예, 그렇습니다."

젠지로의 질문에서 구원의 손길을 감지한 마르틴 장군은 공손한 말투로 대답했다.

거짓말이 아니다. 아직 스무 살도 되지 않은 크리스티아노 핀트에게는 이번이 첫 국외 공무였다.

마르틴 장군의 대답을 들은 젠지로는 일부러 큼직하게 고개를 끄덕이고 한숨을 쉬어 보였다.

"그렇다면 어쩔 수 없는 일인지도 모르지. 크리스티아노 경, 때로는 국경만 넘어도 문화나 사고방식, 상식이 달라지는 법이오. 오늘을 경험 삼아 그 점을 잘 이해하도록."

지구에서 살았을 때는 일본에서, 이쪽에 온 후로는 카파 왕국에서 한 발짝도 나간 적 없는 젠지로가 이런 말을 하다니, 지나가던 개가 웃을 일이다. 하지만 지금은 크리스 기사장의 실언에 '용서할 수 있는 이유'를 붙이는 일이 더 중요하다. 사소한 문제는 넘어가기로 한다.

"예, 뼛속 깊이 이해했습니다."

젠지로의 인생 역정을 알 리 없는 크리스 기사장은 여전히 고개를 푹 숙인 채 침통한 표정으로 대답했다.

젠지로는 옆에서 머리를 조아리는 마르틴 장군에게로 시선을 돌렸다.

"마르틴 장군. 젊은 시절에 실수 한 번 안 해본 사람이 어디 있겠소. 그래서 나이 먹은 사람에게 젊은이들을 가르치고 이끌 의무가 있는 게 아니오?"

"옳은 말씀입니다, 젠지로 폐하. 이 또한 저의 부덕의 소치입니다."

"음."

젠지로는 만족스럽게 끄덕여 보였다.

크리스 기사장의 실언은 상사인 마르틴 장군의 책임. 일국의 대영웅인 마르틴 장군이 머리 숙여 용서를 빔으로써 대가를 치렀다고 본다.

실리에 집착하는 푸죠르 장군은 불만스러울지 몰라도, 나바라 왕국의 영웅 마르틴 장군이 대국 카파 왕국의 왕족 앞에서 머리를 숙였다. 이는 그리 나쁘지 않은 실적이다.

적어도 신입 왕족인 젠지로에게는 그럴듯한 무용담이 될 것이다.

그러나 젠지로가 '이제 끝'을 선언하기 전에, 탐욕스러운 야수 같은 푸죠르 장군이 조금 전과는 완전히 다른 밝고 명랑한 목소리로 끼어들었다.

"아아, 그러고 보니 크리스티아노 경은 핀트 가문의 장남이지. 명문 핀트 가의 장남인데다 무예와 재능을 겸비했으니, 나바라 왕국 안에서는 엄하게 가르쳐 줄 사람을 만나기 어려웠겠군. 그런 줄도 모르고 아까는 내가 어른스럽지 못하게 다그쳤나 보네."

마치 고양이를 귀여워하는 듯한 푸죠르 장군의 나긋한 말투에 젠지로와 마르틴 장군은 나쁜 예감을 느꼈다. 하지만 그들만큼 푸죠르 장군에 대해 알지 못하는 크리스 기사장은 덥석 그의 미끼를 물었다.

"예, 부끄럽습니다만 저의 미숙함을 통감하고 있습니다."

그렇게 본인의 입으로 순순히 인정하자 푸죠르 장군의 검은 두 눈이 번쩍 빛났다.

"그렇다면 우리나라에 오면 어떤가? 타국에서 윗사람에 대한 예절을 철저하게 익히면 크리스티아노 경의 장래에 크나큰 도움이 될 텐데."

푸죠르는 친절을 가장하고 제안했지만 '인질'로 잡겠다는 말이나 마찬가지.

느닷없이 이웃 나라에 '신병을 구속당할' 위기에 처한 젊은 기사장은 순간 머릿속이 하얘졌다.

옆에서 머리를 조아리고 있던 마르틴 장군이 이마에 식은땀을 흘리며 고개를 들었다. 그는 이웃 나라의 장군을 노려보았다.

"푸죠르 장군, 그렇게는 못 하오. 이 녀석은 아직 무사로서 미숙하거든. 협상이나 사교적인 처세술도 물론 필요하지만, 먼저 무사로서 성장해야지."

"무슨, 걱정도 팔자요, 마르틴 장군. 우리나라에 머무르는 동안 내가 책임지고 단련시켜 주겠소. 혹시 내가 가르치는 게 불만이오? 어떤가, 크리스티아노 경?"

푸죠르 장군이 위협하는 짐승처럼 이를 드러내며 웃었다. 크리스 기사장은 대답이 궁했다.

"그, 그건……."

남대륙에서 푸죠르 기젠의 용맹함을 모르는 사람은 없다. 불만을 제기할 계제가 아니다. 그러나 여기서 불만 없다고 대답하면 바로 인질 생활 스타트다.

무엇보다 표면상으로는 크리스 기사장의 실수를 용서한 다음, 친절을 베푸는 형태로 제안했다는 점이 악질이다.

"마르틴 장군이 점찍은 젊은이가 아닌가. 크리스티아노 경의 재능을 보고 있으면 가슴이 뛴다니까. 내가 열과 성을 다해 가르쳐 자네의 훌륭한 재능을 꽃피워 주지."

사냥한 먹이를 앞에 두고 군침을 삼키는 육식동물처럼 잔인하게 웃는 이웃 나라의 대영웅.

여기까지가 한계인가. 크리스 기사장이 반쯤 포기하고 각오를 다지려던 그때였다.

"어머? 이제 막 신혼생활이 시작됐는데, 그럼 저는 내팽개쳐 두시려고요? 너무해요, 푸죠르 님."

갑자기 옆에서 낭랑한 여인의 목소리가 들려왔다.

"앗? 루신다?"

그 목소리에 푸죠르 장군은 이날 처음으로 허를 찔린 표정을 보였다.

낭랑한 목소리의 주인공──루신다는 기품 있는 남색 드레스 자락을 살짝 쥐고 차분한 걸음걸이로 며칠 전 부부의 연을 맺은 남편 곁으로 다가왔다.

"푸죠르 님. 손님을 모시려고요? 나바라 왕국 분이라면 친정에서 여러 번 접대한 경험이 있습니다만, 기젠 가문 사람으로서는 처음이 되겠어요. 성심껏 모시려고 노력하겠지만 실수할까 봐 불안하네요. 창피하지만 예전에 친정에서 외국 손님을 치를 때, 저의 실수로 집안에 누를 끼친 적이 있거든요."

루신다가 살짝 고개를 숙이고 실토했다. 언뜻 들으면 분위기 파악 못 한 여자의 철없는 어리광으로 들렸다.

그러나 며칠 동안 루신다와 같은 방에서 생활한 푸죠르는 그녀가 그런 바보가 아님을 잘 알고 있다.

푸죠르는 그녀가 말 사이에 숨겨둔 의미를 읽었다.

'가질 변경백 가문에서 나바라 왕국 사람을 접대한 경험이 많다'는 건, 가질 변경백 가문이 나바라 왕국과 국경을 공유하고 있다는 사실을 암시하는 말이다.

그리고 '기젠 가문 사람으로서는 처음이지만 성심껏 대접하겠다'는 건, '나는 이미 기젠 가문 사람이니 당주인 당신이 정한 일이라면 따르겠다'는 의미다.

또한, 마지막의 '실수해서 집안에 누를 끼쳤다'는 건, 나바라 왕국의 심사를 건드리면 국경에 인접한 가질 가문에 화를 끼칠지도 모르니 배려해 주었으면 한다는 부탁이다.

"흠…………."

푸죠르 장군은 조금 떨어진 곳에서 이쪽을 바라보고 있는 가질 변경백에게 시선을 향했다.

"…………."

초로의 영주귀족은 등잔불의 희미한 불빛 아래에서 푸죠르 장군과 눈이 마주친 순간, 찌릿, 하는 소리가 날 만큼 날카로운 눈빛을 쏘았다.

"남의 땅에 우환을 몰고 올 셈인가. 네가 그러고도 내 사위냐!"

눈빛에서 호된 꾸지람이 들리는 듯했다.

푸죠르 장군은 재빨리 머릿속에서 주판알을 튕겼다.

장래에 나바라 왕국의 중진이 될 인재를 손에 넣었을 때의 이익. 그 대가로 혼인으로 연을 맺은 가질 변경백 가문의 원한을 샀을 때의 불이익.

금세 결론이 나왔다. 결론을 내린 다음에는 앞서 한 말을 뒤집는데 한 치의 망설임도 부끄러움도 없는 사람이다. 인간적으로서는 창피하기 짝이 없을지 몰라도, 귀족사회에서 살아남는 데는 매우 유리하다.

　"그렇군. 막 시집온 신부를 팽개쳐 두고 새 제자에게 매달릴 수는 없는 노릇이지. 크리스티아노 경, 미안하지만 상황이 이러니 자네를 돌봐주기 어려울 듯하네."

　"아닙니다, 말씀만으로 충분합니다."

　크리스 기사장은 머리를 숙인 채 지금껏 참고 있던 숨을 한꺼번에 몰아쉬었다.

[제6장] **각각의 결말**

예상 밖의 우여곡절이 있었지만, 다행히 모든 일이 잘 마무리되었다. 젠지로는 프레야 공주와 함께 별관으로 돌아왔다.

두 사람의 뒤를 기사 나탈리오와 여전사 스카디가 따랐다. 수도에서부터 젠지로 곁을 떠나지 않았던 시녀 이네스는 잠시 자리를 비웠다.

아까 그 방에서 실수로 물을 엎지른 바람에 뒤처리하고 온다고 했다.

젠지로는 그 이네스가 업무 중에 실수했다고는 상상할 수 없지만, 아무리 능력이 뛰어난 시녀라 할지라도 인간인 이상 실수할 수도 있겠지, 라고 생각했다.

별관에 돌아온 젠지로는 프레야 공주와 헤어지고 자신의 방에서 옷을 갈아입었다.

가질 변경백이 붙여 준 뚱뚱한 중년 시녀가 젠지로의 시중을 들었다.

후궁 시녀 외의 사람에게 시중을 받고 있자니 몹시 어색했지만, 이곳에 데려온 후궁 시녀라곤 이네스뿐이라 어쩔 수 없었다.

다행히 뚱뚱한 시녀는 매우 숙련된 손놀림으로 눈 깜짝할 새에 젠지로에게서 답답한 제3정장을 벗겨 내고 실내복으로 갈아입혀 주었다.

"수고했다. 물러가도 좋다. 아, 그리고 니르다가 오면 들여보내."

"알겠습니다. 그럼 실례하겠습니다."

뚱뚱한 시녀가 고개를 숙여 방을 나갔다.

"……후우."

이네스를 비롯한 후궁 시녀들 앞에서와는 달리, 이곳의 시녀 앞에서는 편안한 말투와 자세를 취할 수 없다. 그래서 그녀들이 곁에 있으면 어깨가 결린다.

오로지 튼튼함만을 추구한 멋없는 소파에 앉아, 젠지로는 소리 나게 목을 돌렸다.

"어디보자, 타월이 어디 있더라? …… 아, 여기 있네. 역시 어두우니까 불편해."

젠지로는 오른손에 쥔 LED 손전등으로 소파 앞의 테이블을 비춰 간신히 타월을 찾아냈다.

테이블 위에 등잔불 조명이 있었지만 그런 작은 불꽃은 밤눈 어두운 젠지로에게 아무런 도움이 되지 않았다.

흐트러진 자세로 소파에 앉아서 왼손에 쥔 타월로 얼굴과 목덜미의 땀을 닦으며, 젠지로는 오른손에 쥔 LED 손전등을 새삼스럽게 내려다보았다.

"이것 때문에 살았네……."

젠지로는 성가신 일을 피하려고 일본에서 가져온 도구들을 가능한 한 사람들의 눈에 띄지 않도록 주의하고 있다. 그런데 이번에는 어쩔 수 없었다.

그렇게 하지 않았으면 나바라 왕국 측의 거짓말을 밝히지 못했을 것이다.

이번 재판은 무슨 일이 있어도 이겨야만 했다.

사실이 왜곡된 채 이쪽이 지면 '여자가 기사를 나무랐는데 알고 보니 여자의 잘못이라서 사과했다'는 결과가 남는다.

그리고 후일, 사실은 그 여자——니르다 가질은 그 시점에서 귀족이 아니었다는 사실이 밝혀질 가능성이 매우 높다.

'귀족도 아닌 여자가 기사를 다그쳤다. 그런데 알고 보니 그 여자의 잘못이었다'라는 최악의 결말로 이어질 뻔했다.

"일단은 예상 가능한 최악의 시나리오는 피했다……. 응, 나, 애썼네."

젠지로는 모처럼 자신을 칭찬했다.

최악의 사태를 막았을 뿐 아니라, 이 사건을 없었던 일로 하고 앞으로 절대 들추지 않겠다는 확약도 받았다.

이 사건으로 말미암아 불똥이 튈 위험은 확실하게 막았다. 젠지로는 오늘 노고를 칭찬받아 마땅하다.

"문제는 프레야 공주인가. 악역을 맡아 주었으니. 이번 일로 엄청난 신세를 지고 말았어……. 아아, 왠지 착실하게 진흙탕 속으로 나아가고 있는 기분이야."

젠지로의 깊은 한숨이 어둠에 휩싸인 넓은 실내에 천천히 퍼졌다.

————◆————

    게임에서 이긴 젠지로가 성취감과 피로감을 동시에 누리던 그 순간, 패자인 나바라 왕국 사절단은 패배감과 허탈함에 휩싸여 있었다.

    "마르틴 각하, 이번엔 정말로 큰 폐를 끼쳤습니다."

    평소의 자신만만한 태도는 어디로 사라졌는지. 크리스티아노 핀트는 잔뜩 의기소침해서 경애하는 자국의 영웅 앞에 깊이 조아렸다.

    이번 사건——특히 마지막에 푸죠르 장군에게 하마터면 납치당할 뻔한 일이 상당한 충격을 남긴 모양이다.

    "음, 자네에게도 재난이었지. 세상에는 무시무시한 놈도 있다는 사실을 잘 알았지? 좋은 공부 했다고 생각해라."

    "예."

    마르틴 장군은 너그러운 태도로 총애하는 젊은 부하를 위로했다. 하지만 그도 크리스 기사장 못지않게 마음의 동요를 겪었다.

    (위험했어. 내가 변경백하고 은밀하게 세운 계획 따위 산산조각이 났고.)

크리스 기사장과 사비에르 가질에게 실전 협상을 체험하게 해 주고 싶었다. 그러나 이 일을 도모했던 며칠 전의 자신을 때려 주고 싶을 만큼 사태가 걷잡을 수 없이 돌아갔다.

이유는 다름 아닌, 초장부터 당사자인 양 나서서 설친 프레야 공주와 재판 도중부터 끼어들어 결정타를 날린 젠지로, 그리고 마지막의 마지막에 콩고물을 챙기러 비집고 들어온 푸죠르 장군 때문이다.

덕분에 사비에르는 거의 조연급으로 밀려났고, 크리스 기사장은 일방적으로 패배를 당하고 말았다.

(그래도, 이 녀석에서 패배의 쓴맛과 절대 이길 수 없는 존재에 대해 인식하게 한 점은 나름대로 커다란 수확인가.)

결과적으로 그다지 밑지는 장사는 아니었다.

"비록 내 부하가 잘못했다 해도, 상관으로서 얼마든지 부하를 감쌀 수 있다. 단, 판단 기준을 명확히 하지 않으면 부하에게도 적에게도 미움을 살 뿐이다. 그 점을 주의하거라."

"예, 충고 마음에 새기겠습니다."

경애하는 상관으로부터 촉망받는 크리스 기사장은 그제야 표정이 조금 살아났다.

마르틴 장군의 말은 단순한 위로가 아니다.

잘못을 저지른 부하를 감싼다. 상식적으로 생각하면 문제 있는 행동이지만, 군대에서 상관이 부하의 신뢰를 얻기 위해 선택할 수 있는 수단이다.

특히 이번처럼 심각하지 않은 수준의 사건에서는 적극적으로 부하를 비호함으로써 부하로부터 '이 사람은 내 편이다'라는 호의를 이끌어낼 수 있다.

물론 도가 지나치면 '내가 무슨 짓을 해도 상관이 나를 지켜 준다'고 착각할 수 있으므로 적절한 선을 지킬 필요가 있다.

그런 마르틴 장군이 보기에 이번 크리스 기사장의 대응은 그다지 나쁘지 않았다.

이 자리에 원인 제공자인 기사 라이몬드를 데려온 점만 봐도 그렇다.

크리스 기사장은 마르틴 장군에게 호되게 야단맞을 각오로 이 자리에 왔을 터이다.

그런 자리에 라이몬드를 데려온 건 상관의 질책마저도 자신이 감당하겠다는 결의의 표현이다.

적으로부터뿐만 아니라 때로는 상관으로부터 부하를 지킬 수 있는 남자가 군대에서는 최고다.

하지만 크리스 기사장의 행동에 전혀 문제가 없었다고는 할 수 없다.

마르틴 장군은 돌연 곰 같은 투박한 얼굴에 인상을 쓰고 낮은 목소리로 젊은 기사를 야단쳤다.

"네 행동 중에 가장 큰 문제는 젠지로 폐하 앞에서 반사적으로 공격 자세를 취했다는 거다. 그 순간만큼은 정말로 간담이 서늘했어. 좀 더 자제심을 키우도록."

"누, 눈치채셨습니까!?"

깜짝 놀라는 크리스 기사장을 보며 마르틴 장군은 미간에 주름을 모았다.

"당연하지. 아마 푸죠르 장군도 알아챘을 거다. 그대로 네가 허리에 찬 칼에 손을 댔다면, 단숨에 달려와서 널 베었겠지. 간발의 차로 네가 자제하지 않으면 목숨이 위태로웠어."

(그 여전사도 눈치챈 듯하지만, 이건 말하지 않는 편이 좋겠군.)

지금 크리스 기사장은 자신보다 더 강한 여자가 있다는 사실을 받아들일 마음의 여유가 없다. 마르틴 장군은 냉정하게 판단했다.

"…………."

경애하는 장군의 말에 젊은 기사장은 아연실색하여 눈을 크게 떴다.

희미한 어둠 속에서 눈 깜짝할 동안만 취했던 공격 자세를 누가 알아챘으리라고는 전혀 생각하지 않았다.

크리스 기사장은 인간으로서, 그리고 지휘관으로서 자신이 미숙하다고 생각했지만, 가장 자신 있는 분야인 전투 능력 면에서도 아직 영웅들의 발끝에도 못 미친다는 사실을 통감했다.

"실은…… 우연이었습니다. 그때 반 보 뒤로 뺀 왼쪽 발이 작은 물웅덩이를 밟아서 그 차가운 감촉 때문에 간신히 냉정함을 되찾았습니다."

"하늘이 도왔군."

돌판이 깔린 실내에 물웅덩이가 있었다는 말에 마르틴 장군은 살짝 의문이 들었지만, 아마도 청소할 때 누군가 실수한 모양이라고 생각했다.

"지나치게 현실적으로 들리겠지만, 우리 나바라 왕국은 남대륙 서부에서 결코 큰 나라가 아니다. 대외 협상에서 우리가 을의 처지일 때가 잦다는 말이다. 분수에 맞는 태도를 갖추지 못하면 바깥에 내보낼 수 없어. 상대방이 모두 젠지로 폐하처럼 너그럽지는 않을 테니까. 오히려 푸죠르 장군 같은 사람이 더 많을 게야."

젠지로와 푸죠르 장군은 둘 다 극단적이라는 의미에서 흔치 않은 인물이지만, 일부러 극단적인 예를 들어 부하의 경각심을 일깨웠다.

"예, 알겠습니다. 두 번 다시 오늘처럼 바보스러운 짓을 하지 않겠습니다."

어깨에 힘을 잔뜩 주고 굳게 맹세하는 크리스 기사장에게 마르틴 장군은 가볍게 한 번 끄덕여 주었다.

그 무렵, 가질 변경백 가문의 사람들도 까다로운 일을 무사히 해결한 기쁨을 자기들끼리 소소하게 나누고 있었다.

"이번 일은 재난이었구나, 니르다, 사비에르."

아버지 가질 변경백의 말에 아들과 딸은 미소로 답했다.

"아닙니다. 제 능력이 많이 부족했습니다. 다행히 젠지로 님이 힘써 주셔서 니르다의 명예를 지켰지만, 저 혼자 힘으로는 소중한 동생을 지키지 못했을 겁니다. 이런 제게 뒤를 맡기고 시집가신 루신다 누님을 볼 면목이 없습니다."

"사비에르 오빠, 그렇게 속상해하지 마세요. 오빠가 저를 필사적으로 지켜 주셔서 정말 기뻤어요."

"필사적으로 지켜도 결과가 좋지 않으면 의미가 없어."

잔뜩 풀이 죽은 오빠 옆에서 이복동생이 딱한 표정을 지으며 열심히 위로했다.

이를 지켜보던 가질 변경백이 입가에 미소를 머금었다. 사이좋은 남매다.

그러나 장래를 생각하면 웃고 있을 수만은 없었다.

가질 변경백 집안을 이렇게 화기애애하게 만든 장본인이 루신다이다.

그녀가 아버지의 일을 도우며 동생을 차기 영주로 키웠고, 마을에서 자란 이복동생에게 엄하게 귀족 교육을 하면서 동시에 충분한 애정을 쏟아 가질 변경백 집안에 '가족'이라는 울타리를 만들었다.

이번에도 가장 마지막에 푸죠르 장군의 경거망동을 부드럽게 제지하고 성가신 일을 막아 주었다.

그 루신다가 이제 없다.

"어쨌거나 무사히 끝나서 다행이다. 사비에르도 충분히 반성하되 후회는 하지 말도록. 지나간 실패를 돌이키는 의미는 성공적인 미래를 이끌어내기 위함이니까."

"예, 아버님."

아들이 해맑은 시선으로 순순히 대답했다. 그러나 아버지는 어딘가 불편한 듯 슬쩍 고쳐 앉았다.

대부분 자기 자신을 향한 말이었기 때문이다.

(꼴사납게 안 하던 짓은 하는 게 아닌데. 마르틴 장군의 꼬임에 넘어가서 이게 무슨 날벼락인지. 역시 나처럼 단순한 바보는 욕심내지 않고 하나씩 매듭을 풀어 나갔어야 하는데.)

반성한 다음엔 금세 기운을 차린다는 점이 가질 변경백의 장점이다.

변경백은 기분을 새롭게 하고 딸에게로 시선을 향했다.

"니르다. 많이 힘들었지? 하지만 일이 이렇게 커진 이유는 너한테도 있단다. 너도 이제 열다섯이야. 귀족 여인다운 처세술을 익히지 않으면 안 된다."

"네, 죄송합니다, 아버님."

열다섯이라는 나이보다 조금 더 어려 보이는 소녀는 고개를 뚝 떨어뜨렸다. 짧은 포니테일이 살짝 흔들렸다.

눈앞에서 의기소침해진 딸을 보며 가질 변경백은 엄한 표정을 유지하면서도 내심 당황했다.

(어이쿠, 우는 게야? 어쩐다, 이럴 때는 늘 루신다가 옆에서 위로해 줬는데. 깜빡하고 평소처럼 혼내고 말았구나.)

초로의 영주 귀족은 크흠, 하고 헛기침을 했다.

"하긴, 루신다가 시집가고 난 뒤에는 널 제대로 가르쳐줄 사람이 아무도 없으니."

물론 가질 변경백령에 귀족 여성이 한 명도 없을 리 없다.

변경을 주름잡는 가질 변경백 가문을 섬기는 가신 귀족도 적지 않다. 가신 귀족 집안에는 당연히 여성이 있다.

그러나 그녀들은 가신 귀족에 지나지 않는다. 같은 귀족이라도 신분이 다르면 예법이나 사고방식이 달라진다.

중앙 귀족이라면 예법을 가르치는 전문가를 가신으로 두겠지만, 유감스럽게도 변경의 무가 귀족인 가질 변경백 가문에는 그렇게 품위 있는 인재가 없다.

"그럼 어떡하면 좋아요, 아버님?"

조금 불안한 듯이 고개를 갸웃하는 딸에게 초로의 부친은 준비해 둔 말을 꺼냈다.

"음, 애초부터 그럴 생각이었는데, 내가 수도로 돌아갈 때 너도 함께 가자. 수도에서라면 널 가르쳐줄 사람도 쉽게 구할 수 있을 게다."

아버지의 말에 딸은 뛸 듯이 기뻐하며 고개를 들었다.

"제가 수도에요? 정말이에요, 아버님!?"

니르다도 꽃다운 나이다. 화려한 도시에 대해 강한 동경을 품고 있다.

"그래, 너도 올해 성인이 되었으니까. 적어도 한 번은 수도의 사교계에 얼굴을 비칠 필요가 있지."

"네! 아, 아버님. 실은 젠지로 님께서 수도에 오면 들르라고 하셨어요. 안내해 주신다고요. 정말 찾아가도 괜찮을까요?"

딸에게서 예상 밖의 말을 듣고 아버지의 눈썹이 움찔했다.

"응? 젠지로 님께서 그렇게 말씀하셨다고? 별일이로군. 그래도 그렇게까지 확실하게 말씀하셨다면 빈말은 아닐 터. 수도에 도착하면 한 번 편지를 보내보자꾸나. 빈말이 아니라면 긍정적인 답장을 주시겠지."

"네. 아, 그런데 편지는……."

"물론 네가 직접 써야지."

"……네."

니르다는 숙녀 교육 중에서 글쓰기를 가장 어려워했다. 그래서 약간 떨떠름한 표정으로 대답했다.

그런 딸의 표정과 동작이 하나하나 귀여워서 아버지의 눈꼬리가 처졌다.

"그나저나 니르다의 교육을 어쩐다. 가장 적임자는 아만다인데…… 아마 어렵겠지. 그래도 혹시 모르니 한 번 물어봐야겠군."

가질 변경백은 수도의 후궁 시녀장으로 일하는 사촌 여동생에게 연락을 취할 방도를 궁리했다.

$$\diamond$$

별관에서 젠지로와 헤어진 후 자신의 방으로 들어간 프레야 공주는 젠지로와 마찬가지로 정장인 하늘색 드레스를 벗어 던지고 원피스처럼 생긴 가벼운 실내복으로 갈아입었다.

측근이자 호위무사인 여전사 스카디가 시중을 들었다.

대륙 간 항해 중일 때 배 안에 여자라곤 프레야 공주와 스카디뿐이었다. 본업은 아니지만, 스카디는 그럭저럭 시녀 노릇도 해냈다.

"고마워, 스카디. 그런데 옷은 안 갈아입나요?"

옷을 다 갈아입은 주군이 묻자 여전사는 애용하는 단창을 세우며 대답했다.

"저는 공주님을 호위해야 하니까요."

"그렇구나. 항상 고마워, 스카디. 그럼 좀 앉기라도 해요."

"예, 그럼 잠시 실례하겠습니다."

프레야 공주가 권하자 장신의 여전사는 주군을 마주 보며 소파에 앉았다. 물론 해수의 상아를 깎아 만든 단창을 소파 옆에 세워 놓고, 여차 하는 순간 바로 전투태세에 들어갈 수 있도록 엉거주춤한 자세다.

테이블 위에 놓인 등잔불의 불꽃에 프레야 공주의 짧은 은발과 스카디의 긴 금발은 환상적으로 붉게 빛났다.

어스름한 방 안에서 북대륙의 공주는 양손으로 자신의 양팔을 안고 기쁨의 미소를 지었다.

"아아, 스카디도 봤지요? 젠지로 폐하가 몰아붙였을 때 그 기사의 표정! 완전히 절망한 얼굴! 그 자리에서 환호성을 지르지 않은 내가 대견할 지경이었어요!"

전에 없이 흥분한 주군의 모습에 역전의 여전사는 쓴웃음을 흘렸다.

"공주님, 좀 진정하세요. 뭐, 통쾌한 역전극이었다는 건 저도 인정합니다만."

"그렇죠? 심지어 당사자인 기사뿐 아니라 줄곧 날 깔보던 크리스 기사장에게서 정정의 말을 받아내셨잖아요. 젠지로 폐하한테 새삼 반했어요."

주군의 입에서 거침없이 흘러나온 말에 측근인 여전사의 표정이 살짝 굳었다.

"새삼 반하셨다니, 그전에도 이미 반했다는 말씀입니까?"

스카디가 신중하게 묻자 프레야 공주는 일말의 망설임도 없이 긍정했다.

"응, 그래요. 하지만 반했다고 할 정도는 아니었는지도 몰라요. 호감을 품은 건 틀림없지만. 그리고 수도에서 이곳 가질 변경백령까지 오는 동안의 시간은, 내 평생에 다섯 손가락 안에 꼽을 만큼 만족스러웠어요."

"저도 인정합니다."

스카디는 지금까지 살아온 날 대부분을 프레야 공주와 함께했다. 프레야 공주의 말은 진심이다.

북대륙에 있을 때, 프레야 공주는 전사들을 따라 사냥에 나서곤 했지만, 그래도 어디까지나 '공주님' 취급의 범위를 벗어나지 못했다.

혼자서는 토끼 정도밖에 사냥할 수 없었다. 사슴이나 순록을 잡을 때조차 수많은 전사가 주위를 에워싼 상태에서 활만 쏘는 정도였다.

그랬던 프레야 공주가 이곳에서는 직접 창을 들고 용을 사냥했다. 그녀에게는 평생 잊을 수 없는 추억으로 남았으리라.

그녀는 잡은 육룡의 얼굴 뼈를 소중히 보관했다. 수도에 돌아가면 장인에게 부탁해 장식품으로 만들 요량이다.

프레야 공주는 웃으며 말을 이었다.

"물론, 용 사냥이 가장 기억에 남지만, 그뿐이 아니에요. 젠지로 폐하와 같은 용차를 타고 오는 동안 내내 마음이 편했어요. 상냥하게 배려해 주시면서도 결코 '여자'를 낮추어 보는 태도가 아니라, 대등한 인간 대 인간으로…… 뭐라고 표현해야 할지 모르겠지만, 다른 남자분과 대화할 때 느끼는, 무의식중에 날 지배하려는 듯한 분위기가 전혀 없어서 정말 편안한 기분이었어요."

좋든 나쁘든, 젠지로는 현대 일본인의 가치관을 벗어나지 않고 있다. 물론 이쪽 세계의 예법이나 말투를 제대로 배웠기 때문에 윗사람과 아랫사람, 남자와 여자에 대해 각각 다른 태도를 보일 줄 안다. 그러나 인간은 모두 평등하다고 여기는 근본적인 가치관을 바꾸지는 않았다.

그래서 함께 있는 동안 알게 모르게 대등하게 대해 준다는 느낌을 받은 것이다.

"그리고 이번 일도 그래요. 정말 세상에 이런 분이 또 계실까 싶을 만큼 감동했어요."

젠지로는 이번 일로 프레야 공주에게 오명을 뒤집어씌웠다는 죄책감에 시달렸지만, 그녀의 생각은 다른 모양이다.

왜냐하면, 애당초 기사 라이몬드가 '그쪽의 착각이다'라고 나왔을 때, 이미 한 판 붙을 각오였기 때문이다.

하지만 파트너인 젠지로에게 피해가 갈까 봐 참았다. 그런데 젠지로가 먼저 내키는 대로 하라고 등을 떠밀어 주었다. 뒤는 자기가 책임지겠다고.

프레야 공주는 뛸 듯이 기뻤다.

젠지로는 한편으로 그녀가 남대륙에 악명을 떨치게 될까 걱정했지만, 정작 프레야 공주에게는 대수롭지 않은 문제였다.

남대륙에서 프레야 공주가 결혼하고 싶은 상대는 젠지로뿐이다. 젠지로 본인만 자기에게 악감정을 갖지 않는다면 다른 사람이 뭐라 하든 상관없다.

만에 하나 젠지로와의 결혼이 성사되지 않으면 북대륙의 본국으로 소환당해 정략결혼을 해야 한다.

두 번 다시 밟을 일 없는 남대륙 땅에서 조금 나쁜 소문이 돈다고 해도 프레야 공주의 인생에 아무런 영향도 끼치지 않는다.

무엇보다도 그녀가 세간의 악평 따위 대수롭지 않게 여기는 진정한 강심장이기 때문이다.

"젠지로 폐하는 날 믿어주셨어요. 밑도 끝도 없는 맹목적인 믿음이 아니라, 나의 능력. 즉, 야간 시력과 냉정한 기억력, 담력을 믿어 주셨죠. 그리고 내 능력을 의심하고 무시한 크리스 기사장에게 인식을 바꾸라고 요구했고요."

"그랬지요."

맞장구를 치면서 스카디는 냉정한 눈으로 경애하는 주군을 보았다.

정말로 반한 모양이다. 정확하게 말하면, 이제까지 '은근한 호감'에 불과했던 감정이 '명확한 애정'으로 진화했다고 해야 할까.

그래도 부왕이 반대하면 어차피 미련 없이 정리할 수 있는 수준의 감정이다. 날 때부터 왕족인 프레야 공주는 강한 이성의 소유자다. 하지만 감정은 감정이다.

철들 무렵부터 프레야 공주의 측근으로 일해 온 스카디는 심경이 복잡했다.

(저 말괄량이 공주님이 사랑을 느낀 남자가 굳은살 하나 없는 매끄러운 손의 소유자라니. 애초에 젠지로 폐하에게 혼담을 넣었을 때는 머릿속에 계산만 가득했는데. 남녀 사이의 일은 정말 알 수가 없네.)

측근 여전사가 싱숭생숭한 감정에 휩싸여 있는 와중에도, 북대륙의 공주님은 새하얀 뺨을 살짝 붉히며 이야기를 계속했다.

"그런데 스카디에게 하나 물어보고 싶은 게 있어. 젠지로 폐하는 본인 말대로 정말 전사로서의 훈련을 전혀 받지 않은 것 같은데, 그대는 어떻게 생각하죠?"

"네, 틀림없습니다. 무례를 무릅쓰고 말씀드리면, 그분의 전투 능력은 거의 아녀자 수준입니다."

여자의 규격을 벗어난 여자가 대답했다.

듣기에 따라서는 공주가 장래에 부부의 연을 맺을 남자에 대한 험담이나 마찬가지다. 하지만 그 말을 들은 프레야 공주의 미소가 더욱 깊어졌다.

"역시 그렇군요. 그렇다면 좀 의논하고 싶은데. 돌아가는 길에 젠지로 폐하와 내가 맺어질 수 있는 계획이 있어요."

"……말씀해 보십시오."

스카디는 어째 대화가 야릇한 방향으로 흘러간다고 느꼈지만, 감히 주인의 말을 막을 수는 없었다.

심복이 갈색 눈동자를 약간 찌푸리는 줄도 모른 채, 프레야 공주는 신이 나서 자신의 아이디어를 밝혔다.

"돌아가는 길에 용차 안에서 며칠 밤을 묵어야 하잖아요? 그때 내가 젠지로 폐하를 덮치는 거예요. 이래 봬도 나는 꽤 힘이 세니까, 젠지로 폐하 정도는 쉽게 깔아뭉갤 수 있어요. 괜찮아요. 처음에 좀 저항하더라도 갈 데까지 가면 그땐……."

"공, 주, 님!"

질 낮은 선원들한테 주워들은 '밤의 무용담'의 남녀 역전 버전이다. 이따위를 제안이랍시고 내놓은 주군을 스카디가 낮은 목소리로 질책했다.

[에필로그] **돌아가는 길**

그로부터 며칠 후.

젠지로는 또다시 거대한 8두 용차의 흔들림에 몸을 맡겼다. 함께 타고 있는 사람도 올 때와 마찬가지.

결혼식 파트너인 프레야 공주와 그녀의 호위 여전사 스카디.

젠지로의 호위인 기사 나탈리오와 후궁 시녀 이네스, 그리고 젠지로까지 다섯 명이다.

도로의 폭에 맞추느라 폭은 넓지 않아도, 앞뒤 길이는 기차 한 량에 필적할 만큼 거대한 용차. 다섯 명에게는 지나치게 넓었다.

침실도 따로 있어서 마치 거대한 '캠핑카'를 방불케 했다.

겉모습은 우아하지만, 서스펜션이나 고무 타이어 같은 충격 완화 장치가 전혀 없어서 승차감이 고약했다. 하지만 부드러운 쿠션이 있었고, 무엇보다 이미 한 번 겪었기 때문에 젠지로는 그럭저럭 견딜 수 있었다.

차 안에서 무리 없이 담소를 나눌 수 있을 만큼은 되었다.

하지만 젠지로는 다른 의미에서 돌아가는 길의 용차 여행이 매우 불편했다.

이유는 단 하나.

"제가 가장 흥미를 느끼는 건 역시 바다예요. 아우라 폐하가 허락하신다면 언젠가 '황금나뭇잎호'를 타고 남대륙보다 더 남쪽으로 가 보고 싶어요."

지난번 일로 눈에 띄게 거리를 좁힌 프레야 공주와 끊임없이 대화를 나누어야 했기 때문이다.

"그거 흥미롭군요. 우리나라의 위치는 남대륙 중서부입니다. 더 남쪽의 남서부에도 많은 나라가 있고, 또 거기서 배를 타고 동쪽으로 나아가면 중남부로 들어갈 수 있다고 합니다."

"어머. 언젠가 이 광활한 남대륙을 바다로 한 바퀴 돌아볼 수 있으면 얼마나 멋질까요."

"하하하, 역시 프레야 전하. 탐험 의욕이 왕성하시군요. 하지만 그건 좀 어려울 겁니다. 남대륙의 북부에는 드넓은 사막이 펼쳐져 있다고 하니까요. 배를 타고 북쪽으로 가려면 아무리 '황금나뭇잎호'라도 사전 준비를 철저히 해야 합니다. 도중에 보급할 수 있는 곳이 거의 없다고 들었어요."

"아, 그러고 보니 '황금나뭇잎호'의 부선장도 그 비슷한 말을 했어요."

프레야 공주와 활발하게 대화를 나누면서 젠지로는 속으로 머리를 감싸 쥐었다.

프레야 공주와의 대화가 지루해서가 아니다. 그 반대다. 무의식중에 그녀와의 대화에 푹 빠져드는 자기 자신을 깨달았기 때문이다.

아예 대놓고 접근해 오는 소녀의 태도를 의식하지 않을 도리가 없었다. 게다가 이렇게 아름다운 공주님의 미소에 동요하지 않을 만큼 목석도 아니다.

프레야 공주의 미인계──라고 하기에는 다소 과하긴 하지만, 10센티 정도 거리를 좁힌 프레야 공주의 접촉에 젠지로의 마음이 흐트러졌다.

(가까워, 가깝다고.)

사실 젠지로가 프레야 공주를 받아들여서 곤란한 사람은 아무도 없다. 다만 젠지로 본인이 일부일처의 윤리관을 버릴 수 없을 뿐이다.

아우라라는 사랑스러운 아내를 두고 다른 여자에게 눈길을 준다는 것 자체에 반사적으로 죄책감을 느꼈다.

"젠지로 폐하, 그러고 보니 조만간 '황금나뭇잎호'의 수리가 끝납니다. 우리는 한 번 발렌티아로 돌아가서 시험 운전을 할 예정인데요, 젠지로 폐하도 함께 가시겠어요? 해풍을 맞으며 바다 위를 달리면 얼마나 기분이 좋은지 몰라요."

어쨌든 지금은 프레야 공주와의 대화를 끊을 도리가 없다.

"아아, 무척 흥미로운 얘기군요. 근해에서 시험 운전한다면 꼭 한번 동행하고 싶습니다. 그런데 시험 운전하다가 그대로 북대륙으로 출발하시면 안 됩니다. 제가 돌아갈 수 없게 되니까요. 아하하하."

"…………."

"저기, 프레야 전하? 들립니까? 왜 그러세요? 갑자기 입을 다

무시고."

"아, 아뇨, 아무것도. 잠깐 다른 생각을 하느라."

"그랬군요. 아, 그런데 발렌티아까지 가려면 공무를 조정해야겠군요. 갈 .때는 폐하가 보내주시겠지만 올 때는 아무래도 며칠 걸릴 테니까요."

대답하면서 젠지로는 장래에 자기 힘으로 '순간이동' 하는 순간을 상상했다.

실은 이번 출장 중에 딱 한 번 '순간이동'의 주문을 바르게 외우는 데 성공했다.

아직 갈 길이 멀지만 '순간이동'의 습득에 한 발짝 다가간 느낌이다.

(어차피 '순간이동'을 익히지 않으면 쌍왕국에 갈 수 없으니까. 아우라의 다음 출산 때는 꼭 쌍왕국의 치료술사를 데려올 수 있어야 해.)

생각이 거기까지 미치자 중요한 사실이 떠올랐다.

(아, 맞다. 출산 이전에 아이를 만들어야지. 간신히 금지령이 풀리자마자 한 달 넘게 출장이었으니. 나, 집에 가면 부인이랑 실컷 꽁냥꽁냥할 테야!)

젠지로의 아우라에 대한 사랑은 여전히 굳건했다.

"…………하아."

아우라와의 밤일을 떠올리며 기대에 들뜬 젠지로는, 옆에 앉은 은발의 미소녀가 내뱉은 나지막한 한숨을 눈치채지 못했다.

그 무렵 수도의 왕궁에서는 카파 왕국의 여왕이자 젠지로의 사랑하는 아내인 아우라 1세가 남자 앞에서 앞섶을 풀어헤치고 흐트러진 모습을 보이고 있었다.

물론, 여왕의 정조관념에 문제가 생긴 것은 아니다.

앞섶을 풀어헤친 여왕 앞에 있는 남자는 수염을 기른 백발의 노인──어의 미셸이었다.

"…………."

당연한 얘기지만 초로의 어의는 풍만한 여왕의 젖가슴에 아무런 반응을 보이지 않았다. 그저 심각한 얼굴로 여왕의 배에 손을 대고 진찰을 할 뿐이다.

"어떻습니까, 폐하? 여기를 누르면 뭔가 위화감이 있습니까?"

"……아니, 아무 느낌도 없는데. 평소와 똑같아."

"흠. 그렇습니까. 이제 됐습니다, 폐하. 옷자락을 추스르셔도 됩니다."

미셸이 말하자 여왕은 풀어헤친 드레스의 앞섶을 여미고 매무시를 가다듬었다.

익숙한 동작으로 진홍색 드레스를 매만진 후, 아우라는 신뢰하는 의사에게 물었다.

"그래서, 어떤가? 내 안에 '두 번째 아이'가 있는가?"

아우라의 질문이 시사하듯, 여왕 아우라의 둘째 임신 여부를 진찰하는 자리였다.

아우라의 생리가 늦어지고 있기 때문이다. 임신이 아니라면 열흘쯤 전에 왔어야 했다. 그렇다면 혹시?

어렴풋이 기대하며 미셸에게 진찰을 의뢰했다. 그러나 초로의 의사는 모호한 표정으로 고개를 저었다.

"어렵군요. 솔직히 말씀드리면 회임의 징후를 발견하지 못했습니다."

미셸의 대답에 여왕은 실망의 표정을 감추지 못했다.

"그런가. 하긴, 저번처럼 미각이나 후각에 변화가 생기지도 않았으니. 그럼 단순한 생리불순인가."

그렇게 말하며 여왕이 자리에서 일어서려 하자, 초로의 의사가 한쪽 손을 들어 제지했다.

"아니요, 폐하. 그건 성급한 판단입니다. 의사로서 이런 말씀을 드리기 부끄럽습니다만, 경험이 풍부한 의사라도 초기 임신은 판단하기 어려운 법입니다. 부부가 합방하고 월경이 늦다면 회임의 가능성이 충분히 있습니다."

"그런가? 하지만 카를로스 때는 미각이나 후각이 이상했는데?"

한 가닥 희망을 붙잡으면서도 여전히 고개를 갸웃하는 여왕에게 초로의 의사는 온화한 표정으로 설명했다.

"네. 임신했을 때 미각과 후각에 변화가 생기는 사람이 많이 있습니다. 하지만 같은 사람이라도 매번 똑같은 변화를 겪지는 않습니다. 첫 번째 임신에서는 신 것이 당겼는데 두 번째 임신에서는 단 것이 당겼다는 식의 예도 흔치 않게 있습니다."

"호오? 그렇다면 가능성은 있군?"

여왕은 붉은색에 가까운 밝은 갈색 눈동자를 빛냈다.

"네. 그러니까 앞으로 최소한 보름 동안은 회임하셨다 생각하고 지내십시오. 평소처럼 술을 드시거나 하면 절대 안 됩니다."

아무리 국가의 최고 권력자일지라도 주치의의 잔소리에는 약한 법이다.

"음…… 하는 수 없지. 아, 그러면 결과를 알 때까지 밤일도 피하는 편이 좋을까? 며칠 있으면 서방님이 돌아올 텐데."

"물론, 두말하면 잔소리입니다."

여왕이 문득 생각났다는 듯이 묻자 미셸 의사가 주저 없이 대답했다.

현대에는 피임 도구나 체위만 조심하면 임신 중의 성행위도 별 문제가 되지 않지만, 유감스럽게도 이쪽 세계의 의학은 그 정도까지 발달하지 않았다.

따라서 미셸 의사의 판단은 지극히 타당했다.

"음, 서방님이 돌아와도 최소한 보름, 결과에 따라서는 또 1년 가까이 금욕이란 말인가."

자만이 아니라 순수한 사실로서, 아우라는 젠지로가 얼마나 자신을 사랑하는지 알고 있다.

특히 요즘 측실 문제로 가라앉은 그의 기분을 푸는 데에는 아우라와의 동침이 특효약이었다. 그런데 특효약이 사라져 버린 이곳으로, 젠지로가 돌아오고 있다.

"이를 어쩐다……."

기뻐해야 마땅한 임신 가능성 앞에서, 여왕 아우라는 고뇌에
빠졌다.

〈이상적인 기둥서방 생활 8〉에서 계속

[부록] **주인과 시녀의 간접교류**
<small>놀잇감 지키기</small>

주인인 젠지로가 가질 변경백령으로 떠난 뒤, 후궁은 소란스러운 분위기에 휩싸였다.

이미 약혼자가 정해져 후궁을 나간 시녀가 한 명, 아직 머물러 있지만 약혼자가 있는 시녀가 두 명. 그녀들 대신 새로 들어온 신입 시녀가 세 명.

시녀가 바뀌느라 인수인계만으로도 벅찬데 웁살라 왕국의 프레야 공주라는 존재까지 등장했다.

실현 가능성이 매우 강한, 유력한 '측실' 후보.

물론 프레야 공주가 측실로 정해진다 해도 후궁에 들어오는 건 아직 한참 나중의 일이다. 그러나 받아들이는 처지에서는 그보다 훨씬 앞서서 준비를 해야 했다.

현재 폐쇄 상태인 '별채'를 청소하고 언제라도 사람이 들어올 수 있는 상태를 갖춰야 한다. 그리고 욕실의 주 사용자가 한 명 늘어나는 만큼, 욕실 청소나 물 조달 시스템도 새롭게 정비할 필요가 있다.

게다가 젠지로가 프레야 공주의 본국에서 사용하는 증기탕의 설치를 타진해 왔기 때문에, 아만다 시녀장은 증기탕의 설치 장소와 연료, 물의 확보 등에 대한 고민에 빠졌다.

이처럼 후궁이 정신없이 돌아가는 와중에도 일명 '문제아 3인방', 즉 페와 돌로레스, 레테는 전혀 다른 고민에 휩싸여 있었다.

그들에게 측실 맞이는 아직 한참 먼 얘기다. '문제아 3인방'은 나중의 일을 고민하고 있을 여유가 없을 만큼 눈앞의 문제에 직면해 있었다. 그래서 그녀들은 요즘 도무지 밤잠을 이루지 못했다.

'문제아 3인방'을 밤새 뜬눈으로 지새우게 하는 절실한 문제란, '젠지로가 휴대용 게임기 두 대를 다 가져갔다'는 것.

"아으으……심심해……."

왜소한 체격의 시녀――페는 침대에 엎드려 한심한 소리를 내뱉었다.

잠옷차림으로 엎드려 누워서 양다리를 퍼덕퍼덕 흔들어대는 모습은 아무리 좋게 봐주려 해도 '떼쓰는 어린아이'로밖에 표현할 길이 없다.

방 안이 어두워서 천만다행이다.

"시끄러워, 페. 잠을 잘 수 없잖아."

옆 침대에서 바른 자세로 누워 날 선 목소리를 낸 사람은 날씬하고 키 큰 시녀――돌로레스다. 하지만 그녀의 말 또한 공연한 생트집에 불과하다.

또 하나의 침대에 누워 있던 세 번째 룸메이트, 레테가 그 점을 일깨워 주었다.

"돌로레스 짱, 조용해도 잠이 안 오긴 마찬가지야~"

지금은 캄캄해서 보이지 않지만, 똑바로 누워서도 여전히 풍만한 가슴의 소유자인 레테. 그녀는 성격만큼 느긋한 말투로 룸메이트를 다독였다.

"뭐, 그럴지도 모르지만……."

사실 그녀들이 잠 못 이루는 밤을 보내고 있는 이유는 다른 데 있다.

단지 평소 잠을 자는 시간대가 아니어서 졸리지 않을 뿐이다.

평소에는 셋이서 돌아가며 휴대용 게임기를 신 나게 가지고 놀 시간이기 때문이다.

그 모습은 마치 오밤중에 싸돌아다니며 노느라 매일 밤새는 중고등학생과 닮았다.

게임기는 회수됐고, 조명용 기름도 한 달에 배급받는 양이 정해져 있어서 함부로 켤 수 없다. 결국, 자는 수밖에 달리 방법이 없었지만, 그렇게 간단히 잠들 리가 없다.

그래서 '문제아 3인방'은 졸음이 덮쳐올 때까지 하릴없이 수다를 떨었다.

"아아, 젠지로 님은 지금쯤 어떡하고 계실까? 우리가 저장한 데이터를 실수로 삭제하지는 않았겠지?"

"부, 불길한 소리 하지 마! 듣기 싫어. 게임은 재미있지만 처음부터 다시 모으기는 정말 싫거든!?"

페의 말에 돌로레스는 쩍, 하는 표정으로 몸을 일으켰다. 그럴 만도 하다. 아무리 게임이 재미있어도 레어 드롭 아이템을 모으기 위해 같은 몬스터를 몇백 마리씩 퇴치하고 싶지는 않기 때문이다.

특히 돌로레스는 운이 없는 편이라, 몬스터를 백 마리 이상 퇴치했는데도 아이템이 떨어지지 않은 전적이 있다(보통은 2퍼센트 확률로, 몬스터 50마리당 한 개가 드롭된다).

게임은 즐거운 오락이지만 레어 아이템 모으기는 고행이야.

130마리째에서 간신히 원하던 아이템을 손에 넣었을 때, 돌로레스가 베개에 얼굴을 파묻고 외친 말이다.

"아하하, 그건 나도 싫다~. 만약에 그러면 나는 그 게임 안 할지도 몰라~."

한편 돌로레스와 비교하면 운이 좋았지만, 게임기 조작이 몹시 서투른 레테는 솔직한 심정을 토로했다.

하지만 그녀들은 애초에 걱정할 필요가 없었다.

젠지로는 휴대용 게임기의 데이터를 저장하는 메모리 카드를 여러 개 갖고 있었다.

그래서 퍼즐 게임이나 카트 레이스 게임으로 그녀들과 '대전'을 치를 때 빼고는 시녀들에게 대여할 때 메모리 카드를 바꿔 넣는다.

출장 중인 지금도 두 대의 휴대용 게임기에 젠지로 전용 메모리 카드를 넣어서 가져갔다.

당연히 그녀들은 이런 사정을 알지 못했다. 아무리 '문제아 3인방'이라 할지라도 그녀들도 엄연한 후궁 시녀다. 주인이 빌려준 휴대용 게임기를 제멋대로 다룰 수는 없다.

그래서 그녀들은 젠지로가 번역해 준 설명서대로 게임 소프트웨어를 바꿔 넣는 법, 전원을 켜고 끄는 정도밖에 할 줄 모른다.

사실 '대출 자유'이긴 해도 매일 밤마다 주인의 물건을 들고 나와 밤새 가지고 노는 행태가 이미 문제이긴 하지만.

"으으, 내 손에 없으니까 왠지 더 생각나고 그리워……."

"그래, 그 심정 이해해……."

밤새도록 잠도 안 자고 수다나 떠는 그녀들은 '문제아 3인방'이라고 불려도 할 말이 없다. 하지만 그녀들도 따지고 보면 억울하다.

애초에 그녀들이 밤샘을 일삼게 된 이유가 바로 젠지로이다.

지구에서 LED 스탠드라이트를 가져온 젠지로가 (이쪽 세계의 기준에서 볼 때) 밤을 새운다. 함께 생활하는 여왕 아우라도 덩달아 밤을 지새운다.

그리고 두 사람의 시중을 들기 위해 시녀 중 일부는 밤늦게까지 업무에 시달린다.

실제로 시중 업무를 겸하는 청소 담당 차례가 돌아오면 시녀들은 젠지로와 아우라가 침실에 들 때까지 거실 옆에서 줄곧 대기해야 한다.

한편 그 외——조리, 정원, 욕실 담당일 때는 평소처럼 정해진 시간에 취침한다. 그 결과 시녀들은 다소 불규칙한 근무 시스템을 감수해야만 했다.

물론 시녀들 대부분은 불규칙한 수면 시간에 이미 적응했다. 얼마 전에 들어온 신입 시녀들만이 아직 밤늦은 시간의 근무에 적응하지 못하고 대기실에서 졸음과 싸우고 있다.

　반대로 '문제아 3인방'은 신체 리듬을 밤늦은 근무시간대에 맞춰 버렸다.

　청소 담당일 때는 늦게까지 근무하고, 그 외의 부서에 속할 때는 휴대용 게임기를 방에 가져와서 졸릴 때까지 게임 삼매경.

　요컨대 청소 담당일 때의 생활 리듬을 일상생활의 리듬으로 정착시킨 셈이다.

　밤샘을 밥 먹듯 한다고 하면 꽤 불건전하게 들리지만, 사실 이쪽 세계의 '밤샘'이란 현대 일본인이 보기에는 밤샘 축에 들지도 않는다. 적어도 자정을 넘겨 날짜가 바뀔 때까지 깨어 있지는 않기 때문이다.

　기상 시간도 이르기 때문에 단순하게 비교할 수는 없지만, 적어도 젊은이의 체력으로 일상생활에 지장이 없을 만큼은 수면 시간을 확보하고 있다.

　그녀들이 이 시각에 지독한 불면과 싸우는 이유다.

　"잠-이-안-와—."

　"아아, 시끄러워, 시끄러워."

　"음음······. 조금 졸린가~. 아닌가~."

　'문제아 3인방'의 소곤거리는 수다 소리가 한동안 끊이지 않는 밤이었다.

아만다 시녀장은 후궁 시녀장으로 임명될 만큼 충분한 능력과 풍부한 경험을 겸비한 능력자다.

하지만 그런 아만다 시녀장도 '이세계 사람'을 모시기는 이번이 처음이다.

젠지로가 보기에 그녀의 일 처리는 어디까지나 철두철미하고 완벽했지만, 그녀에게 젠지로는 상당히 '까다로운' 주인이다.

왜냐하면, 카파 왕국의 상식이 통하지 않기 때문이다.

향유 냄새를 싫어하고, 땀 냄새 또한 싫어한다. 그런데도 사용인들을 배려해서 좀처럼 불만을 말해 주지 않는다.

시녀이면서 동시에 고위 귀족이기 때문에 아만다 시녀장은 사람의 표정을 읽는 기술이 탁월하다. 그래도 설마 이 기술을 사교계가 아니라 모시는 주인을 상대로 펼치게 될 줄이야 상상도 하지 못했다.

그러나 그쯤은 사사로운 고충이다. 아만다 시녀장이 젠지로를 '까다로운' 주인으로 여기는 가장 큰 이유는 그가 시녀들에게 지나치게 관대하다는 점이다.

주인이 시녀에게 관대하면 젊은 시녀들만 편하다. 젊은 시녀들을 통솔하는 아만다 시녀장 입장에서는 주인의 관대함이 오히려 독으로 느껴진다.

시녀장의 업무는 젊은 시녀들을 엄격하게 관리하고 감독하는 일이다. 하지만 정작 주인이 시녀에게 무른 태도를 보이면 어쩔 수 없이 시녀들의 기강이 풀어진다.

젠지로가 그저 관대할 뿐만이 아니라, 기강이 해이한 분위기 자체를 좋아하기 때문에 더욱 골치 아프다.

너그러운 주인 밑에서 해이해진 분위기를 인정하는 한편, 젊은 시녀들의 기술이 녹슬지 않도록 지도하고 규율이 흐트러지지 않게끔 조일 부분은 조인다. 상반한 두 측면을 공존시켜야 한다. 아만다 시녀장에게는 어려운 문제다.

1년 이상 이렇게 지내다 보니 아만다 시녀장도 젠지로의 성격을 어느 정도 받아들이게 되었다. 그러나 이번 원정을 떠나기 전에 그가 남긴 말은 아만다 시녀장이 도무지 수긍하기 어려운 내용이었다.

"젠지로 님이 관대한 분이고, 특히 그 '문제아들'을 특히 눈여겨보고 계신 줄도 진작 알았지만…… 이번 지시는 너무 도가 지나치지 않습니까?"

아만다 시녀장은 혼잣말로 중얼거리고 한숨을 내쉬었지만, 그렇다고 주인의 명령을 실행하지 않을 수는 없다.

그녀는 오른손의 검지와 엄지손가락으로 눈 사이를 꾹 누르고 체념한 듯 어깨를 으쓱했다.

◆

시녀장실이라 쓰고 설교실이라 읽는다. 젊은 시녀들은 모두가 그리 생각하지는 않겠지만, 적어도 페, 돌로레스, 레테에게는 이견의 여지가 없는 표현이다.

그래서 시녀장에게 호출당한 '문제아 3인방'은 잔뜩 주눅이 든 표정으로 시녀장실 앞에 나란히 섰다. 뭐, 익숙한 일이지만.

"아만다 시녀장님."

"부르심을 받고 왔습니다."

"무슨 일이신지요?"

점심시간에 시녀장실에 불려 간 시점에서 폭풍 잔소리를 각오했는지, 고개를 푹 숙인 '문제아 3인방'을 보며 아만다 시녀장은 속으로 한숨을 쉬었다.

(보아하니 잔소리를 들을 만한 짓을 하긴 한 모양이군. 그것도 많이. 정말이지 이 아이들은······.)

아만다 시녀장은 시범을 보이듯 단정한 자세를 유지한 채 눈앞에 선 젊은 시녀 세 명을 향해 입을 열었다.

"페, 돌로레스, 레테. 그대들에게 특별한 업무를 주겠어요."

시녀장의 말에 '문제아 3인방'은 동시에 싫은 표정을 지었다.

"네."

"알겠습니다."

"무엇이든 말씀하세요."

이내 표정을 바꾸고 씩씩하게 대답했지만, 아만다 시녀장은 골치가 아팠다.

(후궁 시녀가 업무 지시를 받고서 불쾌한 표정을 짓다니······. 나중에 재교육을 해야겠군.)

내심 그런 생각을 했지만, 감정을 완벽하게 제어할 줄 아는 아만다 시녀장은 표정으로도 목소리로도 불편한 심기를 일절 드러내지 않았다.

"그러면 말하겠어요. 단, 이 일은 절대로 무슨 일이 있어도 반드시 해야 할 일은 아니니까, 잘 생각해 보고 어렵다고 생각하면 솔직하게 말하도록. 그대들은 젠지로 님께서 고향에서 가져오신 개인 물품에 대해 알고 있지요?"

"네."

젠지로의 개인 물품. 그 단어를 듣고 '문제아 3인방'은 움찔 반응했다. 젠지로의 개인 물품에 관한 일은 짭짤하거나 즐겁거나 둘 중의 하나다.

즉시 관심을 보이며 눈을 빛내는 '문제아 3인방'의 반응에 아만다 시녀장은 재교육의 필요성을 확신했다.

(분하지만 이번 일만큼은 저 애들의 낙관적인 예측이 정곡을 찌르고 있단 말이지. 하여간 젠지로 님은 지나치게 자상해.)

"그 물건들이 말이지요, 젠지로 님이 안 계시는 동안 가동 중지 상태랍니다. 젠지로 님께서 말씀하시길 너무 오랜 시간 가동하지 않으면 문제가 생길 수도 있다고. 가능하면 적당히 사용해 주기 바란다는 겁니다."

그 말의 의미를 대번에 이해한 '문제아 3인방은' 이번에야말로 기쁨을 감추지 못하고 웃었다.

"알겠습니다!"

"맡겨 주십시오!"

"열심히 하겠습니다~."

여기서 말하는 젠지로의 개인 물품이란, 다름 아닌 거치형 게임기다.

두말하면 잔소리지만, '오래 사용하지 않으면 문제가 생긴다'는 말은 핑계에 지나지 않는다. 그녀들에 대한 젠지로의 호의이다.

게임기도 전자제품의 일종이기 때문에 정기적으로 전원을 넣어주는 편이 낫지만, 고작 한 달 동안 사용하지 않는다고 해서 어떻게 되는 섬세한 물건은 아니다.

아무리 생각해도 '문제아 3인방'이 거치형 게임기를 사용할 수 있게끔 핑계를 갖다 붙였다고밖에 볼 수 없다.

젠지로가 거실에서 거치형 기기로 게임을 하고 있을 때 페 일행이 텔레비전 화면에 비친 게임 영상을 흥미롭게 쳐다본 일이 있다. 그 모습이 인상에 남은 모양이다.

젠지로는 개인적으로는 함께 하자고 권유하고 싶었지만, 신분적으로 주종관계이기 때문에 그럴 수 없었다.

업무 중인 시녀들을 꾀어서 같이 놀았다는 소문이라도 나면 그녀들을 측실로 들여야 하는 상황으로 발전할 수도 있다. 다소 극단적이고 과장된 추측이긴 해도 조그만 가능성이라도 있는 한 경계해야만 한다.

그래서 이번 출장을 핑계 삼아 페 일행에게 거치형 게임기를 다뤄 볼 기회를 만들어 주었다.

(정말이지 젠지로 님은 왜 이렇게까지 이 애들을 챙기시는 걸까?)

아만다 시녀장은 속으로만 한숨을 내뱉고 여전히 냉엄한 표정으로 말했다.

"단, 지금 맡은 업무를 다 마치고 나서 하도록. 맡은 바 일을 내팽개치는 행동은 용서하지 않겠어요. 낮에는 일과에 충실하고 밤에 하세요. 다행히 아우라 폐하도 허가하셨어요. 폐하가 침실에 드신 다음에 거실을 사용해도 된다고 합니다. 폐하의 수면을 방해하지 않도록 절대 소리를 내서는 안 돼요. 뒷정리도 완벽하게 하도록. 시간은 최대 한 시간까지."

아우라 폐하는 젠지로 님처럼 호락호락하지 않으시니까, 라고 시녀장이 다짐을 두자, '문제아 3인방'도 굳은 표정으로 긴장을 드러냈다.

아만다 시녀장의 말대로, 여왕 아우라는 사용인들에게 못되게 구는 주인은 아니지만, 젠지로만큼 관대하지는 않았다.

만약 시녀가 주인에게 민폐를 끼친다면 사정없이 벌을 내릴 것이다. 게다가 지금은 중간에서 감싸주는 젠지로도 자리에 없다.

"네, 조심하겠습니다."

"결코, 아우라 폐하께 폐를 끼치지 않겠습니다."

"조용히 놀겠습니다."

젊은 시녀 셋은 등을 꼿꼿하게 펴고 비장한 결의를 드러냈다.

"기대하지요."

무표정으로 대답하며, 아만다 시녀장은 마음속으로 커다랗게 한숨을 내쉬었다.

(아우라 폐하 얘기에 바짝 긴장하는가 했더니, 역시 아무도 그만두겠

는 말을 하지 않는군. 특히, 레테.)

"레테. 이건 일이에요. '놀이'가 아닙니다."

"아, 죄송합니다~."

아만다 시녀장이 눈을 찌푸리며 지적해도, 레테는 긴장감 없이 처진 눈을 동그랗게 뜨며 꾸벅 고개를 숙일 뿐이었다.

그날 밤. 후궁의 거실에는 사람 그림자가 셋 있었다.

어린아이처럼 작은 그림자. 모델처럼 늘씬하고 길쭉한 그림자. 그리고 실루엣만으로도 풍만한 글래머러스한 그림자.

페, 돌로레스, 레테다.

젠지로라면 이 시각에는 거실이 '캄캄하다'고 생각하겠지만, 밤눈이 밝은 이쪽 세계 사람에게는 움직이기에 충분한 밝기였다.

마이크로 수력발전을 제어하는 시스템 파트와 대형 냉장고의 판넬 부분이 정상 가동 중임을 알리며 빛나고 있기 때문이다.

어스름한 불빛만으로도 가구의 배치 정도는 알 수 있다. 하지만 소파에 부딪히지 않을 정도의 밝기일 뿐, 본격적으로 활동하려면 제대로 된 조명이 필요했다.

살금살금, 도둑 같은 걸음걸이로 소파 옆에 도착한 페는 가까이에 있는 LED 스탠드라이트의 스위치를 눌렀다.

"우왓, 눈부셔."

(바보, 큰 소리 내지 마. 침실에 계신 아우라 폐하께 들리면 어떡해!)

(아, 미안.)

돌로레스가 험상궂게 나무라자 페는 순순히 사과했다.

천성이 태평하고 낙관적인 페에게도 여왕 아우라는 무섭다. 권력이나 완력의 문제가 아니라, 쏘아보기만 해도 저절로 고개를 수그러들게 하는 박력 때문이다.

(어디 보자, 조명은 이걸로 충분하겠지~?)

(으음, 너무 조심스러운 느낌이긴 해도, 이 정도 밝기면 문제없으니까 괜찮지 않을까?)

레테의 제안에 페는 그렇게 말하며 동의했다.

(그럼, 준비할게. 너희, 연결하는 법 알아? 알 리가 없겠지. 그럼 이번엔 내가 할게.)

그렇게 말하며 돌로레스가 솔선해서 움직였다. 키가 큰 돌로레스는 긴 팔다리를 동시에 양탄자 위에 내려놓고 엎드린 자세로 텔레비전 탁자 아래에서 하얀 거치형 게임기를 꺼냈다.

(어디 보자…… 이게 이쪽이고, 이건 여기지? 아, 이게 전원이구나. 레테, 이거 콘센트에 꽂아.)

(응, 알았어!)

돌로레스는 일일이 확인하면서 천천히 작업했다. 큰 시행착오 없이 준비를 해 나가는 그녀의 손놀림에 옆에서 보고 있던 페의 눈이 살짝 커졌다.

(돌로레스, 너 어떻게 알았어?)

페의 물음에 돌로레스는 엎드린 채 고개만 옆으로 돌리고 뿌듯하게 웃어 보였다.

(후훗, 혹시 이런 일이 있을까 해서 젠지로 님께서 이 기계를 꺼내고 넣을 때 유심히 봐 뒀지. 그래, 바로 오늘 밤 이 순간을 위해!)

돌로레스는 엎드린 채 가슴을 폈다. 보기에 따라서는 상당히 야릇한 자세였지만, 전혀 섹시함이 느껴지지 않는 건 돌로레스의 몸매가 지나치게 밋밋해서일까, 아니면 게임에만 정신이 팔린 그녀의 태도 때문일까.

어쨌거나 게임기의 연결 방법을 사전에 익혀 두었다는 점은 돌로레스다웠다.

돌로레스가 '문제아 3인방' 중에서 비교적 덜 찍힌 이유는 그녀가 페나 레테보다 성실해서가 아니다. 그나마 요령이 좋기 때문이다.

이번 일만 봐도 그렇다. 거치형 게임기를 가지고 놀 수 있게 된 지금 상황이 페와 레테에게는 '굴러들어온 행운'이었지만, 돌로레스에게는 '언젠가 생길지도 모르는 일'이었다.

다른 말로 하면 셋 중에서 가장 젠지로를 만만하게 본다는 얘기다.

어쨌든, 덕분에 준비하는 데 시간을 허비하지 않았으니 요행이다.

(……이걸 꽂고, ……다음은 이 스위치를 켜면 돼. 좋아, 켜졌다.)

(오옷!)

(역시 돌로레스 짱)

텔레비전에 나타난 게임 스타트 화면에 세 명의 시녀는 흥분을 주체하지 못했다.

(컨트롤러, 컨트롤러가 이건가?)

(어이, 페. 맨 처음은 나지. 내가 전부 준비했으니까, 이리 내.)

(아하하, 페 짱, 순서대로. 돌로레스 짱이 먼저 하게 해~)

목소리를 최대한 죽이면서도 흥분으로 뺨을 붉힌 세 명의 소녀는 조심스레 게임기의 컨트롤러를 조작하기 시작했다.

뭐랄까, 부모가 잠든 곁에서 몰래 게임기를 켜서 갖고 노는 악동의 모습 그 자체다.

젠지로가 봤다면 어린 시절의 추억이 떠올라서 충동적으로 끼워 달라고 했을지도 모른다.

젠지로는 초등학교 시절, 부모의 눈을 피해 거실 텔레비전으로 몰래 RPG 게임을 했다. 레벨이 올라갈 때마다 두근두근 콩닥콩닥하던 그때가 그리운 추억이 되었다.

그녀들의 모습은 젠지로에게 어린 시절의 기억을 떠오르게 하는 훈훈한 광경이다.

그러나 이 자리에 있는 사람은 젠지로가 아니라 시녀들이다.

시녀들은 처음 만지는 거치형 게임기에 눈을 반짝반짝 빛내며 컨트롤러를 조작했다.

그녀들은 오로지 아라비아 숫자만 알아볼 뿐, 일본어는 물론 곳곳에 표시된 영어도 전혀 읽지 못했다. 그래서 처음엔 애를 먹었지만, 텔레비전 게임이란 원래 적당히 이리저리 조작하다 보면 금세 요령을 익히게끔 만들어져 있다.

특히 지금 그녀들이 다루고 있는 게임기는 '체감 컨트롤러'를 대충 휘두르기만 해도 게임을 즐길 수 있는 모델이다.

원체 노는 일에 관해서라면 굉장한 습득 능력을 지닌 '문제아 3인방'은 얼마 지나지 않아 자연스럽게 게임에 빠져들었다.

그로부터 약 30분 후.

(페, 이쪽!)

(좋아, 가라!)

체감 컨트롤러를 완벽히 다루게 된 '문제아 3인방'은 경쾌하게 게임을 즐기고 있었다.

현재 텔레비전 화면 앞에 서서 컨트롤러를 휘두르는 건 페와 돌로레스. 레테는 뒤에서 소파에 앉아 싱글거리며 플레이하는 두 사람을 지켜보고 있다.

지금 게임기에 들어 있는 팩은 몇 가지 스포츠 종목을 모아 놓은 것이다. 그중에 복식 테니스를 하고 있다.

텔레비전에 비친 테니스 코트 위를 네 명의 캐릭터가 종횡무진하면서 노란 테니스공을 주고받는다.

지금은 꽤 박빙의 승부를 펼치고 있지만, 처음엔 처참했다. 플레이 동영상을 인터넷에 올리면 상당한 반향이 예상될 만큼 황당한 진풍경이 펼쳐지고는 했다.

생각해 보면 당연한 얘기다. 그녀들은 게임 조작법 이전에 '테니스'라는 스포츠의 룰조차도 알지 못했다.

서브를 노바운드로 받아치려 하거나, 반대로 서브 외에는 노바운드로 받아쳐도 되는 걸 모르고 모든 공을 원바운드로 치려 했다.

그럭저럭 '테니스'라고 부를 만한 모양새를 갖추기까지 페와 돌로레스는 줄기차게 졌다.

테니스의 룰이나 표시되는 문자를 이해할 수 없어도 실망하는 자기 캐릭터와 환호하는 적 캐릭터, 그리고 볼륨을 최소로 줄여서 음산하게 들리는 음악 소리로 '패배'를 이해했다.

결국, 지고는 못 사는 성격인 페와 돌로레스는 이길 때까지 테니스 게임을 계속했다.

(에잇!)

(좋아, 페, 잘했어!)

그리고 기념할 만한 첫 5연승을 거둔 지금, 페와 돌로레스의 이마에는 구슬땀이 송글송글 맺혀 있었다.

(와~. 페 짱도 돌로레스 짱도 대단해~.)

큰 소리를 낼 수 없기에, 레테는 박수 시늉을 하며 작은 목소리로 응원했다. 돌로레스는 그제야 레테의 존재를 깨닫고 조금 겸연쩍은 얼굴로 돌아보았다.

(아, 미안. 레테도 하고 싶지?)

누가 뭐라 해도 '문제아 3인방'은 사이가 좋았다.

특히 페와 돌로레스는 셋 중에서 가장 심약한 레테를 무의식적으로 챙겼다.

(자, 레테. 게임은 그물로 공을 치는 이거면 돼?)

천천히 소파에서 일어서는 레테에게 페가 컨트롤러를 넘겼다.

(고마워, 페 쨩. 나는 젠지로 님이 자주 하시던 그걸 해보고 싶어. 있잖아, 가느다란 몽둥이로 사람이 던진 공을 받아치는 것.)

(알았어. 자, 이렇게 해서, 이렇게 하면…… 됐다. 바꿨어, 레테.)

(와아, 돌로레스 쨩, 고마워~)

레테는 야구 게임을 시작했다.

이 야구 게임은 실제보다 훨씬 간단해서 타자와 투수만 플레이할 수 있다. 요컨대 던지느냐 치느냐, 타자와 투수의 정면승부다.

처음엔 레테만 컴퓨터를 상대로 플레이했지만 (성적은 매우 저조했다.) 지금은 셋이 돌아가며 대전하고 있다.

조금 전의 테니스는 협력 플레이. 이번 야구 게임은 대전 플레이. 여러 명의 플레이어가 함께 즐길 수 있다는 점이 거치형 게임기의 좋은 점이다.

물론 휴대용 게임기도 여러 개 있으면 협력 플레이나 대전 플레이를 할 수 있지만, 젠지로는 같은 게임기를 여러 개 소유할 만큼 게임광이 아니다.

오히려 게임 유저로서는 매우 라이트해서 왜 거치형 게임기의 컨트롤러를 여러 개 마련했는지 이해할 수 없을 정도다. 사실 이 게임기는 젠지로가 대학생일 때 샀었다. 그리고 당시 자취방에 자주 놀러 오는 친구들을 위해 컨트롤러를 여러 개 갖추게 되었다.

우연한 행운 덕분에 그녀들은 지금 이렇게 동시 플레이를 할 수 있었다.

(간다, 준비.)

(좋아, 어~디~, 아, 맞았다. 페 짱, 맞았어~.)

컨트롤러를 손에 들고 공을 던지는 시늉을 한 페와, 마찬가지로 컨트롤러를 들고 배트를 휘두르는 시늉을 한 레테.

레테는 운동신경이 모자라서 셋 중에 가장 낮은 성적이었지만, 플레이하는 내내 행복하게 웃었다.

게임을 즐긴다는 관점에서 보면 레테가 가장 고수인지도 모른다. 전처럼 과자가 상품으로 걸렸다면 얘기가 달라졌겠지만, 아니라면 순수하게 즐기는 자가 승자다.

그렇게 셋이 한창 게임에 빠져 있을 때, 작은 소리가 나며 거실 문이 열렸다.

"히익!?"

"윽……."

"앗?"

세 사람은 시녀장이 야단치러 온 줄 알고 반사적으로 몸이 굳었다.

나름대로 주의사항을 지키며 조용히 놀았지만, 정신없이 빠진 건 사실이다. 혹시 시끄러웠을까? 또 무서운 시녀장의 설교를 들어야 하나?

'문제아 3인방'은 지레 겁을 먹고 딱딱하게 굳어서 입구 쪽을 쳐다봤다. 다행히도 예상 밖의 인물이 문을 열고 들어왔다.

"어머? 신기한 걸 하고 있네요?"

남대륙에서는 보기 드문 길고 풍성한 금발과 진한 녹색 눈동자. 그리고 흰 피부가 특징적인 젊은 시녀가 등장하자, 세 사람은 가슴을 쓸어내렸다.

"뭐야, 마르그레테구나."

"아우, 간 떨어질 뻔했잖아."

"후아아, 깜짝 놀랐네~."

마르그레테는 후궁 시녀지만 젠지로가 아니라 여왕 아우라의 직속 부하다. 다소 특수한 위치에 있지만, 상관은 아니다. 같은 지위의 동료이다.

아우라 직속이라는 특수성 때문에 일상적으로 교류하지는 않지만, 마르그레테는 늘 상냥하고 표면상 누구에게나 우호적인 사람이다. 페 일행은 큰 고민 없이 그녀를 끌어들였다.

텔레비전 게임을 하고 있는 '문제아 3인방'을 보고 마르그레테는 순간 깜짝 놀랐지만, 이내 평소의 상냥한 미소를 되찾고 미끄러지듯 거실로 들어왔다.

"괜찮아요? 이런 모습을 아우라 폐하나 아만다 시녀장에게 들키면 어쩌려고요."

고개를 갸웃하며 충고하는 금발의 시녀에게, 페는 짧은 검은 머리를 세차게 흔들며 양팔을 들어 항의했다.

"아니야, 아만다 시녀장이 허락하셨거든!"

"페, 목소리가 커. 하지만 페의 말이 맞아. 마르그레테, 이건 젠지로 님께서 부탁하신 일이야. 젠지로 님이 안 계시는 동안 개인 물품을 정기적으로 가동시키라고 하셨어. 정기적으로 사용하지 않으면 고장이 나기 쉽다고."

"……과연."

돌로레스의 대답에 마르그레테는 잠시 생각한 후 납득을 표했다.

핑계는 그럴듯했으나, 마르그레테는 폐 일행이 평소에 젠지로가 게임하는 모습을 부러운 눈길로 바라봤음을 알고 있다. 젠지로의 속내가 훤히 들여다보였다.

그렇지만 후궁의 주인인 젠지로가 허락했다면 딱히 트집을 잡을 필요는 없으리라.

"그래, 그렇다면 다행이지만. 소음에 주의해 주세요. 침실에서 아우라 폐하가 주무시고 계시니까."

"아, 혹시 복도까지 들렸어?"

다갈색 얼굴이 새파랗게 질린 돌로레스에게 마르그레테는 안심하라는 듯 웃으며 고개를 저어 보였다.

"아니요, 들리지 않았어요. 그러니까 지금까지처럼 조심해 주세요."

솔직히 말하면 거짓말이다. 거실문에 손을 댄 순간, 마르그레테의 민감한 귀가 작은 소음을 잡아냈다.

하지만 그건 마르그레테가 어렸을 때부터 스파이 훈련을 받은 탓이다. 현재 후궁에 있는 사람 중에 그 소리를 들은 이는 마르그레테 하나뿐일 터이다.

"어라~? 그러면 마르그레테 짱은 왜 거실에 들어왔어~?"

언제나처럼 느긋한 목소리로 묻는 레테에게 마르그레테는 살짝

웃어 보이며,

"나도 그쪽들하고 비슷한 상황이에요. 젠지로 님께 특별한 임무를 받았지요."

그렇게 말하며 주저 없이 구석의 냉장고로 걸어갔다.

"헛?"

"젠지로 님이?"

"부탁~?"

텔레비전 게임을 하던 손을 멈추고 고개를 갸웃하는 '문제아 3인방' 앞에서 금발의 시녀는 냉장고에서 은 주전자를 꺼내 그 내용물을 목제 컵에 따랐다.

주전자의 내용물은 흰 액체——산양유였다.

"음…… 후우……."

'문제아 3인방'은 게임 컨트롤러를 소파 위에 팽개치고, 컵 한 잔의 산양유를 거침없이 비운 마르그레테에게 다가갔다.

"으음, 젠지로 님이 그거 마시면 안 된다고 하지 않았어?"

"그래, 괜찮아? 마르그레테."

다그치는 '문제아 3인방'에게 금발의 시녀는 어깨를 으쓱해 보이고 답했다.

"나는 괜찮아요. '익숙'하니까."

그렇게 말하며 흰 우유가 묻은 목제 컵을 아련하게 바라봤다.

젠지로가 시녀들에게 산양유를 못 마시게 하는 이유는 아직 산양유의 품질이 고르지 못해서 비리거나 풋내가 나기 때문이다.

포유류 가축을 기르지 않는 남대륙에는 유제품을 먹어본 사람이 거의 없다.

낯선 음식물을 입에 댈 때는 주의해야 한다. 처음에 맛없는 산양유를 접하면 유제품 자체를 기피하게 될 가능성이 높다.

그래서 젠지로는 산양유의 맛이 '합격점'에 이를 때까지 후궁 시녀들에게 시음을 금지하고 있다. 하지만 마르그레테는 예외다.

금발녹안의 시녀는 산양유가 처음이 아니기 때문이다. 어릴 때 매일 마셨던 '그리운' 맛이다.

"부럽다~, 좋겠다~. 마르그레테 짱은 좋겠다~."

레테가 누구보다 부러워했다.

평소에는 온화하기만 한 미소를 짓고 있지만, 레테는 요리를 좋아해서 차기 조리 담당자의 자리까지 진심으로 넘보고 있다. 그래서 미지의 식재료에 대한 호기심이 왕성하다.

커다란 가슴이 닿을 정도로 다가온 레테에게 마르그레테는 쓴웃음을 지으며 말해 주었다.

"하지만 젠지로 님이 우려하시는 대로라고 생각해요. 이건 아직 굉장히 비린내가 심해서 솔직히 맛있다고 하기 어려워요."

"그래도 마셔 보고 싶어~."

"참으세요. 니콜라이 님이 열심히 개량하고 있으니까. 조만간 맛볼 수 있을 거예요."

니콜라이는 프레야 공주의 부하이자 현재 산양 사육법을 전수하기 위해 카파 왕가에 와 있는 청년이다. 그는 젊은데도 불구하고 실력과 지식을 겸비한 축산 전문가이다.

니콜라이의 지시대로 산양의 생활 환경을 정비하고 사료를 개

량한 결과, 급속도로 산양유의 품질이 개선되고 있다.

나아가 니콜라이는 치즈, 요구르트, 버터, 생크림 등의 유제품 제조에도 능하다고 한다.

품질이 일정 수준에 도달한 뒤 산양유를 시음해도 늦지 않다.

"……응, 알았어. 참을게."

"네, 잘 생각했어요. 젠지로 님은 유제품을 사용한 디저트를 많이 알고 계신다고 해요. 지금 맛없는 산양유로 유제품을 만들면 첫인상이 고약해서 디저트에 대해 거부반응이 생길지도 몰라요. 맛있는 음식을 먹을 수 없으면 안타깝잖아요."

"와, 새로운 디저트? 젠지로 님의?"

"기대되는데? 레테, 부탁할게."

이야기에 점점 몰입해서, 시녀들은 어느 틈엔가 평소의 톤으로 수다를 떨고 있었다.

심지어 텔레비전 게임기는 켜둔 채 방치.

그리고 약속한 한 시간이 지났다.

그때, 무정하게도 거실문이 딸칵, 하고 열렸다.

"…………."

"…………."

"…………."

'문제아 3인방'은 할 말을 잃고 문으로 시선을 향했다. 마주치고 싶지 않은, 그러나 예상했던 인물이 조용히 서 있었다.

후궁의 총 책임자인 아만다 시녀장은 약속 시각이 지났는데도 엉망인 채 정리되지 않은 거실의 풍경을 보고도 얼굴색 하나 변하지 않고 그저 담담한 어조로 말했다.

"페, 돌로레스, 레테. 그리고 마르그레테. 당장 주변을 정돈하고 내 방으로 오도록."

"우엣."

"알겠습니다, 아만다 시녀장님."

"네, 알겠습니다~."

"……죄송합니다."

'문제아 3인방'과 금발의 시녀는 완전히 낙담한 표정으로 각각 뒷정리를 시작했다.

NOVEL

엘프 × 비키니 × 머신건!

글 카미노 오키나 / 그림 bob
46판 / 296p / 7,000원

비키니를 입은 미녀들이 총을 난사합니다!

졸업까지 앞으로 1년 남은 어느 겨울날,
나는 친천들이 터무니 없는 강요로 전학을 가게 되었다.
마지막으로 작별인사를 하려는 생각으로
방과후에만 만날 수 있는 선배를 찾아 갔는데…….
학교에 알 수 없는 결계가 생성되었다.
부지 밖으로 도망치라는 선배의 외침을 뒤로하고
뛰어가는 도중에 새하얀 빛이 덮쳐온다.

보육기사와 몬스터소녀들

글 카미아키 마사후미 / 그림 모리쿠라 엔
46판 / 228p / 7,000원

마족 어린이집을 호위하러 갔으나,
맡은 일은 마족 어린이들의 육아…라고!?

오랜 전쟁 끝에 평화조약을 맺은 인류와 마족
양측은 평화를 유지하기 위한 증표로
인간과 마족의 공동 어린이 집을 운영하기로 한다!

갑옷 대신 앞치마를 두르고
몬스터소녀를 가르치는 일을 과연 해낼 수 있을까!?

부활했더니 레벨1이었으므로,
살아남기 위해 영웅소녀를 꼬시기로 했습니다.

글 히비키 유 / 그림 유란
46판 / 264p / 7,000원

그대 같은 소녀와는… 짐은 싸우지 않는다네.
후후, 죽어서도 말이지!

짐은 쓰러지며 최후의 일격을 날리려는 찰나,
순백의 긴 머리를 가진 젊은 소녀 모습의 영웅왕이 눈에 들어왔다.
그렇기에, 짐은 최후의 일격 대신 가장 멋진 미소를 건네 주었다.
짐은 죽으면서도 소녀에게 상처를 입히는 일은 할 수 없었기에!
그리고 다시 666년 동안 잠에 빠져든다.
다음 번에는 분명, 짐을 위한 하렘이 펼쳐질 것이라 믿으며…

가출천사 육성계약 ❹

글 박제후 / 그림 ice
46판 / 308p / 7,000원

대북방 전쟁이 시작된다!
유제아는 강북에서 몬스터와 일전을 치룰 것을
제의하지만 갈 길은 험난하기만 하다.

전쟁 반대론자들,
무슨 꿍꿍인지 알 수 없는 천사들,
그런 와중에도 몬스터들의 계략은 시시각각
유제아와 메타트론을 조여오는데…

마법소녀 육성계획 limited 前/後

글 엔도 아사리 / 그림 마루이노
46판 / 각 260p / 7,000원

'너희는 마법의 재능을 가지고 있어.'
방과 후 실험 준비실에 나타난 요정은
실내에 있던 여중생들을 마법소녀로 변신시켜 버렸다.

'마법소녀가 되어서 악한 마법사로부터 나를 구해 줘!'
만화나 애니메이션같은 전개에 술렁이는 소녀들.
이제 막 탄생한 일곱 명의 마법소녀는
요정에게 협력하기로 약속하는데…….

화제의 매지컬 서스펜스 배틀, 드디어 3막 스타트!

이상적인 기둥서방 생활 ❼

초판 1쇄 발행   2016년 1월 31일
초판 3쇄 발행   2017년 7월 31일

저자 와타나베 츠네히코

발행인 원종우
발행처 (주)이미지프레임

주소 (13814) 경기도 과천시 뒷골1로 6, 3층
영업부 02-3667-2653   **편집부** 02-3667-2654   **팩스** 02-3667-2655
메일 edit01@imageframe.kr   **웹** vnovel.blog.me

ISBN 978-89-6052-605-1 02830   **(세트)** 978-89-6052-269-5